窈窕淑女

墨　　微著

中国社会出版社

图书在版编目（CIP）数据

窈窕淑女／墨微著．—北京：中国社会出版社，2008.12

ISBN 978－7－5087－2244－3

Ⅰ．窈…　Ⅱ．墨…　Ⅲ．长篇小说—中国—当代　Ⅳ．I247.5

中国版本图书馆 CIP 数据核字（2008）第 119045 号

书　　名：窈窕淑女

著　　者：墨　微

责任编辑：张友华

出版发行：中国社会出版社　邮政编码：100032

通联方法：北京市西城区二龙路甲 33 号新龙大厦

电　话：（010）66080300　（010）66083600

（010）66085300　（010）66063678

邮购部：（010）66060275　电　传：（010）66051713

网　　址：www. shcbs. com. cn

经　　销：各地新华书店

印刷装订：中国电影出版社印刷厂

开　　本：160mm×245mm　1/16

印　　张：18.25

字　　数：269 千字

版　　次：2008 年 12 月第 1 版

印　　次：2008 年 12 月第 1 次印刷

定　　价：33.00 元

目　录
CONTENTS

在大学校园，流传着这样的打油诗：一等学生上美英，二等学生上广东，三等学生上北京，四等学生留省城……

可惜，我们都是五等学生，所以，命运注定坎坷，生存，注定艰难了。

唉，辛汉不可能离开陶兰了，谁让陶兰那么美丽，深深地吸引了他呢？

那是四年前的一个夜晚，辛汉和陶兰坐在了一起。操场黑得让人心跳。本来乌云就遮盖了天上的星星和月亮，可是这操场边的梧桐，越发地增加了黑色的感觉，根本看不见人的脸颊。

然而，辛汉可以看见陶兰那美丽的深邃的大眼睛。陶兰脸颊上的洗面奶的香气直刺他的心脾。陶兰眼睛的美丽，在学校是闻名的，她那黑亮的眼睛，在黑夜中依然显得那么水汪汪，似乎能和星月相提并论。

第三章　父母最后一次笑是自己考上了大学 /23

从那以后,四年了,自己没有看见父母笑过一次。为了女儿能念完大学,父母付出了所有的心血。想起这些,陶兰就想哭。

四年以前,也是这样的夏天,也是这样的炎热,太阳就像火球一样悬挂在空中,天空一片黄色,大概是被太阳烤得变色了吧。

陶兰在服装市场上,拿着母亲含辛茹苦做的衣服叫卖着:"便宜啊……快来买啊……快来买啊……便宜啊……"

第四章　爱窈窕淑女的男生,不计其数 /31

自己深深地爱着陶兰。可惜的是陶兰被副市长的儿子追到手了。自己这个从山村里来的孩子,和那个副市长的儿子绝对不能相提并论。人家在天上,自己在地下;人家是高贵的人,自己是卑贱的人。许优和陶兰分开以后,拥有也是喝醉了三次。可还是不敢追求陶兰,他担心陶兰拒绝自己,自己就再也无法和陶兰在一起说话一起玩一起打工一起找工作了,自己就会永远地和陶兰分开了。

第五章　我不想做男人的第一百个女人 /35

陶兰说:"我不想做男人的第一百个女人,或者是被抛弃的第一百个女人。"

许优像是无所谓的样子:"这是达尔文主义,物竞天择,哪个物种强,就生存;哪个男人强,得到的女人当然就多了。"他斜睨了一眼占山和拥有:"像小二这样的,在农村当然也是强者,得到的女人当然也会多,如果在城市,他们就是弱者了,得到的占有的女人当然就少了。"

第六章　女人的梦 /44

哦，自己也曾那样想过，那是自己的梦啊。

那梦差不多马上就要实现了，只要自己顺从许优的意志，像他养活的狗一样，向他摇尾乞怜，在他高兴的时候，躺在他的怀里；在他生气的时候，让他给自己几个嘴巴，然后自己忍受着……自己也许会得到一切。只要做了许优的妻子，就什么都可以得到。好的工作、汽车、房子、金钱，许优有什么，自己就可以有什么。可是，自己好像是个宁折不弯的人，宁可什么也得不到，也不愿忍受许优的蛮横、轻狂、霸道和强烈的占有欲，想霸占一切好东西的野心。

第七章　破碎的美丽花朵 /64

啊，美丽纯洁的花朵，竟然被害虫咬了花瓣，变得不那么美丽了，变得残缺了。陶兰竟然被许优夺走了贞操，我不能接受这个现实。

这是这些城市独生子女的通病，就是没有任何接受挫折的准备，把一切都想象得那么好，那么美，一旦遇到和自己预料不吻合的事情，自己就无法接受。

他找出自己珍藏的陶兰的照片，希望把这个美丽的大眼睛的女孩在自己心中彻底消除掉。

第八章　渴望爱情 /70

窗外的月亮格外的大，格外的圆，也格外的亮。

看着这中秋的月亮，辛汉忽然喊着："啊，爱情，陶兰，我需要你们啊……"

自己好像根本就不可能忘记陶兰，不可能不爱陶兰。

辛汉想喊叫。

他鼓舞着自己，我不能不爱陶兰，我现在就渴望陶兰，需要陶兰啊！

必须爱陶兰，必须追求陶兰，因为陶兰才能让自己快乐、幸福啊！

第九章　笑是窈窕淑女的本能 /75

陶兰那在学校时就显示出来的喜欢笑的本性依然如此。在学校的时候，陶兰因为穷，经常到外面兼职做家教，很辛苦、很劳累，可是陶兰依旧是那样的开心那样的爽朗，这和我就大不一样了，我要向陶兰学习。他这样想着。

第十章　爱情攻势 /82

他冥思苦想着，还是不满意自己的才华。最后拿出一本破旧的宋词选，找出柳永的一首《蝶恋花》抄下来："伫倚危楼风细细，望极春愁，黯黯生天际。草色烟光残照里，无言谁会凭阑意。拟把疏狂图一醉，对酒当歌，强乐还无味。衣带渐宽终不悔，为伊消得人憔悴。"

他觉得这后两句，最能体现自己现在的心情，就把这词寄给了陶兰。

第十一章　已经结婚了 /103

真温馨的仲夏夜啊。

其实，当时也是因为那夏季夜晚的美丽，因为那月亮的美丽，自己被那温馨的月亮感染了，想起儿童时代和胡同里的美好回忆来，才决定嫁给傻瓜胡同的。想起来，当时自己并不单纯要利用傻瓜胡同，要骗取胡同里家的钱，自己并不是市侩，是唯利是图，是忘恩负义，是卑鄙无耻，是……

四月想起这些就想哭。

那个夜晚的确美丽温馨诱人，自己一个单纯的刚刚20岁的姑娘，突然萌生想嫁人的想法，也是正常的啊！

第十二章　千万别向我求婚啊 /117

四月颤抖起来。

她紧张的心砰砰地快速跳动。怎么办，她就害怕占山问她是否爱他，那样自己该怎么回答他呢？说爱他，是真的爱啊，可自己已经结婚了。说出真相，要他等自己离婚吗？他能要一个已经和其他男人结婚四年的女人吗？

占山果然问了："四月，我向你求婚，你可千万别拒绝我。现在我特别痛苦，我就需要你的支持你的陪伴，你要是拒绝我，我可是自杀的心都有啊。真的，千万别拒绝我。"

四月不敢抬头，看着地上无数的枯萎的落叶，脸格外发烫。

第十三章　想靠在男人的胸脯上哭一次 /124

但是，陶兰的心里窝火，她讨厌那些自己不喜欢的男人碰自己，讨厌男人对自己的贪婪。可是自己不敢跟客户发脾气，自己就这么强忍着，一直到把那个客户陪得满意，订单到手，陶兰才离开那个人。

陶兰现在想伏在一个男人强壮的胸脯上哭一次。

可眼前却是那个一直追求自己的小男孩，没有一点男子汉气息的小男孩，一个柔弱的文静的小书呆子。

陶兰有些失望，失态，就发泄起自己的愤怒来。

第十四章　风雨的洗礼 /133

陶兰狠狠地打着辛汉的肩膀:“你这小子,没有一点耐心,没有一点涵养,就希望在这里继续当你的公子哥,不想发愁,不想费力,不想忍受一点别人的指责,你啊,还是温室里面的花草,没有受过一点风雨的洗礼。”

第十五章　等待你的吻 /144

陶兰抹着脸上的眼泪说:“好啊,我们结婚,我把企业交给你经营,我安心地在家养着,在温馨的插满玫瑰的房间里坐着,等待着你的亲吻、爱抚,我不想跟任何人接触,特别是那些庸俗的人,丑陋的人,恶毒的人,坏人,我全都不愿接触,我看见他们就恶心。这些全都交给你好吗?”

第十六章　窈窕淑女是天鹅肉 /151

自己心里想的总是那么单纯,想让人家女孩爱上自己,就凭自己这被褥,自己的衣服,自己一贫如洗,人家女孩也不会爱上自己的啊。哎,自己这是痴心妄想啊,是癞蛤蟆想吃天鹅肉啊。

小二坐下来,想着陶兰。

陶兰那么美丽的姑娘,根本不会爱上自己,自己为什么总是脱离实际呢?唉,自己真幼稚啊,真傻啊!

第十七章　窥视欲 /164

小二也嘿嘿地笑起来:“这叫做窥视欲,就是特别想知道别人的隐私,包括一切,包括你的爱人,你结婚没有,你恋爱几次,你……”

云霞再次笑了起来:“我凭什么让你知道啊?”

小二理直气壮地说:“我要追求你啊!”

石垒感慨地说:“我爸爸妈妈就好像是文盲。说是初中毕业,可是连曹雪芹是谁都不知道,还非说跟他们是同学,是一块撕大字报卖的黑丫头。”

四月哈哈地笑了起来:“你这孩子啊,可真有意思。”

石垒也笑了起来:“我给他们买了计算机,可是他们就是不会用,经常算错账,多找给人家钱。所以他们才希望我多读书,可现在读书真没劲,天天排名次,要是不排名次,我就显不出傻来了。”

占山的手和身体正慢慢地丧失着热情。

占山想不到自己喜爱的四月竟然是已经结婚四年的女人了。

占山终于放弃了拥抱四月的欲望,垂头丧气地坐了下来。

四月端详着占山:“我知道,我不应该欺骗你,可是我没有勇气说这些话啊!真的没有勇气说啊。几次想说,我都不敢说,我怕你不理解我!”

占山说:“别提钱,四月还要让你赔偿精神损失和身体损失呢,至少也要几万元。”

傻瓜胡同惊慌失措地看着四月:“什么,那么多钱?”

占山说:“当然。人的身体值多少钱,人的精神值多少钱?像四月这样的大学生，至少也要值几百万元吧？不相信，咱们就到城市估价所估一下，看看四月到底值多少钱？”

陶兰狠狠地拍打着辛汉的后背，发泄着自己的失望，痛苦，悲伤，还有感动。

辛汉等待着，笑着说：“我啊，真体会到了当这个男子汉多么不容易，总是要饱受你的折磨。”

陶兰破涕为笑，之后又把打变成了紧紧的搂抱。

陶兰和辛汉慢慢地在街头踱步。

陶兰紧紧地靠着辛汉，说：“辛汉，人家已经说了，说我是女皇，我真的像女皇吗？”

辛汉说：“至少在我面前是女皇啊。”

陶兰看着辛汉：“胡说，在你面前我总是听你的。”

云霞凑近冰花看着。

小二指着冰花说：“这个，像林海雪原吧？这么多的大树，全都是参天大树，有松、柏还有什么？槐树？”

云霞笑着：“别胡扯了，林海雪原有槐树吗？槐树就咱们这地方有，5 月开花，白色的，小，可是特别的香是吧。”

小二继续指着玻璃说：“云霞，看，这个像什么？像跳舞的女孩，是吧？还是裸体的呢，像吧？”

第二十六章　别失去平衡 /275

陶兰叹息着："许优因为突然失去金钱和父亲的权力，心理失去了平衡，无法忍受眼前的一切了。为什么要死呢？我现在的生活充满阳光，过去我们家那么穷苦，我也没想到过死，我是顽强的，不像你们，是温室里的花朵。"

第一章　我们校园的打油诗，您听说过吗

在大学校园，流传着这样的打油诗：一等学生上美英，二等学生上广东，三等学生上北京，四等学生留省城……

可惜，我们都是五等学生，所以，命运注定坎坷，生存，注定艰难了。

火辣辣的太阳在头顶上悬挂着，就像悬挂着一个巨大的火球，那火球喷射出来的火焰，让大地上的一切生物全都失去了往日的活力，变得无精打采的。那路旁的槐树、柳树、梧桐，叶子全都耷拉着，垂头丧气地低垂着头，忍受着这火炉的烘烤，无可奈何地把自己的水分蒸发出来，让自己变成干瘪的老太一般。

体育馆里的空调似乎是失灵了，所有的门全都敞开着，可是，从里面扑面而来的是人体的气味，人体的温度。

陶兰和焦四月手拉着手，她们身后是男生拥有和占山。他们拼命想挤进体育馆，可是几次都被里面的人群重新挤出来。这已经是他们第四天来到大中专毕业生招聘大会了，每次来，都不能挤进去。这个体育馆可以容纳 5000 人，可是，这个城市的大中专毕业生，每年至少有 40000 人，也就是说，这个体育馆只能容纳 1/4 的人进入招聘现场，而这体育馆里的招聘单位只招聘 1000 人，也就是说，这 40000 名学生中，只有 1/40 的人可以就业。那其他学生的饭碗在哪里呢？

刁拥有和占山脱下那已经沾满汗珠的污秽的背心，露出干瘪的胸脯和黑黑的肉体，发誓似的说："我们这次一定能够挤进去。"

陶兰和四月两个女生也发誓似的说："只要你们俩进去了，我们就一定

能跟着挤进去。”

于是，几个刚刚拿到毕业证书的大学生们，用尽全身的力气，向里面挤着。

啊，终于挤进去了。

他们挤进了体育馆，也就是说，终于进了市大中专毕业生的招聘现场，几天来排队等候就是不能进入现场的失落、痛苦、失望全都让兴奋给冲走了。只要走进这招聘现场，就等于有了一次机会，体育馆里有5000人，每个人就有1/5的机会，如果不能挤进现场，就一点机会也没有了。

几天来挂在脸上的痛苦和忧愁完全消逝了，几个年轻人全都兴高采烈地想唱歌。啊，这是自己走上社会的第一次竞争和奋斗，是等待了四天之后放弃了温柔放弃了客气放弃了彬彬有礼也放弃了自尊才挤进了这招聘大会的现场。

然而，他们马上就明白自己想象得太简单了，自己离每个招聘单位的人和牌子还是那么遥远，她们和他们的前边站着无数个另外的他们和她们，那些她们和他们不管有没有可能，全都声嘶力竭地拼死拼活地拿着自己的毕业证书和自己精心制作的应聘材料，向招聘人员推销着自己。

似乎这5000人全都在说话，全都在喊叫，全都在声嘶力竭，这体育馆里面的嘈杂声已经达到了人们无法忍受和忍耐的程度。那些推销自己的学生眼睛发红，嗓子嘶哑，脸颊上的肌肉已经变形，身上汗流浃背，互相推搡，互相埋怨对方说话太多，说话声音太大，影响了自己向招聘人员自荐。

那些招聘人员呢？极力竖起耳朵，想听清楚对方在说什么，可是他们发现自己的努力是徒劳的，自己根本就听不清楚对方在说什么，因为现在有无数个对方在说话，在喊叫，人们互相抵消互相干扰，所有的声音都变成了噪音。

啊……哇……嗡嗡……

整个体育馆就是一个大的噪音容器，这容器把这些噪音扩大，重新释放出来，反射出来，让这噪音越发嘈杂，越发刺耳。

那些招聘人员大都是年轻人，可他们已经无法忍受这噪音的侵袭了，他们变得蔫蔫的了，和那些眼睛发红肌肉变形声嘶力竭的学生正好相反，他们脸颊上的肌肉僵硬，眼睛极力想闭上，嘴不想张开，头脑发沉，昏昏欲睡。

陶兰和四月，以及那两个男生占山和拥有，也学着别人的样子，拿着自己的毕业证书和简历，加入了这制造噪音的队伍当中，他们拼命地喊着："我们是市大学的学生，我们……"

只有他们自己知道自己在说什么，第二个人恐怕都听不清。

烦躁，烦闷，燥热，口渴，胸闷，呕吐。

头昏沉，脑袋发胀，疼痛，天旋地转。

有人喊叫着："啊，我这里晕倒一个，别挤了……"

不断有人喊着："千万别挤了……我要死了……"

一些强壮的人喊着："那就赶快让开吧……"

人人都不肯让开，似乎机会就在这里，走了，机会就没有了，工作也就没有了，而只有在这里坚持，才会有工作。

那些悬挂在墙壁上的招聘单位的牌子似乎在闪光，是那么强烈地诱惑着这些青年的心，那牌子后面似乎就是宽敞的住房，优惠的待遇。

陶兰用自己的近视眼镜看着那些牌子，隐约可以看清楚，有中国银行、工商银行、农业银行、交通银行、税务局、广播电视局、保险公司、电信局全都是让他们动心的单位。自己的父母不就是因为在小工厂才没有了饭碗的吗？工厂倒闭，自己才连上学的钱都是依靠贷款的，所以，自己必须找一个金饭碗，工资高的单位，早日还清贷款，然后安心地工作和生活。

她依然和四月挽手向前边挤着，似乎现在她们是在汪洋大海，是危险的地域，只有挤到那些闪光的招牌下，才是自己的彼岸。啊，挤啊，挤啊，拿出全部的力气，拼命地挤着。

占山和拥有，两个农村来的小伙子，虽然骨瘦如柴，但他们依然比那些城市的学生有力气，更加顽强，更加有韧劲。他们还在自己的女同学面前保持着骑士风度，自己挤到前边，绝对不会丢下和自己同甘共苦的女同学，还要拉着陶兰和四月，几个人共同挤到了电信局招聘的桌前。

陶兰和四月几乎要哭了，啊，自己梦寐以求的电信局的招聘单位就在自己的前边，电信局的两个年轻人半闭着眼睛，他们穿着讲究的名牌衣服，身边是吹风的电扇,手腕上戴的是金表,前边摆放的是两台手提式电脑,好些学生在他们前滔滔不绝地介绍着自己。

两个招聘人员傲慢得没有一丝表情,似乎这些学生说的与他们没有任何关系。他们的手指头在那电脑的键盘上边弹奏着,不知在看屏幕里的什么。

好不容易挤到了电信局的招聘人员的前边,他们也和其他学生一样,忙着推销着自己。陶兰、四月、占山、拥有全都大声喊叫着。

"我们是市大的学生,我们是管理专业的,经济管理专业,我们……"

两个年轻的招聘人员依然没有任何表情地活动着手指,手指在键盘上边飞舞着,弹奏着。

忽然,陶兰发现他们玩的是电脑游戏。

他们电脑屏幕上的几个足球运动员在互相追逐着,一个小足球在他们的脚下被踢来踢去,经常变换主人。

陶兰感觉像是受了侮辱,大声喊叫起来:"你们就这么不尊重我们吗?"

那两个年轻的招聘人员依然在玩着自己的游戏,像是根本就没有发现他们前边拥挤着的汗流浃背的气喘吁吁的几乎要虚脱的学生们,像是前边根本就没有人。那些渴望的目光,渴望的焦虑的神情在他们面前只会妨碍他们的快乐,他们厌恶眼前这些人,讨厌他们无休止的鸣噪。

陶兰大声喊叫着:"同学们,你们看啊,他们在玩游戏。"

陶兰在学校是班长,从小学到大学一直是班长,那尖厉的声音是很富有号召力的。

几乎所有的围着电信局招聘桌子的毕业生们全都发现了这两个麻木得近乎没有了人性的年轻人在玩游戏,心不在焉地坐在桌子后边,一副痛苦不堪的神情,一副麻木无聊的神情。人们激怒了,全都喊叫起来:"你们为什么这样?为什么这样对待我们?难道你们不需要人才吗?"

一个玩着电脑游戏的青年斜睨了他们一眼,似乎不能进球很让他恼火,他漫不经心地问道:"你们是人才吗?"

这样的问话明显是嘲弄,是讥讽,是轻蔑。

人们那疲惫不堪的脸上全都露出愤怒的神情,他们骂着,说他们没有人情味，并且挥舞着自己的文凭问道："我们都是大学毕业生，我们不是人才是什么？"

那个青年依然漫不经心地问道："你们这里有博士吗？"

刹那间，几乎所有挤在桌子前边的青年们全都鸦雀无声了。是的，他们手里只有大学文凭，有的甚至是中专文凭。他们没有资格在这里与人家对话，泄气的要转身离开这里。

那个玩电脑游戏的青年似乎要抓住这样的机会反击，要报复刚才辱骂自己的人们。"这里是人才招聘会，招聘的是人才，我们电信局来这里也是招聘人才，明白吗？人才，人才，我们需要的是人才。"那个青年反复强调着人才，用这样的词汇刺激大家。

陶兰问道："我们都是大学毕业，不是人才是什么？大学毕业在发达国家尚且是人才，在我们这样的发展中国家倒不是人才了？真是岂有此理！"

四月虽然胆怯，可有陶兰率领，有了刚才的愤怒，也跟着质问道："难道你们电信局真的就拿大学本科毕业不当人才吗？你们那些接电话的寻呼的全都有大学本科以上的文凭吗？"

那个玩电脑的青年斜睨了四月一眼说："我不是不愿接待你们，我刚才把你们的话全都听进耳朵里去了，我没有发现博士，我们这里需要的是博士，电信博士，明白吗？你们这里来的几乎都是一般学校的毕业生，连一个全国著名院校的都没有，大学本科毕业的，如果是清华、北大的也可以考虑，可是你们……"

那个青年不再说下去了，似乎怕伤害眼前这些同龄人的自尊。

陶兰用自己那粗糙的手擦着脸颊上的汗珠，往后拢了一下短发，那黑亮的大眼睛盯着那玩电脑的青年："我想问，你是什么大学毕业的？"

那个青年看了陶兰一眼，似乎被陶兰那美丽的黑亮的大眼睛吸引了，又似乎是被陶兰那毫不自卑的神情震慑住了，目光在陶兰的脸颊上停留了好长时间，说："我，就是大学本科毕业。"

陶兰说："好啊，还算老实。其实你就是吹嘘自己是博士后，我们也会相信的，因为我们不可能去调查你。"

站在陶兰旁边的占山和拥有故意大声笑了起来，用笑声声援陶兰，讥笑这傲慢青年,发泄自己的愤怒和悲哀。

这笑声,让站在陶兰身后的学生们全都团聚起来,他们也故意大声笑了起来。笑声引起了体育馆其他招聘单位前的人群的注意,人们纷纷转身向这边张望着。

扛着摄像机的市电视台的记者向人群中挤着:“对不起,让一下,我们要到那里去拍一个镜头,那里特别活跃。”那摄像记者还是没有力气挤过来,只好在原地喊着:“继续笑啊,我们拍一个镜头,这个体育馆各处都这么严肃,让人窒息,就你们这里活跃。找工作又不是打仗、搏斗,应该轻松些啊!”

陶兰向电视记者喊着:“你们快拍啊,明明是大中专毕业生招聘会,可是电信局却偏要招聘博士,非博士免谈。”

四月低声警告着陶兰:“别惹恼了电信局的,否则咱们就别想进那里了。”

陶兰毫不掩饰自己的愤怒:“难道你们还没有看清楚,他们拒绝咱们进电信局。你们还在做黄粱美梦,没看出他们根本就没想招聘大学本科生吗?”

那个玩电脑的放弃了游戏,准备专门对付眼前这个女学生:“我已经告诉你了,如果你是名牌院校的本科生,我们可以考虑。”

这时,远处一个瘦弱的戴着眼镜的男孩喊着:“我是名牌院校的,你们让一下,我是名牌院校的,你们让一下……”

没有一个人愿意让这个瘦弱的男孩挤进来,他们让自己的身体筑起长城,不许其他所谓的名牌院校的学生进来,到电信局的招聘桌子前边来。

那个柔弱的男孩依然用微弱的声音喊着:“让我过去啊,我有希望啊,你们别这样吗,别让我的机遇溜走……”

在众人的阻挡下,那个男孩还是没有办法挤过来。

陶兰没有顾及那个男孩的焦虑,自己依然顽强地和那个电信局的青年理论着,这就是她的性格,从小到大,她从来都是这样的顽强,一定要战胜一切困难,达到目标。“我问一下,你们电信局就没有非名牌大学毕业的员工吗?”

那个青年似乎看在陶兰那美丽的黑亮的大眼睛的面子上,也似乎是被她的顽强的坚毅的神情震慑住了,声音和缓了许多:"我跟你解释,小妹妹,我们那里什么人都有,还有初中毕业的呢。可那是我们电信局职工的孩子,没有办法,国有企业就是要解决职工待业子女的问题,否则,市政府又要批评我们了,没有办法啊。如果你是电信局职工的子女,进我们电信局当然就没有问题了,你们理解了吧?! 我们需要人才,可是需要的是高层次的人才,急切需要博士生,因为我们的一些问题,我们局里的人员解决不了,我们必须招博士,明白了吗? 你们这样的大学本科生太多了,多得没有了用处,明白了吧?"

陶兰尖厉的声音喊叫着:"一,你们这是血统论,因为我们不是电信局职工的子女,就无法进入电信局工作;二,你们这是近亲繁殖,你们招聘了那么多职工的子女,对你们的企业没有一点好处。"

那个青年无可奈何地笑了起来。

也许是陶兰的美丽的大眼睛让这个青年的笑神经起了作用,见到美丽的女孩不能不绽开笑容,这是所有没有失去荷尔蒙的男人的一贯反应,也许是他觉得这个女孩的话好笑可笑。近亲繁殖? 中国这样的地方多了,不近亲繁殖,他们的领导地位就不稳。

陶兰问道:"怎么不回答我了,你们的政策就如此脆弱,经不住一句话的质问吗? 说话啊,说话啊。"陶兰挑衅地看着他。

那个青年像是被这个反应灵敏说话苛刻的女孩征服了,无奈地说:"我只是人事部门的一个普通工作人员,我没权解释我们总裁的政策,我只有执行我们总裁的指示,就是如果有博士来应聘,我们就让他见我们总裁面试,如果有名牌本科生,我们也可以百里挑一给他一次机会。"

远处那个柔弱的戴着眼镜的男孩还在喊叫着:"让我进去应聘啊,你们别这样阻挡我啊,我的机会没有了你们可要负责任啊……"

电信局的青年漫不经心地看着那个戴眼镜的男孩说:"像他这样的如果有一百个,我们可以从中挑选一个,必须是国家名牌院校的。可像你们这样普通院校的,如果有多少,我们就拒绝多少。"

这样的话让那些前来应聘的普通院校的大学生们全都像是吃了一个

铁砂球,噎得难受,心里憋得发慌。妈的,白上这大学了,占山骂着,又无可奈何。

面对社会上的好些事情,这些青年的反应就是无可奈何,谁让自己没有能力让别人屈服呢?那就只有让自己屈服了,自己服输了。

占山和拥有要往外挤。

四月也失望地拉着陶兰的手说:“咱们走吧,这个船上没有咱们的货。”

陶兰叹息着:“不让咱们靠岸,咱们就继续往海中间游吧。”

几个人继续往前边挤着,他们的目标是前边的广播电视局。

已经有一些青年人失望地泪水涟涟地离开了体育馆;体育馆像是宽绰了一些。

陶兰和四月,占山和拥有,全都趁机挤到电视台的招聘桌子前边。

桌子上边写着“招聘主持人10名。”

几个靓男美女正在招聘人员面前搔首弄姿,展现着自己的风采与魅力。

四月抚摸了一下自己黑瘦的脸颊说:“陶兰,咱们几个就你有希望,就你漂亮。”

陶兰摇头,她在这些美丽的少女面前有些自惭形秽。其实,陶兰知道,自己就是这双眼睛美丽,很像自己的妈妈,眼睛深邃,大,清澈,如清泉一般。可是,自己的嘴就一点也不漂亮了,特别是当自己哈哈大笑的时候,那嘴就可以吞进一个馒头,她的确一口吃过一个馒头,让食堂吃饭的同学惊愕得说不出话,只是担心地看着她,唯恐她什么时候就被噎死。还有她那鼻子,也算不上漂亮,鼻头过大,鼻梁也不够挺直。不过,同学们经常安慰她,说她的脸颊最容易改造,比如,那鼻子可以做手术,那嘴可以不经常大笑,这样陶兰就是一个美人了,特别是那白皙的鹅蛋型的脸上,镶嵌着一双黑亮的大眼睛,格外迷人。在班里甚至在系里,陶兰被推选为最美丽的女孩,也是受到男生追求最多的女生。

陶兰虽然对自己的美丽不敢自信,可她依然抱有一丝侥幸的心理。要是能够遇见欣赏自己美丽的人,看重自己气质的人,就会把自己招聘去。是啊,到这里是干什么来了,不就是来碰运气的吗?不就是来寻找侥幸的万分之一的机会的吗？

陶兰拉着四月的手，停止了拥挤，在那些靓男美女后面看着他们如何表现自己。

拥有和占山虽然知道自己根本就没有希望当主持人，可他们被眼前美丽的姑娘吸引了，在大学校园里，他们很少看见美丽的女孩。

拥有和占山贪婪地看着这些女孩最能展示女性性感魅力的部位，一副渴望异性的神情在脸上流露出来。

四月看着占山和拥有，低声对陶兰说："陶兰，你看占山和拥有，眼睛里都要冒出火来了。"

陶兰扑哧一声笑了起来："人之常情啊。"

四月不满地说："可是在大庭广众之下，又是大学生，怎么可以这样看一个女孩呢？"

陶兰说："谁让这些女孩这样袒露呢？她们就是希望男性注意自己，被自己吸引啊。"

四月还是捅了一下占山和拥有："注意点自己的形象，别太失身份了。"

占山涨红着脸说："我什么身份啊，不就是一个农村来的穷学生吗？！"

四月说："那又怎么样，也是大学生啊！"

占山不再理睬四月，继续专注地欣赏着那些女孩。

可笑的是，那些美丽的女孩在拿起招聘人员准备的文章朗读时，没有一个让大家不笑的。她们不是嗓子如男性，就是像陶兰一样，过分的尖厉，像是用锯拉玻璃的声音，让在场的人捂住耳朵，感觉全身起鸡皮疙瘩。还有女孩朗读的时候错别字反复出现，让人们感觉现代的女孩中国文字和传统文化的基本功差到了极点。

招聘人员对所有女孩男孩全都摇头，说以后如果有机会一定会再请他们来。

本来这是推辞拒绝接受他们的客气话，可是那些男孩女孩们竟然装作不懂这些话的含义，极力让招聘人员写下自己的名字和电话，或者索要名片。当代人虽然有顽强进取的精神，可是到了连自尊都不在乎的时候，不禁让在场的其他人感到了难堪。

好不容易把那些女孩男孩打发走,另外一批女孩男孩又挤到了陶兰他们前边,他们拿出自己的文凭,在招聘人员面前展示着自己的才能,还有那不标准的普通话。

四月不满地挤到了那些女孩的前边。

这令招聘人员大吃一惊,这里来应聘的全都是美女俊男,还没有一个像四月这般相貌的人。四月其实并不难看,不过因为过于吃苦,过于缺乏营养,使得脸色发黄,发黑,面黄肌瘦,犹如饥饿年代的农村妇女。加上四月没有好衣服,夏天穿着陶兰剩下的学生时代的蓝色的老式裙子,那头发留得特别的长,这几天没有洗,显得脏而土气。

招聘人员问道:“大姐,您是带孩子来的吗?”

四月没好气地喊着:“怎么,我像有孩子的吗?”

那些美女们全都不怀好意地大声笑着,就像刚才占山和拥有讥讽别人一样。

招聘人员急忙说对不起。

那些美丽的女孩们趁机把一点也不美丽的四月挤出了招聘桌前。

四月站在后边了,向里面喊着:“唉,我说,同志,你们不缺编辑记者吗?”四月拿着自己的毕业证书挥舞着。

招聘人员没有理睬四月,眼睛盯着一个美丽的少女问话,问她是哪个大学毕业的,什么专业。

那个女孩拿出的是中专文凭。招聘人员马上摇头,说:“我们这里只招聘大学本科的。”

那个美丽的女孩声音尖厉,和陶兰的声音一样:“可是,大学本科没有漂亮女孩,你们又不是不知道。”

四月否定了那个美丽的女孩:“谁说的啊,我们这里就有一个漂亮的女孩,大学本科毕业的。”

四月拼命把陶兰推到了前边。

招聘人员也许是看美女太多了,对陶兰简直就是不屑一顾,只是漫不经心地瞥了一眼,目光就转向了别处。

陶兰像是受到了侮辱似的,眼泪快要流出来了。

四月安慰陶兰："别灰心，成功的人都是受过挫折的。"

陶兰没有听清占山和拥有在说什么，兀自转身，挤出了广播局的招聘人群。占山和拥有不能在没有工作的情况下安心欣赏女孩，也跟着陶兰和四月挤出了广播局的招聘人群。

他们在人山人海的体育馆里挤着，伸着渴望的脖子，眯缝着早就近视了的眼睛，向四处观望着，寻找着机会。

到处是需要博士和硕士的声音，到处是拒绝普通大学本科生的声音。他们失望了，灰心丧气地挤出了体育馆。

他们想寻找一块安静的凉爽的绿荫，可是，凡是树荫底下全都有学生在躺着坐着，没有几个是兴高采烈的。在知了的烦躁的鸣叫中，无精打采地垂头丧气地仰望着天空，仰望着火辣辣的天空，一副痛苦犹豫的神情。

陶兰无奈，只好躲在离体育馆稍微远一点的一棵树下，把自己的裙子撩起来，让自己那已经湿透的大腿完全沐浴在风中。

四月紧紧地挨着陶兰坐下，也学着陶兰的样子，把那已经脏了的裙子撩起来。可是，当她发现占山和拥有正在用贪婪和渴望的眼睛盯着她们的丰满的白嫩的大腿看的时候，急忙用裙子盖住了大腿，继续让大腿发汗。

陶兰想哭。几个人全都想哭。

他们全都不愿说话，闷闷不乐地看着地下那不知忧愁的蚂蚁。

占山甚至用手玩弄着蚂蚁，想让蚂蚁顺从自己的意志，向另外一个方向爬。可顽强的蚂蚁就是不听占山的使唤，继续向着自己追求的目标行驶着。

占山展示着自己的强大，做着强迫蚂蚁意志的暴君的角色，把前边带领蚂蚁前进的大蚂蚁狠狠地撵死，然后愤怒地骂着："竟敢不听我的指挥，啊，我让你们死去……我让你们全都死干净……"

蚂蚁似乎不惧怕死亡似的，继续向着自己的目标前进。

无聊的占山就是要让蚂蚁改变自己的目标，把不听从自己指挥的蚂蚁一个一个地撵死。

蚂蚁们无奈地绕开了占山的手。

占山的手现在就是蚂蚁的暴君，蚂蚁们为了生存，还是逃跑了。

占山不放弃用蚂蚁发泄自己苦闷无聊痛苦情绪的意愿，继续追着蚂蚁，把凡是能够看得见的蚂蚁全都撵死。

拥有呢，则是眯缝着眼睛，掏出那劣质香烟，狠狠地吸了起来。

占山用自己沾满蚂蚁尸体的手抢过拥有嘴里的香烟，也狠狠地吸了起来。

陶兰咳着："又在我这里吸烟。"

拥有再次掏出一支香烟来，点燃，狠狠地吸着。

陶兰骂着："两个烟囱，快滚开。"

拥有和占山说："又不是你的宿舍。在你们的宿舍不许我们吸烟，现在我们在大街上吸烟，你们管不着了，我们第一次有了解放的感觉了，我们当然要充分享受这解放的快乐了。"

陶兰用自己捡来的树枝在地上划着："这绿荫是我发现的，所以，这就是我的王国，明白吗?！当年，哥伦布发现新大陆的时候，不就是那个大陆的主宰吗?!"

占山和拥有全都笑了起来，他们来自农村，比陶兰更坚强，一次找不到工作算什么呢，这对于他们这样的农村出生的大学生再正常不过了。

占山和拥有把目光转向了街头行走的姑娘身上，他们不好意思看陶兰，因为这样会让他们在陶兰面前显得下贱，贪婪，他们观看大街上姑娘是不需要任何代价的，不花钱，也不会让陶兰反感。其实，他们没有注意到四月的目光。四月几次对他们看姑娘的目光表现出愤怒，眼睛狠狠地斜睨了他们几次。但是他们观看城市姑娘的神情太专注了，因为他们现在苦闷，需要这不花钱的休闲活动。

辛汉走了过来，手里拿着一摞各个招聘单位的简介。

辛汉是个地道的城市青年，瘦弱的高个子，皮肤白皙，戴一副近视眼镜。他穿着短衫，但是不敢穿短裤，担心裸露出来的大腿太细，让姑娘笑话。他懒散地走着，四处观看着。

辛汉走近他们，问道："怎么样，找到工作单位了吗?"陶兰苦笑着说："不可能找到啊，人家几乎全都要博士、硕士，最次的也是要名牌大学的，像清华北大的，省属重点大学都不要，咱们这样的市大学，根本就别想找工作了。”

辛汉是个喜欢夸夸其谈的人，对陶兰的话很有同感，于是说道：“我就奇怪了，连一个做家具的工厂也说要博士生，家具需要博士设计吗？”

占山斜睨了辛汉一眼，心里有些忌妒像辛汉这样的公子哥式的城市学生。他们依仗生在城市，就经常对农村学生表出轻蔑和瞧不起。而自己和拥有这样的农村学生虽然脸色灰暗，不如城市学生有钱，可意志坚定，学习刻苦，有忍耐力，有宽容别人的雅量。奇怪的是，城市单位大都不喜欢农村学生，尤其是市政府，出台了一系列限制农村学生在城市就业的文件，就是千方百计地把农村学生驱赶出城市。他问辛汉：“你是城市的，应该能找个好工作吧？”

辛汉坐在陶兰的身边，而没有坐在占山和拥有身边，更不会坐在四月的身边。这是因为辛汉躲避农村学生的习惯还没有改过来，好多城市学生都不愿和农村学生挨在一起坐，更不愿和农村学生住在同一个宿舍。当年，在学校的时候，城市学生经常为了这样的要求花钱给学校主管老师送礼，就是为了躲避农村学生。说农村学生身上有味、脏，甚至有虱子。

辛汉在四年以后依然躲避这些农村学生，不像陶兰这样的当班干部的城市学生，对农村学生显得格外亲近，这让占山和拥有想起刚刚进学校时的一起往事。

第二章　第一眼，就爱上了那个窈窕淑女

唉，辛汉不可能离开陶兰了，谁让陶兰那么美丽，深深地吸引了他呢？

那是四年前的一个夜晚，辛汉和陶兰坐在了一起。操场黑得让人心跳。本来乌云就遮盖了天上的星星和月亮，可是这操场边的梧桐，越发地增加了黑色的感觉，根本看不见人的脸颊。

然而，辛汉可以看见陶兰那美丽的深邃的大眼睛。陶兰脸颊上的洗面奶的香气直刺他的心脾。陶兰眼睛的美丽，在学校是闻名的，她那黑亮的眼睛，在黑夜中依然显得那么水汪汪，似乎能和星月相提并论。

那年，占山怀里揣着父亲卖猪换来的1000元钱，和向姑姑借来的1000元来到了学校。占山担心城市同学会笑话自己土气，就特意在校外买了一件时髦的花衬衫，因为图便宜，舍不得花大钱，那城市个体户也特别损，竟然把一个假名牌卖给了他，占山穿着那假名牌兴高采烈地来到学校报到，可刚刚迈上大楼的台阶，那假名牌的后背就裂开了。

占山怒气冲冲地跑出学校，那商贩早就换了地方了。

他无可奈何地走进宿舍的时候，第一眼看见的就是辛汉那轻蔑的打量自己的目光。占山按照自己的号码，把行李放在辛汉的上铺。

辛汉竟然捂住鼻子说："哎呀，这味道怎么这么大啊？没有洗澡吧？还是衣服没有洗啊？什么味道啊……"

他喃喃地解释着："我们……那个地方缺水，不能经常洗澡。"

辛汉把窗户全都打开："这让人怎么活啊，没办法呼吸啊。"

他真想把这个细高的白皙的城市杨柳条折断，要是在他们那里，他早

就和这个人走到外面摔起来了，可是，想起父亲的嘱咐，家里一百辈子也没出过一个大学生，自己应该珍惜这个荣誉啊，珍惜这12年寒窗换来的机会啊，虽然是市属大学，可自己上学的那个县二中，只有6%的人考上了大学，可自己不敢莽撞啊！他赔着笑脸，掏出钱，显示自己并不是穷光蛋："我有钱，一会儿就去洗澡。"

辛汉依旧不依不饶："那，你的行李有虱子啊，肯定要爬到我的被褥上啊，这怎么办啊？"

临来的时候，母亲和姐姐为他拆洗了被褥，一家人整整为他忙了半个月。他保证说："我发誓，保证没有虱子，已经烫过了。"

辛汉讥讽说："不是没有水吗？怎么洗啊？拿什么洗啊？"

没有等占山回答，房间里又进来一个更加让城市学生不能接受的山村人，他就是拥有。

拥有那时真不像话，就连占山都不愿和这个山村学生一个宿舍。拥有的头发又脏又长，覆盖住脸颊的多半部，像是野人。皮肤黑也许可以让人理解，农村的孩子吗，可是，这个拥有竟然是那样的邋遢，白色的衬衫竟然变成了黑色，脚上的凉鞋也已经断了几根条，脚显得更脏。

他笑着，露出白牙齿，像是黑人："嘿嘿……我是走路来的，我……一个人走路走到了这个城市，200里的路程，走了几天，真没有用处，怪不得村里的人都说百无一用是书生呢。"

他先向占山伸出手："我叫做刁拥有，你呢？"

占山和大家不约而同地笑了起来："拥有？"

拥有和着大家的笑声一起笑着："我自己起的名字，叫做拥有，我原来叫做刁小二，太难听了。"

大家越发哈哈大笑，辛汉竟然捂住了肚子大笑着，边笑边在床上滚动着，这滚动，让占山和拥有感到了亲切，因为，在高中住宿的时候，他们就是这样在宿舍里滚动嬉闹的，这让他们不再讨厌辛汉。

拥有故意逗大家笑着："真的，就是刁小二，现在就叫做刁拥有了，我想什么都拥有，和你们城里人一样，拥有一切。"

辛汉身边的那个皮肤更加白嫩的男孩叫做许优，他在拥有的上铺，他看着拥有痛苦不堪地说:“你怎么这么脏啊? 这怎么……在一块住啊?”

拥有逗着白嫩的许优:“你这个人这么漂亮干什么? 小心女同学叫你奶油小生,女同学最不喜欢奶油小生了,喜欢的是我这样的黑大汉。”

许优说:“你怎么不好好洗洗啊?”

拥有说:“我是走路来的,我平时可干净了,我马上换上干净的衣服,你们看看,我干净不干净。”

拥有说着,把自己的脏衣服脱了下来,一下,就脱得如此干净,赤裸着身体,让大家越发感到这个人的可笑可爱。

人们笑着,大声地笑着。

拥有换上了所谓的干净衣服,其实只是比过去的衣服干净一点而已,还是给人不干净的感觉。

拥有把那套脏衣服放在床底下,然后铺着自己的床。

许优皱眉问道:“你有虱子吗?”

拥有拍着胸脯说:“保证没有,保证没有,要是有了,你们逮住一个,我罚它十个。”

许优无奈地说:“等于越来越多啊?”

拥有也是无奈地笑着:“没有办法,就为了节省几个钱,我走路来的,走到哪里睡到哪里。没事,我身上不但有虱子,还有跳蚤、蚂蚁,还有……反正没有艾滋病,你们就放心吧,全都是不要命的真菌。”

许优气愤地喊叫起来,像是再也无法忍受了,是忍无可忍的样子:“你这也太不道德了。”

拥有嘿嘿地笑着,不在意许优的愤怒:“没有办法,不是我的意志可以支配的,我对它们无能为力。”

许优用脚指着那床底下的脏衣服说:“全部扔出去,快! 不,把所有东西全都扔出去,快!”

拥有依然不着急地嘿嘿地笑着:“你开什么玩笑,这怎么可能扔出去,我穿什么? 睡什么?”

许优咬牙切齿地说:“我……我给你,我宁可把自己的钱全都给你,我也不愿看着自己身上爬上虱子。”

许优说着，把一把钱掏出来，扔在床上：“去，洗澡，买新衣服，换行李，一会儿学校就会来检查了，你这样肯定不好过关。”

拥有看着那钱，眼睛一亮，可是，身体却没有动，抱歉地说：“我……对不起你们，我……可是，我怎么能够花你们的钱呢？”

许优指着占山说：“你也和他一起去吧，洗澡，去吧。”

占山掏出自己的钱，让大家看：“我有钱。”

占山的手在颤动，他的钱是爸爸向爸爸的妹妹借来的，将来是要还给姑姑的。

拥有照着许优挂在墙上的镜子：“哎呀，我都不敢相信是我自己了，我可不是这样子啊，我过去在我们学校也是有名的英俊男生啊，大家都叫我是金城武啊！”

他这句话，越发逗得大家发笑。

拥有嘿嘿地笑着，问许优：“你爸是富翁？要是富翁，我们就接受你的善款。”

许优说：“不是富翁，我爸爸就是一个……干部。”

拥有啧啧赞叹着：“现在，干什么也不如当官啊，当年吕不韦就说过，种地是一成的利，经商是三成的利，当官是十成的利。”

许优气恼地说：“我爸爸不是贪官，说什么呢？这是我的生活费，明白吗？”

拥有想把自己的手伸向那钱，可又缩回了手：“哎呀，生活费，我怎么敢要呢，这不是让你一个月饥寒交迫吗？”

许优说：“我就是死，也要买你个干净。”

许优看拥有不好意思拿起钱，就自己拿起钱说：“走，我也要洗澡了，咱们一块去吧。”

拥有和占山，两个农村来的学生，跟着许优和辛汉两个城市的学生，到了学校浴池。他们洗澡以后，拥有说什么也不要许优的钱去买衣服，许优无奈，只好把自己的衣服给了拥有一件，给了占山一件。

可是，当许优要拥有把脏的破的衣服扔出去的时候，拥有却嘿嘿地笑着说：“多可惜啊，我打算在星期天把这衣服给我弟弟刁小三寄回去。”

辛汉讥笑说："这衣服还不如邮费高呢。"

拥有表示不相信："这衣服竟然不比邮费高？"

辛汉说："快扔了吧，免得污染宿舍，污染大家的心情。"

拥有无可奈何地拿着衣服走了出去，一会儿，他就回来了，手里的衣服还在，不过是湿透了，滴答着水："我发誓，保证没有虱子了，我保证没有了，我用开水烫过了，虱子全都让我烫死了，真的。"

许优和辛汉看着这个山里来的刁小二无能为力，因为宿舍是大家的宿舍，是学校的宿舍，谁也没有权利限制别人居住和放置衣服行李，即使这个学生特别的脏。

许优当即就表示，不在学校住宿了，每天回家，反正离家也不远。

辛汉也表示，也要回家住。

拥有竟然笑起来："太好了，你们的空间让我们占领了，我们拥有了，哈哈……"

许优嘲弄着拥有："怪不得叫拥有呢，要拥有别人的一切，用这样的方式拥有啊。"辛汉和许优拿着自己的包就要走出宿舍。

拥有拦住他们："千万别这样，我心里不好受，真的。下雨下雪刮风，还有早晚自习，你们不能在家里住。"

许优说："我害怕着上虱子。"

拥有把那湿漉漉的衣服挂在了窗户外面，问道："这样可以了吧？"

许优和辛汉这才把提包放下了。

当头的太阳越发火热，辛汉拿起自己的钱包，买了五瓶可乐，分给每人一瓶。过去也是这样，总是辛汉和许优掏钱给大家买食品吃喝，谁让他们的父母有钱呢？辛汉的爸爸是个小企业主，现在虽然加工业不景气，可他爸爸说前几年已经把钱赚了，至少赚了几百万。奇怪的是，这小子死活不愿到父亲的小工厂工作，死活不愿当私营企业主，就想到一家大的机关或企业工作，即使爸爸拿钱卡他，不给他钱，他也不改初衷。谁知道为什么这样呢？他自己说，父亲那个工厂设备落后，产品落后，经营方式落后，他向父亲提建议，父亲竟然嘲笑他，说他不懂赚钱之道，小，就要落后的设备，要是先进的，产品卖不出去，那还不亏损啊？

所以，这小子虽然不像大家那样为找工作着急，但也不是不想找。他既不悠闲自得，也不焦虑万分，和许优现在的完全的悠闲自得不一样，和陶兰这样的焦虑万分甚至失眠忧虑也不一样。最后，找不到工作，还可以到父亲的小企业去干，当一个小老板。

他喝着可乐，用手当扇子，煽着风，好像是给自己煽着，其实是把手放在了自己的脸颊的当中，是在给陶兰煽着。

辛汉爱着陶兰已经有好几年了，好像是从大一的时候，就爱上了陶兰。

那次是在班干部的竞选之前，陶兰找他，要他投自己一票。

在那个操场上，她们坐在了一起。操场黑得让人心跳。本来，乌云就遮盖了天上的星星和月亮，可是，这操场边的梧桐，越发地增加了黑色的感觉，根本看不清人的脸。

然而，辛汉可以看见陶兰那美丽的深邃的大眼睛。陶兰的脸颊上洗面奶的香气直刺他的心脾。

陶兰眼睛的美丽，在学校是闻名的，她那黑亮的眼睛，在黑暗中依然显得那么水汪汪的，似乎能够和星月相提并论。

陶兰笑的时候，大嘴张开，哈哈的，让人想起女生们因为忌妒给她起的绰号，大嘴。辛汉心想着，这些女生真是心胸狭隘啊，就因为陶兰美丽，追求陶兰的男生特多，她们就给陶兰起了这样一个绰号，为的是让男生想起陶兰的时候首先想起陶兰的大嘴，而不是那双美丽的眼睛。

陶兰知道是自己的第一对手贾南风给自己起的这样的绰号。南风在中学的时候，也是学校的团委书记，和陶兰一样，可是在这个班里，南风竟然没有陶兰的威信高，于是，南风想出了无数歪点子，比如，给陶兰起绰号，在背后挑拨陶兰和其他女生男生的关系，造谣说陶兰的作风有问题等。

陶兰没有马上回应南风，采取了挨个找同学谈话的方式，利用自己的魅力让同学折服，投自己一票。当了班长，才有可能到学校的团委和学生会发展，这是陶兰的想法。

陶兰一双水汪汪的大眼睛看着辛汉："辛汉，怎么样，对我没有意见吧？"

辛汉感觉心澎湃起来,自己从来没有和这样美丽的女孩坐得这么近过。中学时,自己同桌的女生对自己很不错,经常给自己书看,给自己吃的,可那个女孩一点也不美丽,就像南风一样不美丽,却特别喜欢打扮,身上的香水味经常让老师和同学皱眉。这陶兰就不一样了,人虽然美丽,穿着特别随便,和男孩几乎是一样的牛仔裤,还有就是便宜的夹克衫,虽然少了些女性的妩媚,但多了些干练和帅气,关键是她的气质与众不同。

总之,辛汉看陶兰哪里都美丽、好看。

辛汉感觉自己的心跳越来越厉害,竟然说不出话来,感觉口特别的渴。

陶兰依然用一双水汪汪的大眼睛看着他:"辛汉,怎么不说话啊,是打算投别人的票吗?"

辛汉急忙摇头:"不,不会。"

陶兰开朗地笑着,她总是那样开朗地大笑,大嘴张开着,毫无顾忌地笑,天真无邪地笑着。"没事,就是投别人一票,我也毫不反感,谁让我的工作没有做到家呢?"

辛汉保证说:"我保证投你的票。"

陶兰满足地看着他。陶兰就是这样一个姑娘,特别容易满足,别人给了她一句赞赏的话,说她美丽,说她能干,说她聪明,她马上就露出满足来,然后就是天真无邪的笑。其实,陶兰挺伶牙俐齿的,在班里演说的时候,曾经创造了演说一小时不拿讲稿的记录,博得大家一阵掌声。这和那个小眼睛的南风就不一样了,南风在演讲的时候,经常看手里的讲稿,据说是她一夜没有睡觉从杂志上抄来的。

陶兰天真地笑过以后,就真诚地征求辛汉对自己的意见。

辛汉说没有意见。

陶兰说:"难道我真的十全十美了吗?"

辛汉现在还没有从慌乱中挣脱出来,不知道如何和这样美丽的女孩对话。现在想起来,辛汉还觉得自己可笑。

以后的三年当中,辛汉一直想追求陶兰,陶兰却被许优追求着,一有空余时间,许优就去找陶兰。许优也总是那样的抢眼,让大家全都对他仰望。因为许优的父亲是本市的副市长,正好抓文化教育卫生体育广播电视。许优的父亲曾经到这个市属大学来视察，惊动了全校的师生，许优的父亲还特意来许优的宿舍看了看，从此，许优就搬出了宿舍，在学校外面自己租了一间房子。

从那以后，就有无数的女生经常给许优写信献媚，要求做许优的女友。可许优就是喜欢陶兰。大家也觉得许优的选择是正确的，陶兰虽然父母都是下岗工人，可陶兰朴实、美丽、聪明、正派、素质高，和许优比起来，辛汉总是有一种自惭形秽的感觉。许优的父亲是副市长，自己的父亲呢，不过一个小私营企业主而已，自己怎么能和许优较量呢？当然不可能了，加上自己并不比许优英俊，并不比许优聪明，自己哪方面都一般，都不突出不显眼，唉，自己只好看着心爱的人和别人花前月下了。从此，他无暇在学校里谈恋爱，一心等着毕业到社会上寻找自己的梦中情人，可就在毕业前夕，许优突然宣布和陶兰分手。

这消息犹如晴天惊雷，让班里所有同学惊诧不已。为什么呢，为什么这样般配的爱情突然结束了呢？好多热情的同学纷纷询问他们，可他们却是那样的讳莫如深，两个人都说没有什么可说的。最高兴的当属那个小眼睛的南风了，她为了这件事曾经喝酒喝醉了 n 次，她说最不能忍受的就是看着陶兰将来比自己富有，比自己幸福，比自己有名气，比自己的丈夫好，比自己有地位。

南风也曾和陶兰竞争过许优，她曾经给许优写过几十封求爱信，说许优如果和她恋爱，将会比和陶兰恋爱幸福十万倍。

许优把那些信件假装丢失在宿舍，让占山和辛汉以及拥有这些陶兰的坚定的崇拜者把那些信件张贴在学校的食堂门口。为了这件事，南风曾假装自杀，学校要处罚许优，当许优父亲的秘书来了一个电话后，许优就什么事都没有了。

当然，高兴的还有辛汉，还有占山和拥有等无数的男生们，他们终于有时间可以自由自在地和陶兰说话，而不受许优的指责了。过去，许优曾经以开玩笑的方式叮嘱过无数男生，要求他们不要夺走他的幸福，曾经受过许优无数恩惠的男生们，没有勇气再和许优争夺陶兰了。

现在，辛汉就坐在陶兰的身边，他已经下定决心，无论如何也要追求陶兰,让自己的梦想成为现实。现在的辛汉已经不是当年那个小男孩了,那个见到漂亮的女孩就不敢说话就全身出汗的单纯幼稚的傻小子了,自己已经24岁了,自己是男子汉了,自己已经成熟了,自己知道如何和许优这样的纨绔子弟竞争了,知道如何大胆地追求女孩了。

辛汉想着,就问道:“陶兰,你最理想的工作是什么呢?”

陶兰望着路上川流不息的车流说:“唉,现在就别提什么理想了,只要能快点找个工作,还上贷款就可以了。”

陶兰的神情暗淡下来,大眼睛里露出痛楚的神情。

第三章 父母最后一次笑是自己考上了大学

从那以后，四年了，自己没有看见父母笑过一次。为了女儿能念完大学，父母付出了所有的心血。想起这些，陶兰就想哭。

四年以前，也是这样的夏天，也是这样的炎热，太阳就像火球一样悬挂在空中，天空一片黄色，大概是被太阳烤得变色了吧。

陶兰在服装市场上，拿着母亲含辛茹苦做的衣服叫卖着："便宜啊……快来买啊……快来买啊……便宜啊……"

陶兰和好多贫困学生一样，也是借贷了2万元的助学贷款才上的大学。陶兰的父母都是下岗职工，父亲又是肾病病人，依靠母亲日以继夜地做服装过活。陶兰现在的愿望就是赚钱，就是把自己的贷款还清，然后再给父母帮一点忙，让一生劳作困苦的父母笑一下。

陶兰记得父母最后一次笑是自己考上了大学，从那以后，四年了，自己没有看见父母笑过一次。为了女儿能念完大学，父母付出了所有的心血。想起这些，陶兰就想哭。

四年以前，也是这样的夏天，也是这样的炎热，太阳就像火球一样悬挂在空中，天空一片黄色，大概是被太阳烤得变色了吧。

陶兰在服装市场上，拿着母亲含辛茹苦做的衣服叫卖着："便宜啊……快来买啊……快来买啊……便宜啊……"

陶兰的美丽让众多男人们停下脚步观看欣赏着陶兰手中的衣服，好像是在欣赏衣服，其实是在欣赏陶兰。他们的眼光在那衣服上闪来瞟去，像刀子一样刮着陶兰那白嫩的脸颊和裸露出的胸。

陶兰的衣服是妈妈亲手做的，妈妈和爸爸都在服装厂工作，服装厂的厂长和会计裹挟着借贷来的钱逃得无影无踪，服装厂的主管单位服装公司只好宣布服装厂破产，以免银行向他们追要欠债。母亲和父亲虽然没有了工作，但他们都会裁剪会做衣服，父亲甚至比妈妈的手还巧呢。当年妈妈是厂里第一美丽的姑娘，如果不是父亲的手巧，妈妈怎么会选择他做丈夫呢！为了这事，妈妈经常在女儿面前说父亲如何的手巧，有多少服装厂的女工向爸爸投递爱情炸弹，可爸爸就是选择了妈妈。听见这样的话，女儿就会发出哈哈大笑。母亲和父亲的感情特别好，家里的气氛也是特别好，女儿在这样的家庭中被塑造成开朗开放开心的性格，陶兰什么都不怕，什么都敢说，什么都敢做。所以，从小学起，陶兰就是班长，一直到高中毕业，都是班长。

看着男人们电闪一样的目光，陶兰心里觉得好笑，自己从小就已经习惯了异性这样观察自己，在她的脸上她的胸脯上投递贪婪和欣赏，她已经习惯了。可她的心也随着年龄的增长越来越高了，她根本就瞧不起那些在市场上用目光追逐女性的男人们，她觉得自己以后绝对不会找这样的男人，这样的男人全都是老鼠一样的男人。那些男人们根本就不打算买衣服，眼睛在陶兰的胸上扫了几眼，就走开了。

陶兰继续喊叫着："买啊……市场上最便宜的啊……"

唉，真不好卖啊，这市场卖衣服的比买衣服的人还多，光是下岗女工就占多一半，她们在选择谋生职业时，首选卖衣服。因为衣服好保管，和水果蔬菜不一样，那东西卖不了就会烂掉，下岗女工没有钱赔本，这衣服就不一样了，一年卖不出去，衣服也不会烂掉，明年还可以接着卖。

身边的那个总是色迷迷地看着她的商贩走过来："妹妹，你的衣服卖这么贱，我们的衣服还有人买吗？"

她斜睨着他，早就对他那双色迷迷的眼睛很反感，现在可抓住反击他的好机会了，就继续高声喊叫着："市场经济就是竞争吗，竞争包括衣服的价格竞争、面料竞争，还有就是服务态度的竞争啊。"

那个男人嘿嘿地笑着："好厉害的丫头，好吧，你的衣服多少钱？我全都要了。"

她惊愕地看着他:“真的?”

那个男人依然是色迷迷地看着她:“只要你的衣服价格合理。”

她伸出三个手指头:“30 元,一共 27 件,我妈妈和我爸爸一天做的。”

在场的商贩全都惊讶地看着她:“你的衣服是做的?”

她点头,自豪地说:“这有什么!”

商贩们啧啧赞叹着陶兰妈妈爸爸的手艺:“哎呀,比正经工厂的手工还好呢!怪不得人家卖的贱啊,人家的成本低啊。”

她反驳说:“不是成本低,是我妈妈爸爸没有把自己劳动的时间和心血,计算在衣服的成本里,他们说,赚钱别太多了,就赚个工时钱就行,咱们的功夫不值钱,一天一宿也不值几元钱。为了这衣服,我爸爸累得得了肾炎。”陶兰说着,伤心地哭了起来。

人们问陶兰父母的名字,原来,在场的商贩几乎都认识陶兰的父母。是啊,这个城市里买卖衣服的,做衣服的,有几个人不认识那心灵手巧的父亲和美丽能干的母亲呢?!

那色迷迷眼睛的小伙子不好意思再要陶兰的衣服了,他的脸色红涨起来,说和陶兰的父母在一个服装厂,叫陶兰母亲为大姐,他本来是想找陶兰的麻烦的,在鸡蛋里挑骨头,要找些衣服里面的毛病当众讥讽陶兰的,可如今他不好意思说什么了。

陶兰在一个暑假里,也没卖出几件衣服。

市场上,根本就不像人们想象的那样简单,那么容易发财。

陶兰骑着父亲那辆破旧的自行车,驮着没有卖完的衣服回到家里,没有顾及自己那被晒黑的脸,就帮助母亲在衣服上钉扣子。

父母的脸色有些异样。

陶兰进门就看出来了,母亲的脸上挂着泪痕。母亲经常为这个家流泪,为父亲的病,为陶兰和妹妹陶菊的学费,还有为每个月的房费电费煤气费卫生费,以及每天的饭菜。妈妈那美丽的水汪汪的大眼睛也变得浮肿了,那曾经白嫩的脸也爬满了皱纹,失去了光泽。

陶兰像每天一样,安慰着妈妈:“妈,别着急了,留得青山在,不怕没柴烧,只要身体好,咱们就会熬过这一段的。”

妈妈强颜欢笑地抹了一下自己的眼睛，擦掉了眼睛上的泪水。“闺女，妈妈是高兴的，真的，不相信，就问问你爸爸。”

爸爸正在废报纸上画着他设计的衣服，这时，转过脸来，也是强颜欢笑地说：“是啊，陶兰，你真让爸爸妈妈高兴啊。”

陶兰似乎是妈妈爸爸唯一高兴的源泉。从上学起，陶兰就不断地给爸爸妈妈带来好消息，当班长，全班考第一，现在是什么消息呢？莫非自己……她从爸爸的手上拿过录取通知，看见上面写的是市大学，就把那录取通知扔在了地上。本来自己可以考上省重点大学的，但在高考前几天，爸爸住院，妈妈和妹妹以及陶兰轮换看护爸爸，还有就是为了给爸爸凑足医药费，陶兰每天早晨和晚上都到市场上卖衣服，竟然让自己的成绩滑落到中游的水平。

爸爸用颤抖的手捡起通知书：“闺女，应该高兴啊！怎么这样，应该珍惜这个机会啊。刚才邮局送通知书的时候，院子里、胡同里的人全向咱们家道贺呢，说陶兰聪明用功，给爸爸妈妈争气了呢！”

陶兰摇头说：“如果我考上了省重点，我就去，可现在，我……我不想去，我给妈妈爸爸卖衣服。”

母亲停止做衣服，用一双红涨的眼睛看着女儿：“闺女，不就盼望这一天吗？市大学也是大学啊，只要考上大学就是奇迹，咱们这院子就你考上了大学，我们那个工厂也只有几个考上大学的孩子。”母亲的语气里，明显地带着骄傲。

陶兰蹲在地上，数着衣服说：“现在先卖衣服，等赚钱了以后再上学吧。”

父亲把花镜摘下来，看着陶兰说：“闺女，我跟你妈妈说过多少回了，‘文化大革命’耽误了我们的前程，要不我们也是大学生了，我们要是大学生，就不会找不到工作，不会这么无能了，爸爸妈妈就把希望寄托在你们两个身上了，盼望你们上大学，让咱们家早日过上好日子。”

爸爸的声音在颤抖。陶兰的心也在颤抖。

陶兰环顾四周，这个家能够供自己上学吗？这是不可能的。父亲住院已经借了几万元了，自己还要爸爸妈妈去借吗？于是陶兰强颜欢笑地说：

“让妹妹上大学吧,我就给她卖衣服打基础。”

啪……

一声清脆的声音,在陶兰的脸上响起来,陶兰立即感到脸颊上一阵火辣辣的疼痛。

啊,父亲竟然打了自己,父亲是很少打自己的啊。陶兰委屈地哭了,捂住脸颊忍着疼痛,可眼泪还是止不住地扑簌簌地流下了。

陶兰不能接受父亲这样打自己,她的自尊心不能接受这样的耳光。

母亲埋怨地看着父亲:“你啊,怎么这样打孩子啊,陶兰已经20了,懂事了,孩子还不是为这个家,为你的病?”

父亲不知为什么这样气恼,生活的艰辛加上病痛的折磨,让他也快承受不住了,于是他也捂着脸哭了起来。一会儿,父亲又踉跄着走出门,痛苦地说:“我不想再给这个家添麻烦了……我走……”

陶兰追着父亲:“爸爸……爸爸……”

父亲那样固执,自己向外面走去。陶兰极力要拦住父亲,可父亲不知哪里来的力气,狠狠地把女儿推到了一旁。

陶兰哭着,跌倒在地。父亲猛地回头,抓住女儿,脸上露出慈爱的悔恨的神情:“闺女,爸爸是混蛋,爸爸不该打你啊,这么好的孩子……是爸爸不好,没有出息,没有钱……”

陶兰抱着父亲大哭起来:“爸爸,我一定上学去,我一定去,学了本领回来,赚钱给爸爸治病……”

母亲在他们身后看着,已经哭成了泪人。

哎,眨眼,这大学就毕业了。真快啊!

这四年里,陶兰拼命地打工,赚钱,可只能给自己赚个饭钱,那昂贵的学费,压得穷学生喘不过气来,她只好借贷了两万元,自己给自己交了学费,还给妹妹交了学费。妹妹比自己的成绩好,考上了省属重点大学,也是学经济管理,姐姐妹妹全都憋足了劲,要毕业以后当管理人员,那样就可以比爸爸妈妈这样的普通工人多赚钱了。

唉,没想到,现实并不像自己想象的那样,有无数令人羡慕的用人单位等着他们这些大学毕业生，几乎所有的令人羡慕的单位全都拒绝接受他们，如果想就业，只有到那些不怎么起眼的单位了。

快中午了，太阳越发火热起来。

陶兰觉得喝了那可乐，越发口渴，就提议找个自来水管子喝水去。

这提议博得了占山、拥有和四月三个农村学生的赞同，他们全都站了起来，四处张望着，看哪里有自来水。

辛汉这个小企业主儿子，从来不喝生水，在家里喝纯净水，在学校也总是拿着暖壶打开水喝。他不理解像陶兰这样美丽的城市姑娘，为什么有些习惯和那些农村人差不多，难道陶兰家的生活习惯真的和农村人差不多吗？陶兰的打扮，总是最时髦的，因为陶兰的衣服，全都是爸爸设计，妈妈给做的，只要市面上流行什么，陶兰回家就会穿上爸爸设计妈妈缝制的衣服，陶兰的皮肤白嫩，做派风度全都是地道的城市女孩，可就是太泼辣太不讲究了。他拉了一下陶兰，平生第一次碰陶兰的胳膊，也是平生第一次触摸到女孩的皮肤，感觉手像电击了似的，麻酥酥的。他急忙缩回手，脸红涨着，喃喃地说："陶兰，千万别喝生水啊！"

陶兰根本就对辛汉刚才的手的触摸没有感觉，陶兰虽是和辛汉一样的年纪，刚刚 23 岁，可陶兰早就和许优相互触摸过多次了，甚至两个人还偷吃了禁果，应该说，陶兰已经不是姑娘了。

许优的房子离学校大概有 10 公里的路程，许优和陶兰经常在那个豪华的房间里，相互抚摸。开始，陶兰感觉自己是那样的幸福，自己得到的是一个人人羡慕的男友，等待她的是广阔的前程，还有富足的生活。然而，就是因为那样的突破，对陶兰和许优的爱情产生了质的变化，不是向好的方向变化，而是向坏的方向变化。从那以后，许优好像不再对陶兰感到陌生了，向往了，他拥抱陶兰的感觉就像没有激情的老头一样了，他敷衍着她，她感觉得出来，他不再像开始时那样，甚至跪倒在她的面前，不停地添她的大腿和脚，以及整个身体，他就像厌倦了陶兰身体似的，没精打采地抚摸着，然后昏昏欲睡。

以后的日子，越发让陶兰难以忍受。

许优虽然经常在同学面前显示出自己的优越和富足来，可是在陶兰面前，他不敢像在其他人面前那样斜睨着一副瞧不起别人的样子，一副花花公子的样子，一副纨绔子弟的样子，而是一副谦逊的恭敬的甚至卑微的样子。可是时间长了，许优就变了，变得像以前一样懒惰和傲慢了，甚至他对陶兰指手画脚起来。

他开始对陶兰说，你把我的裤子洗一下，把我的内衣洗一洗。

陶兰和其他同学说话，也要受到许优的阻拦了。

陶兰明白了，许优已经和自己没有那样的爱情了，他们已经像其他结婚10年的夫妻一样相互没有新鲜感了，陶兰还明显地感到自己不再吸引许优了，许优的目光经常在别的女孩身上转来转去，那目光中明显地露着渴望，就像刚刚开始的时候，他看自己的目光一样。

陶兰开始在心里战栗了。

难道自己讨厌这个家伙了吗？难道他也讨厌自己了吗？我们的爱情真的已经结束了吗？陶兰不知道怎么办才好。

许优好像并没有打算和自己结束这场无聊漫长的爱情，依然在吩咐陶兰，命令陶兰，甚至开始数落陶兰。说陶兰邋遢，就像家庭妇女一样，没有结婚就这样，结了婚生孩子以后又会怎么样呢？

陶兰打算和这个家伙分手。

是的，这个家伙才真的像家庭妇女一样呢，每天数落个不停。

即使在星期天，陶兰也不愿意到许优那宽阔的房间里去了，周日总是躲在家里，帮母亲缝衣服，要不就是到市场上卖衣服。

许优也不打算再和陶兰重温旧梦了，许优的身边几乎每天都有女孩伴随。他的家也经常有女孩拜访，特别是那个刚刚成名的演员，那个自称是俄国后裔的女孩，几乎每天到学校来接许优，她开着一辆宝马汽车，引起学校里男生们的一片骚动，甚至挤在校门口，争相欣赏那女孩的皮裙，他们经常在电视里看到那个女孩，还没有看见过现实生活中的她。

就从那时起，陶兰和许优就完全破裂了。

陶兰甚至为自己曾经爱过这个纨绔子弟感到羞愧，为自己的浅薄虚荣感到悔恨和内疚。是的，自己一个朴实的贫穷的平常百姓家的女孩，为什么要喜欢上这个纨绔子弟呢？他每天的花消大概要500元，超过了占山、拥有一个月的生活费用,自己为什么要和这样的人恋爱呢?自己真的没有攀龙附凤的潜意识吗?自己真的没有想通过婚姻改变自己贫穷的卑微的社会地位吗?好像没有想过,可是自从许优追求自己,自己好像就没有像拒绝其他男孩那样拒绝过他,而是勉强自己跟着许优出去,认真听许优对自己的恭维,没有对许优发过一次脾气,没有讥讽过许优一次,甚至当他吻自己的时候,自己竟然那样平静地接受了,这些自己对其他男生是从来没有过的啊!

两个人平静地分开了。相约不许中伤攻击对方,就像没有发生过任何事情一样。

第四章　爱窈窕淑女的男生，不计其数

自己深深地爱着陶兰。可惜的是陶兰被副市长的儿子追到手了。自己这个从山村里来的孩子，和那个副市长的儿子绝对不能相提并论。人家在天上，自己在地下；人家是高贵的人，自己是卑贱的人。许优和陶兰分开以后，拥有也是喝醉了三次。可还是不敢追求陶兰，他担心陶兰拒绝自己，自己就再也无法和陶兰在一起说话一起玩一起打工一起找工作了，自己就会永远地和陶兰分开了。

那个辛汉呢，陶兰已经看出他对自己的爱恋，不过，像这样爱着陶兰的男生，陶兰似乎无法计算，从上高中时起，陶兰的身边就总是有像辛汉这样的多情的小男生追随着。

她笑着说："你啊，喝的那些什么矿泉水什么纯净水，还不是自来水灌的？无非是先装在了塑料瓶里，再污染了一次而已。"

占山和拥有还有四月，故意大声笑着。

他们从心里讨厌忌妒这个奶油小生一样的城市男生。这小子为什么可以不费任何气力就什么都有呢？自己有房子，有富足的家庭，有几百万家产，为什么他们这些农村学生就什么都没有？没有房子没有钱，现在甚至在这个城市找不到一个栖身之地。

拥有在学校的时候，就看出这辛汉想步许优的后尘追求陶兰。他也想成为陶兰的第二位男朋友，拥有在心里也喜欢着陶兰。陶兰这个女孩纯洁、美丽、朴实、泼辣、能干，具备了一切劳动人民子女的美好品德，陶兰正是自己的梦中情人。自己少年时代幻想得到的少女，绝对不是现在城市里的那些妖艳的病态的女性，而是像陶兰这样健康的勤俭的能干的女性，自己深深地爱着陶兰。可惜的是，陶兰被副市长的儿子追到手了，自己这个从山里出来的孩子，和那个副市长的儿子绝对不能相提并论，人家在天上，自己在地下；人家是高贵的人，自己是卑贱的人。许优和陶兰分开以后，拥有也是喝醉了三次。可还是不敢追求陶兰，他担心陶兰拒绝自己，自己就再也无法和陶兰一起说话一起玩一起打工一起找工作了，自己就会永远地和陶兰分开了。

拥有是瞧不起辛汉的，他希望陶兰拒绝辛汉，等待拥有奋斗成功以后，成为他拥有的爱人。

拥有和大家一起笑着，然后有些恶意地说："辛汉，你这么讲究卫生，身体怎么这么单薄？胸脯是鸡胸脯，胳膊像麻秆，哪个姑娘会喜欢你这样的三级柴火啊?!"

占山和四月又是故意大声笑着。拥有也有些得意地笑着。

拥有希望给陶兰这样的印象，就像辛汉这样的单薄的小男人，是大家最瞧不起的，千万不能盲目地答应他。

辛汉恼怒地看着拥有，为拥有的忘恩负义感到愤怒。

当年，刚进学校的时候，拥有吃饭都没有钱，经常等大家吃完饭，才到食堂里捡大家剩下的饭菜吃，是许优和辛汉经常帮助他，给他钱，让他吃一顿饱饭。以后，拥有找到一份家教，外加一个刷盘子的工作，才解决了吃饭问题。可是拥有不该现在就忘记别人的帮助啊，为什么在他辛汉喜欢的姑娘面前这样恶毒地攻击他呢？

辛汉绝对不想在这个山村的邋遢包面前当窝囊废，决定反击："拥有，不，刁小二，别忘记刚进学校的时候，没有饭吃，到食堂捡残羹剩饭，是我辛汉给你的钱，让你没有挨饿，古人都知道滴水之恩，当涌泉相报，别当忘恩负义的小人啊！知恩图报是君子，忘恩负义是小人！"

辛汉的话够狠毒的，让拥有的脊背出汗。他现在就害怕大家在陶兰面前提到他捡残羹剩饭的事。陶兰甚至说，捡残羹剩饭，等于自己找病菌吸收，陶兰当时还号召大家给自己捐款了呢。唉，没想到，自己现在是自取其辱啊！自己不得不承认那个事实，就是自己曾经是捡残羹剩饭的山村来的学生。可是自己不能就这样在辛汉面前甘拜下风啊，他嘿嘿地笑着，装作无所谓的样子说："那有什么，朱元璋还吃过残羹剩饭呢，哪个领袖没有吃过残羹剩饭呢？当年红军长征的时候，毛泽东还吃过自己的皮带呢，更别说残羹剩饭了。嘿嘿……"

辛汉继续抓住那让拥有汗颜的事情不放，想彻底地击败这个潜在的对手。他看了一眼陶兰，见陶兰并没有表现出对自己的反感，就继续说道："刁小二，你是偷换概念啊，我是说我曾经在你最困难的时候帮助过你，你不应该这样恶毒地攻击我啊！"

拥有嬉皮笑脸地嘿嘿着，这是他的特长，无论别人如何气急败坏，他总和平时一样，总是嘿嘿着，嬉皮笑脸地说话："你啊，就是太敏感了，我不过说你瘦弱，我是担心你这样的没有姑娘喜欢，我是为你着想啊。"

提起让姑娘喜欢的话，越发地让辛汉气恼了："现在有卖减肥药的，有卖增肥药的吗？不是你们山里人都羡慕吃肥肉的、长肥肉的吧！"辛汉一口气说完，看着陶兰，兀自得意地笑了起来。

拥有最讨厌别人说他是山里人这样的话了，在学校的时候，他就曾经为许优说他带着山村的虱子来到城市的话狠狠地给过许优一拳，吓得校长差点把拥有绑起来，送到许优父亲那里请求许优父亲的原谅。现在拥有认为自己完全是城里人了，自己已经在这个城市生活了四年，自己不再是山里人了，自己不是那个象征着落后、肮脏、偏僻、愚昧的山里人了。他不再嘿嘿地笑了，走近辛汉，狠狠地把辛汉的胳膊拧过来，让辛汉的胳膊成了麻花，这是拥有的惯用伎俩，就是假意玩耍，狠狠地发泄自己心中的愤懑，教训自己不满的人。

辛汉的胳膊在拥有的手中扭转了180度，辛汉疼得几乎要哭了。长这么大，自己从来没有受过这样的气，这样的欺辱和折磨，辛汉破口大骂起来："刁小二，黑王八蛋……"

拥有却是假意不生气，继续嘿嘿地笑着。

这就是拥有的阴险处，就是心里明明是憎恨人家，要把人家的胳膊拧断，却是假意闹着玩的，让人恼怒不得。当年他给许优那一拳，也是假意闹着玩的，狠狠地给了许优胸脯一拳，打得许优几天都说胸部疼痛。要不是陶兰说情，许优早就给公安局打电话，让公安局拘留这个黑小二了。

又是陶兰说话了：“哎呀，别闹了，有那么多人在看你们呢。”

拥有知道陶兰已经反感自己这样做了，急忙放开了辛汉。

辛汉气急败坏地骂着：“好你个黑小二，刁小二，狗杂种，混蛋……”

第五章　我不想做男人的第一百个女人

陶兰说:“我不想做男人的第一百个女人,或者是被抛弃的第一百个女人。”

许优像是无所谓的样子:“这是达尔文主义,物竞天择,哪个物种强,就生存;哪个男人强,得到的女人当然就多了。”他斜睨了一眼占山和拥有:“像小二这样的,在农村当然也是强者,得到的女人当然也会多,如果在城市,他们就是弱者了,得到的占有的女人当然就少了。”

拥有把自己的手插进辛汉的衣袋里面,掏出几张100元的钱,在空中摇晃着:“走啊,辛汉请吃饭了,咱们走啊……”

占山欢呼着:“我们几个已经几天没有好好地吃饭了。我们自从搬出了学校宿舍以后,在郊区租了一个院子,我和拥有住厢房,四月住正房,还没有给房钱呢,当然舍不得吃饭了。找不到工作,没人给工资,就连两元一包的方便面也不敢让自己多吃。”

拥有和四月以及占山看着那几张100元的票子,目光灼灼,口水已经流出来了。在学校,他们不止一次地这样吃大户,包括吃许优和辛汉这样的大户。这在他们看来,是理所当然的事情,是天经地义的事情,就像当年农民造反分田地,吃大户一样,没有什么可非议的,谁让你们有钱呢！那些钱是哪来的,还不是你们的父亲从我们的父亲那里赚来的,到了我们这一辈,再进行第二次分配,没有什么不对的。

在学校的时候,几个大户似乎没有对穷学生吃他们表现出强烈的反感,辛汉虽然小气,可是他也总是表现出富家子弟的大方来。总是涨红着脸说:“吃吧,我绝对舍得,吃吧。”

可现在,辛汉不知怎么了,一副被激怒的样子,脖子上的青筋暴露着,脸由于愤怒也变成了紫红色,一只干瘪的手掌在空中挥舞着:“拿来……我才不想给那些白眼狼吃呢!”

四月惊呆了,她没见过被吃的大户如此激怒过:“为什么,为什么这样?是现在已经毕业了,大家也已各奔东西了,不再是同学了,就没有半点用处了吗? 还是为别的呢?”

小二就是这样,依然嘿嘿地笑着,嬉皮笑脸地说:“辛汉,别那么小气,我将来会还你的,会翻番一千倍还你的。”

辛汉想抢过钱,可拥有拿着钱竟然跑走了,跑向路旁的一家餐厅。

辛汉拿出自己的手机:“如果不把钱还我,我就马上报警,打110,说你抢我的钱,明白吗?”

对辛汉的这种举动,大家都没有防备,出乎预料。这辛汉也太没有风度了,即使对拥有多有意见,也不能表现出这样小气来啊,为了几百元钱,竟然要报警。

陶兰摇头,不知是对辛汉还是对拥有,表现出轻蔑来,大大的眼睛里露出失望来,口里喃喃地说着:“无聊,无聊至极……”

陶兰走向了体育馆的门口,大概是要坐公共汽车回家吧。

辛汉来不及跟拥有要钱了,急匆匆地跟着陶兰。边走还边对陶兰说:“陶兰,我是要报复一下小二的,他刚才把我弄得太疼了,我不是为了那几个钱,更不是为了你们几个发火的,真的。”

陶兰像是没有听见辛汉的话似的,快步走着。

这时,拥有也飞跑到陶兰身边,嬉皮笑脸地说:“陶兰,我是跟辛汉闹着玩的,你为什么这样啊? 现在怎么了,你们怎么全都这么爱发火呢? 是因为找不到工作急的吗? 还是更年期提前了啊?”

这拥有就有这样的本领,就是在别人发怒的时候,可以想起一些幽默的话来把大家逗笑,如果别人不笑,他会更进一步拿自己开涮,想方设法让别人发笑。果然,看见陶兰和辛汉全都没有笑,拥有就表演起类似杂技的才能来,一翻身,就把自己的胳膊来了个180度的大转弯,那胳膊的前方到了后面，像是脱节了似的，耷拉着，挺可怕的。

陶兰和辛汉早就看过这小子的把戏，他在学校的时候，经常表演这样的技能，或者让胳膊脱节，或者让脑袋突然转个方向，让大家惊愕万分。

拥有见陶兰和辛汉还是没有笑，就再次让自己的脑袋转了个方向，对辛汉说："兄弟，狠狠地打我吧，打啊。"

辛汉不愿理睬他，只是紧紧地跟着陶兰，解释着自己内心的感受。

突然，拥有竟然拿起辛汉的胳膊，把自己的另外一个胳膊打得脱节了。拥有假装疼痛地叫着："哎呀……辛汉……好狠毒啊……"

陶兰和辛汉全都笑了。

辛汉骂着："小二，你无赖，我真让你气死了。"

陶兰也停下脚步说："我现在虽然不是班长了，咱们已经毕业了，可咱们是同学啊，是朋友啊，我说你们几句，在学校刚发毕业证书的时候，南风等几个同学竟然说，现在谁也没有必要再伪装自己了，痛恨谁，就去骂那个人，打那个人吧，我们已经不需要所谓的同学关系了。我就说，咱们同窗四年，友谊多么珍贵啊，以后我们不会再有这样的友谊了。是吗？无论到了哪里工作，也不会有像咱们现在这样的纯洁无瑕的真诚的友谊了是吗？真的就对别人那么痛恨吗？差点把人家辛汉的胳膊拧断。辛汉呢，竟然为了几百元钱要报警，打110，真的是这样的关系了吗？如果是真的，咱们现在就应该视若路人了，还在这里群聚干什么呢？有意义吗？"

拥有急忙赔着笑脸说："我错了，也是心情不好，焦虑不安，手狠了点，我向辛汉道歉，辛汉，再给老兄一个嘴巴。"

拥有说着，就拿起辛汉的胳膊，狠狠地给了自己一个嘴巴。

辛汉也说："我也是急了，自己打不过拥有，没有办法，就急了。"

拥有把那钱装进辛汉的口袋。

陶兰这才天真地笑了起来。她希望自己永远是同学的班长，希望大家永远在一起，希望大家永远这样快乐。

辛汉拿出钱来，一定要请大家吃饭，说："毕业了，咱们还没有一起吃过分别的饭呢，咱们今天就去。"

拥有当然正等着辛汉这样的话呢，说："辛汉，千万别破费多了，我们只要一个菜就行,就要一个排骨解解馋就行了。"

占山说:"我就喝一杯白酒就行了。"

四月说:"我就想吃几个馒头,呛面的馒头,大的,就着辣椒吃。"

大家全都笑了起来。

当他们走向餐厅的时候,他们看见了许优。

陶兰的目光停留在许优身边那著名的女演员身上,自己的脸上露出一种痛楚的神情。

许优和那个美丽的妖艳的女孩文雅小姐挽手走下了汽车。

陶兰知道,那宝马汽车是文雅小姐的,价值100万。许优自己也有一辆奔驰汽车,比这女演员的汽车还要贵,今天不知为什么没有开来,也许是因为许优想在大庭广众之下装廉洁吧。上学的时候,许优也不会把汽车开到学校,也是停在他的家里,只有在星期天,才会载着陶兰到处游玩。据许优说,那奔驰汽车是一个个体户赠送的。陶兰惊奇,堂堂副市长,怎么敢要一个个体户的汽车。许优的父亲回报给那个人的,是让那个人开办了几所学校,据许优说,那些学校,已经赚了上千万了,早成了富翁了。这是许优的父亲用权力给他换取的好处吧。

在体育馆的前边,挂着一副巨大的条幅,上面写着《青春应该奋斗》签名仪式。

喇叭里传来许优的声音:"我是电视台的,我在这里介绍一位小姐,就是大家喜爱的著名影视演员——文雅小姐。"

无数的照相机、摄像机、话筒对准了那个美丽的文雅小姐。文雅小姐卖弄着自己的美丽,那明显是粘上的去的长长的眼睫毛,故意在摄像机面前眨着,吸引着那些刚从大学校园里走出来的学生们。

那些男孩女孩们从体育馆里涌出来,围上了文雅,他们毫不考虑那书的价值只是为了得到那文雅小姐的签名,还有就是书里文雅小姐的三点式的照片。

辛汉看着陶兰,自言自语道:"不知那书多少钱一本?"

拥有骂着:"就是一元钱,我也不会买。"

占山问道:"她的年龄比咱们还小呢,看看,她怎么奋斗了?有什么可写的。"

陶兰低垂下着头,她想哭。

陶兰叹息着:"刚刚 22 岁,高中毕业,这样的经历,有什么可写的呢?人们啊,真是浅薄啊,真是可笑啊,这样的现象说明了什么?是出版界的浅薄?是演员的浅薄?还是这些读者的浅薄?"

已经有无数的大学生们围拢了文雅小姐了,再加上街道上急速拥挤来的青年人,文雅小姐的周围,已是聚拢了上千人了。

人们拥挤着,争相购买着文雅小姐的奋斗史,想知道文雅小姐是如何成名的。

许优已经被挤出了人群,他那瘦弱的身体实在无法充当文雅小姐的保护神,几个保镖模样的人驱赶着青年们,用电棍击打着那些试图接近文雅小姐的男孩子。

已经有男孩被击中,倒在了地上。

大街上出现了警察,他们奔跑过来,埋怨着书店没有跟他们请示,擅自在街上玩招揽顾客的游戏。

一个陌生人喊叫着:"许优,你可是策划,千万别让警察把咱们抓进去啊。"

许优喊叫着:"我认识你们巡警的大队长,我已经跟他说了。"

警察果然要抓这个混乱仪式的策划者了。

许优喊叫着:"我是许优……"

警察问道:"许优,你是干什么的?"

那个女演员喊叫着:"他是许市长的儿子。"

辛汉骂着:"越来越浅薄了。"

陶兰咬着自己的下唇,心里在想:"的确,许优越来越浅薄了,这样浅薄的花花公子、纨绔子弟,自己怎么竟然和他恋爱了三年,竟然和他爱得死去活来,竟然和他发生了那样的事情呢?唉,自己也是浅薄的女孩啊!"

忽然,许优竟然发现了他们,向他们走了过来。

文雅小姐依然在男孩圈里,给那些激动得战栗的男孩们签字。

不同的是,周围是警察和保镖的保护。

男孩们小心翼翼地询问着文雅的生活，问她是否已经结婚。

她尖声喊叫着，故作惊讶地大声喊叫着："天啊，我刚刚20岁啊，我怎么可能结婚呢？我还是一个女孩啊。"

陶兰说："这家伙又变成了20岁，比许优介绍的年龄又小了2岁，那么有理由相信，这个女孩也许根本就不是22岁，也许是28岁，甚至32岁了吧。"

陶兰走近那个文雅，想仔细看看那个女人的脸，看看她眼睛周围是否有鱼尾纹，看看她的额头上是否有了细小的皱纹。

可是，许优拦住了她："陶兰，想买文雅的书吗？我可以给你一本，这书是我帮她策划的，邀请作家写的，内容是我虚构的。"

陶兰脱口而出："欺骗！"

许优看着她："这是市场行为，你应该了解。"

陶兰看着许优那得意洋洋的神情问："你们还缺钱吗？"

许优扑哧笑了一下："陶兰，你还是那样幼稚，现在哪个人感觉不是缺钱呢？包括那些百万富翁、千万富翁。"

陶兰冷笑着："你已经是百万富翁了，那奔驰，那100多平方米的房子，就已经价值几百万了，我估计这文雅小姐也是千万富翁了吧。"

许优抹了一下自己脸颊上的汗珠说："陶兰，咱们有协议的，互相不攻击，永远不把咱们的事情、对方的隐私告诉别人，我希望你讲信用。"

陶兰发誓似的说："放心吧，往事不堪回首，我是不愿回忆往事的。"

许优摇头："看样子，你是埋怨我、憎恨我是吗？"

陶兰笑了一下："我庆幸和你分手。"

许优问道："我就那么坏吗？我不是坏人啊。"

陶兰说："我不想做男人的第一百个女人，或者是被抛弃的第一百个女人。"

许优像是无所谓的样子："这是达尔文主义，物竞天择，哪个物种强，就生存；哪个男人强，得到的女人当然就多了。"他斜睨了一眼占山和拥有："像小二这样的，在农村当然也是强者，得到的女人当然也会多；如果在城市，他们就是弱者了，得到的占有的女人当然就少了。"

陶兰突然气愤起来:“得到,占有,过去你那么会伪装,怎么没有听过你这些高论呢?”

许优还是一副无所谓的神情:“生存需要,爱情需要,当然要伪装了,猴子在追求异性的时候,也会装出自己很文雅的啊!”

啪……

陶兰给了许优一个耳光。陶兰全身颤抖起来:“我无法相信,不敢相信,不能相信,自己曾经爱过的人竟然是个无赖,是个没有任何责任感任何道德的人,一个只顾自己快乐,只追求自己快乐的自私鬼。”当初,在他追自己的时候,他的确伪装得很好,彬彬有礼,温文尔雅,举止有度,可后来呢?他就变成了一个唯自己独尊的人了。

许优捂住自己的脸,想回击陶兰。可几个男生,包括占山、拥有还有辛汉,全都快速地跑到他们面前,把陶兰和许优隔离开来。

拥有开玩笑说:“哎呀,许优,听说你到了电视台,怎么样?和陶兰排练节目?要当演员?排练什么节目?背信弃义的小人挨打?”

许优骂着:“你这刁小二,狗嘴里吐不出象牙来。”

刁小二嘿嘿地笑着:“你这狗嘴里能吐象牙,你就吐一个啊,我正发愁没有工作呢,就卖象牙生活得了。”

许优讥讽地说:“你的工作你的归宿在山村,你应该回去,为山村的百姓做点什么,不应该赖在城市里。”

拥有的脸上现出一种愤怒:“怎么,这城市就是你许优的?我们山村的农村的学生就不能留在城里了吗?为什么?”

许优用丝绸的手帕擦着流血的嘴说:“你出生在山村,就应该回到山村,山村需要你们。”

占山抢过话说:“许优,你这是血统论,我们农村学生必须回到农村,难道你这副市长的儿子就要接着当领导吗?”

许优摇头,说:“好吧,我还有事,如果你们需要我可怜你们,可以给我打电话,包括陶兰,如果找不到工作,可以找我,我愿意为自己的同学承担责任。”

许优给大家开始分发名片。陶兰根本就不想接他的名片,可许优还是把自己的名片插在了陶兰上衣的口袋里。

四月念着名片上的字:“电视台总监许优。”

四月惊愕地喊叫起来:“总监制。”

那个文雅小姐招呼着许优:“优……快走吧,晚了,我就要让崇拜者挤昏了,快走吧……我现在想赶快离开这里……”

许优和文雅小姐上了宝马汽车。

在警察的驱赶下,那些围着文雅签字的男孩们,让开了一条路。

许优和文雅小姐开着宝马汽车飞速离开了这里。

陶兰把许优的名片狠狠地撕成了碎片。

拥有看着那名片,叹息着:“我也许真的要投奔这小子了,宁可让他每天羞辱我,我也要投奔他了。”

辛汉骂道:“你这刁小二就是贱,他这么瞧不起老同学,为什么要投奔一个根本就瞧不起你的人呢?不是故意让自己显得卑贱吗?”

忽然,拥有平时那自称厚得像城墙的脸皮也突然薄了,他无奈地捂住自己的脸,蹲在地上哭了起来。呜呜……

陶兰骂着拥有:“没出息,为什么哭啊?自卑?和许优比自卑了吗?”

拥有果然停止了哭泣,站起来,抹着眼泪说:“的确是自卑了,在学校的时候,我就自卑,好不容易考上了大学,以为自己可以扬眉吐气了,可到了大学,自己越发自卑了。看看人家许优,也是和咱们一般大的人,人家是什么命运啊,人家什么都有,汽车、洋房、美女、百万金钱,自己呢,什么都没有,在城市连一个立锥之地都没有,自己真难过啊。”

陶兰惊讶地看着他:“怎么,拥有,许优有汽车洋房,你是怎么知道的?”

拥有不好意思地说:“我向你坦白,我跟踪过你们,我知道你们的房子在哪里,也知道你们已经……在星期日就像夫妻一样生活,挽手在市场上走,在公园里面玩……还有……”

陶兰骂道:“得了,为什么这么阴暗啊?为什么跟踪我啊?”

拥有解释道:“我想知道你们城市学生怎么生活。”

占山劝阻着:“得了,陶兰,你是最宽宏大量的,原谅小二吧,不要说小二,就是我们大家全都对你们的爱情感兴趣,都想知道你们是怎么生活的,我们好些人都跟踪过你们。”

陶兰的脸色发白：“这么说……我们是怎么生活的，你们全都知道？”

四月点头：“我们差不多……知道……”

陶兰看着四月：“你们都知道什么了？”

四月尴尬地说：“知道……你们在一起住……”

辛汉好像不知道陶兰已经和许优在一起同居了，他惊愕万分地看着陶兰：“陶兰，你在我的心目中是最纯洁美丽的，没想到，已经……已经……”

辛汉像是无法接受这样的事实，自己心中的最纯洁圣洁的女神，已经被那个纨绔子弟玷污了，他狠狠地挥舞着瘦弱的胳膊，然后快步奔向了汽车站。

大家全都明白了，辛汉原来那么爱陶兰。

陶兰也刚刚知道，辛汉原来爱着自己。陶兰无奈地苦笑着，苍白的脸因羞涩而变得发红。惭愧地说：“好吧，既然你们已经什么都知道了，我就求求你们，千万别再往外传了，我……我……唉，我太年轻无知啊……太冲动太浪漫了太不谨慎了啊……”陶兰哭着，也跑向了汽车站。

三个农村学生，无力地坐在了人行横道上。

四月看着拥有：“小二，全都因为你，说那些干什么？”

拥有狠狠地打着自己的嘴巴：“我真无用……我……控制不住自己，在陶兰面前，什么都不敢隐瞒，什么都想说出来，什么都想告诉她。”

四月叹息着：“怎么，莫非你也爱上陶兰了？”

拥有也叹息着：“不要说我，咱们班的男生，有几个没有爱上陶兰的？包括占山。”

占山急忙否认：“不，我没有爱上陶兰。”

第六章　女人的梦

哦，自己也曾那样想过，那是自己的梦啊。

那梦差不多马上就要实现了，只要自己顺从许优的意志，像他养活的狗一样，向他摇尾乞怜，在他高兴的时候，躺在他的怀里；在他生气的时候，让他给自己几个嘴巴，然后自己忍受着……自己也许会得到一切。只要做了许优的妻子，就什么都可以得到。好的工作、汽车、房子、金钱，许优有什么，自己就可以有什么。可是，自己好像是个宁折不弯的人，宁可什么也得不到，也不愿忍受许优的蛮横、轻狂、霸道和强烈的占有欲，想霸占一切好东西的野心。

陶兰的家，是一间50年代建造的普通的工人新村，是当年爷爷留下的。房间也就12平方米，低矮、潮湿。陶兰的爷爷奶奶，就是在这里生活直至死亡的，陶兰和妹妹也是在这里出生的，她们还有可能在这里生存下去。

陶兰迈进门槛，母亲和父亲都用一种期待的目光看着她。陶兰苦涩地笑着，心想：供女儿上大学，不就是为了女儿大学毕业，光宗耀祖，给家庭带来荣誉，带来梦幻般的变化吗？在父亲母亲眼里，大学生和过去的秀才、举人、进士差不多，不能算状元，但是至少可以跟进士相比吧？父亲和母亲虽然年龄并不大，刚刚50多岁，可是他们盼望女儿出息，期望女儿给家庭带来转变，似乎已经到了急不可待的地步了。

望着父亲母亲那一头的白发，那布满皱纹的脸，那期待的盼望的目光，陶兰的眼泪就流出来了。

母亲和父亲明白了，女儿还是一无所获。

爸爸说："当初，大学生就像宝贝一样，大家都抢着要，现在怎么就没有人要了呢？难道现在的大学生真的多得像下岗职工一样，多得无法安置了？"

母亲和女儿一样，眼里流出了眼泪。

母亲没有再问女儿工作的事情，低下头，继续给衣服缝着扣子。

父亲那蜡黄的脸上，突然抖了一下，但是很快又恢复了平静，继续在报纸上画着自己设计的衣服样子。

母亲和父亲做的衣服，在墙角已经堆积如山了。

陶兰的眼睛再次湿润，她知道家里的处境，床铺上没有布了，说明父亲和母亲已经没有钱购买原料了，如果这些堆积如山的衣服卖不出去，就意味着他们没有收入了，他们一家人以后的生活将成问题了。

陶兰拿起衣服，把衣服装进过去经常用的大袋子里面。

唉，陶兰上大学以前，就是用这个布袋子装衣服，到市场上去卖的。那时，自己的梦就是能够考上大学，然后，自己就把这个洗得发白的布袋扔掉，并且发誓说，再也不到这个市场上来卖衣服来了。没有想到啊，时光走了四年，自己再次回到了原来的地方，再次拿起这布袋，再次到市场上卖衣服去，竟然和过去一模一样，没有丝毫的变化，要说有变化的话，就是自己比过去老了四岁，自己是大学毕业生了，不再是过去那个高中生了。

陶兰把衣服背在自己的背上，擦了一下脸颊上的汗，走出家门。

忽然，母亲拉住了她。母亲的脸上横七竖八的皱纹里，埋藏了深深的爱惜："闺女，别去了。天这么热，千万不能再出去卖衣服了，等一会儿，妈妈去。"

陶兰抹着泪水说："妈妈，我年轻，我应该多干点。"

母亲固执地拉着女儿，不让她出门。

陶兰把妈妈的干枯的手掰开，执意要出门。

母亲突然狠狠地把女儿背上的布袋抢过来，放在了地上。

陶兰惊愕地看着妈妈，妈妈从来没有这么粗暴过啊，从来都是温柔的、耐心的，今天这是怎么了？

父亲看着陶兰，叹息着，蜡黄的脸上充满了惭愧和自责："如果……你有一个好爸爸,你就不会……大学毕业再到市场上卖衣服了……”

父亲痛楚地把手里的画笔放在报纸上,用颤抖的手去抹眼泪。

陶兰强颜欢笑着:“爸爸妈妈,你们都是天底下最好的爸爸妈妈啊,我和妹妹都这么认为的啊!你们今天这是怎么了?”

母亲哭了起来。陶兰给妈妈擦着眼泪,安慰着妈妈:“妈妈,别这样,刚刚几天,你就等不及了?人家有找工作找一年的呢,别以为大学毕业马上就有好工作,一个月拿一万块钱,现在没有那样的好事了。再说,我上的是市属大学,本来就没有竞争力的,你们应该有这个思想准备啊,我已经习惯现在的处境了。”

母亲叹息着说:“原来工厂的姐妹们都羡慕我的两个女儿都考上了大学,说苦也值得,累也值得,瘦也值得,等女儿大学毕业了,就可以升官发财了,就把你接到100平方米的大房子里住,开着汽车,拉着你们兜风。没有想到,是这样的,连工作都找不到。”

陶兰木然地坐在了床上。

哦,自己也曾那样想过,那是自己的梦啊。那梦差不多马上就要实现了,只要自己顺从许优的意志,像他养的狗一样,向他摇尾乞怜,在他高兴的时候,躺在他的怀抱里面;在他生气的时候,让他给自己几个嘴巴,然后自己忍受着……自己也许会得到一切。只要做了许优的妻子,就什么都可以得到的,好的工作、汽车、大房子、金钱,许优有什么,自己就可以有什么。可是,自己好像是个宁折不弯的人,宁可什么也得不到,也不愿忍受许优的蛮横、轻狂、霸道和强烈的占有欲,想霸占一切好东西的野心。

唉,自己做得对还是不对呢?

父亲母亲都知道自己和许优恋爱,他们尊重女儿的选择,从来不逼迫女儿嫁给自己不愿嫁的男人,他们夫妻就是自己恋爱结婚的,虽然贫穷,可是一辈子没有像其他夫妻那样打架吵嘴,两人到现在还和当初恋爱时一样,互相尊重,互相体贴

这时,陶菊突然走了进来。

妹妹比姐姐更美丽,眼睛更大、更水灵。她现在是一副男孩子的打扮,头发剪得短短的,还戴了个鸭舌帽,就像电影里的特务。可她一点也没化

妆,没有修眉毛,也没粘假睫毛,更没化嘴唇,脸是白白嫩嫩的,也没有什么护肤霜一类的化妆品,活脱脱一个顽皮的男孩子。

陶菊先和妈妈爸爸姐姐拥抱了一下,把自己脸上的汗珠全都蹭到了大家的脸上,然后嬉戏般地拿出无数贵重的大家过去想都不敢想的东西来,让大家马上接受。

妹妹给爸爸的是几盒肾药,给妈妈的是一个金戒指,给姐姐的是一台手提电脑。

妈妈和爸爸都拒绝接受小女儿的礼品,声色俱厉审讯般地质问着小女儿:"陶菊,说实话,你是怎么弄到这些东西的?"

陶兰惊奇,妹妹从来不会一本正经地说话,总是像猴子一样耍弄别人。就因为这样,聪明绝顶又美丽异常的妹妹竟然没有能够入团,也没当过一天班干部。妹妹虽然考上了省重点大学,省大,可妹妹的老师对妹妹的评价依然是此人不能担当重任,是个女嬉皮士。

妹妹的穿戴是让妈妈爸爸最反感的。家里的衣服多得卖不出去,可妹妹并不穿父母做的衣服,总是拿自己家的衣服和其他人换着穿,换来的衣服全都是奇装异服,不是胸脯露出半个乳房,就是让肚皮或者臀部露出半个来,把全校的男生折腾得抢着向她献殷勤。她也有办法,谁给他写信,献殷勤,她就要那个男生买 10 件她家的衣服,自从陶兰上了大学,家里的衣服几乎都是妹妹卖出去的。

陶菊嬉戏地说:"我啊,傍大款啊。"

妈妈和爸爸知道陶菊就是这样一个孩子,不好好说话,说话就是开玩笑,要是和她认真,早就让她给气死了。

妈妈抹着眼泪说:"陶菊,只要你不说出这钱是怎么来的,我们就坚决不接受你的礼物。"

陶菊那从不化妆但是依然娇美的脸上,还是孩子气地绽放着笑容:"你们啊,相信自己的女儿吧,你们的女儿,绝对是国家的栋梁之材,不会做那些苟且之事的。像什么贪污受贿,盗窃卖淫,你们的女儿能干吗?!当然了,想贪污,我也没地方贪啊;想受贿,我也没人给啊;想盗窃,我也没那本领啊;想卖淫,我也没那样的胆量啊。"

大家全笑了起来。

陶兰说:“这个美精灵,没有人拿她有办法的。”

父亲看着陶菊说:“陶菊,告诉爸爸,这些钱到底是哪里来的?”

陶菊的笑容收敛了些:“我可以告诉你们,但你们绝对不许干涉我,如果干涉我了,我就马上走出家门,不让你们看见我了,让你们每天想我想得寝食难安。”

陶兰预感到事情的不妙:“这个不安分的陶菊,从来就是一个叛逆者的思维方式,她什么都敢想敢做的。”

陶菊开始慢条斯理地说着自己的雄心勃勃的计划:“我呢,打算马上休学,创办一个公司,已经有投资人看重我的计划了,要给我投资,先给我了200万元,所以我已经还清了我们姐妹的银行贷款,刚刚还的。姐姐陶兰就不必再为银行的贷款发愁了,免得把青春的脸愁出皱纹,变成一个黄脸婆了。另外,我还买了房子,我下午就搬家,一个大房子,100平方米的,我还买了汽车,就在外面,我自己开来的,我还租了办公的写字楼。”

妹妹一口气说完,美丽的大眼睛看着妈妈和爸爸,慢慢地给爸爸和妈妈削着水果皮,等待着他们的反应。

陶兰听着,就像听童话一般。这简直就是童话,一个贫穷的小姑娘,因为有了王子的爱,就得到了一切,房子、汽车、金钱、地位。和自己几年前的处境一样啊!自己当年不就是什么好像都得到了吗?!可是眨眼之间,一切全都消逝了,原来那只是一个彩色的梦,一个美丽的泡沫而已。

爸爸颜色改变了,蜡黄的脸变成了紫色,这是爸爸生气的表现。

妈妈的气愤就是哭,就是唠叨:“陶菊,说实话,你跟那个什么投资人干了什么?”

陶菊扑哧一声笑了起来:“妈妈,我就知道您老要怀疑我什么了,我可以保证,我跟那个投资人没有什么的,我是清白的。”

妈妈不相信地摇头。爸爸也是不相信地摇头。爸爸用颤抖的手拿出香烟,竟然点不着火,打火机颤抖着。

爸爸有病,本不适宜吸烟,可爸爸总是说现在经常发愁,等不发愁的时候,再戒不迟。

陶兰给爸爸点着火，安慰爸爸说："爸爸，您有病，千万别生气了，我们在学校的时候，就已经有这样的潮流了，就是停学创业，等自己有钱了，还可以继续上学，不是永远的退学，学校是给保留学籍的。"

妈妈依然惊恐地摇头叹息："好不容易考上了大学，人们都羡慕你们，可是现在，你们一个大学毕业了，找不到工作，一个竟然退学了……不上学了……"妈妈痛楚地失望地哭着，那哭泣声，让陶兰心酸、难过。

陶菊却好像早就预料到妈妈会这样似的，眯缝起自己已经近视了的大眼睛，打开电脑，接上电源，自己操作着："姐姐，我给你的，一个大学毕业生，怎么能没有自己的电脑呢？笑话，耻辱，都什么时代了，还自己亲自冒着骄阳找工作，如今人家大都是在网上找工作，自己做一个漂亮的网页，在网上推销自己。"

陶菊还和过去一样，做姐姐的开路先锋、启蒙老师、批评者和评论者，还有就是保护神。她看着电脑上的屏幕，问道："姐姐，怎么样，找到好工作了吗？"

姐姐摇头，鼻子发酸。

陶菊叹息着："都什么年代了，还愿意当人家的雇员，应该像我，敢于当老板。为什么我一定要受别人的支配呢？我一定要支配别人，我们中学的班主任说我陶菊一辈子当不了领导，不适合当领导，太自以为是，我现在就是领导了，我就是老板了。"

陶兰问道："那个投资人呢，他不是老板吗？"

陶菊嗨了一声："他啊，就是一个投资人，一个只管投资不负责管理的人。我是总裁、首席执行官、经理，CEO 你们应该明白了吧！"

陶兰不高兴地说："我怎么连总裁和首席执行官都不知道呢？别以为我是市属的大学毕业生，就一定比你们省大的差很多。"

陶菊嘿嘿地笑了起来。

爸爸一直不说话，好像在想着小女儿的前途是否像她说的那样广阔。可怜天下父母心，父母总是不停地为儿女发愁，但结果只是给自己多添几条皱纹而已，没有任何用处。

妈妈总是不停地念叨着："我不同意。明天马上回去向老师道歉，马上恢复学籍，马上上课去。那个什么投资人，马上跟他断绝关系，把这些东西全都给他。”

陶菊把那电脑移交给陶兰：“姐姐，今天咱们就上网，在网上推销咱们的衣服。我看马上就能成功，还用一千年以前的生产方式和销售方式能卖得出去吗？你啊，还学管理的呢，真是的，你们老师怎么教你们的，为什么不和实际结合呢？怪不得毛主席当年说你们这些大学生，脱离生产脱离实际呢。当然，我也没听毛主席说过，是前天偶尔看一个光盘看到的。”

爸爸终于愤怒了：“你，有上大学的机会多好啊，竟然不知道珍惜，竟然退学，创业。创什么业？你懂什么？你姐姐大学毕业了，人家还不要呢，你这样的，刚刚上了一年，会什么呢？”

陶菊慢慢地给爸爸捶背：“老爸，千万别生气，生气是因为愚昧、固执，听我跟你们解释好吗，求你们给我一个解释的机会好吗？”

陶菊嘿嘿地笑着，就是不会一本正经地说话。“好吧，我给你们解释。姐姐，你也帮我解释解释吧，这就是一场革命，观念上的技术上的革命，我如果等到大学毕业，中国的网络已经发展成熟了，就没有我的立锥之地了，明白了吧？就像当年，白人抢占大陆一样，英国人抢占了美国、澳大利亚、加拿大、新西兰，西班牙人、葡萄牙人抢占了南美洲一样，我们中国的皇帝那个时候因为愚昧无知，就失去了机会，一点别的大陆也没有抢着，只能在老祖宗留下的那一点地上生存繁衍生息，13 亿人了，也没有办法。我才不想丢掉机会，我要现在就开始抢滩，抢晚了，就没有我的地方了。我要办成一个像美国的雅虎，中国的搜狐、新浪那样的网站，明白吧。”妹妹依然嬉笑着，说着自己的梦想。

陶兰心里暗暗地想着，梦想总归是梦想，说起来，总让人有些怀疑，让人不相信。

爸爸妈妈不懂得雅虎、搜狐，只懂得吃苦，懂得宁可让自己的脊椎骨坐弯曲坐变形，把自己的力气用干枯，把自己的血汗耗干净，也不会改变自己的人生。

现在就看我的了，我的决定非常重要，我可以左右父母。

可是，我的确没有妹妹陶菊那样的魄力，根本就不敢想，自己创业，甚至要停学创业。自从上学起,我就是好学生,就是循规蹈矩的学生干部,只是在老师交给任务时敢于动脑筋,敢于发挥自己泼辣的个性干工作,如今让我去支持不懂事的单纯的幼稚的无知的顽皮的妹妹去停学创业,我好像不情愿。

陶兰说:“我不是电脑专业,可也知道现在网络业的一些事情,我看见报纸上一个教授说,大学生还是应该先装满脑袋,然后再装满钱袋。搜狐的张朝阳也说,应该先学习,后创业。”

妹妹笑了起来:“他们是因为已经得到了,什么都得到了,名誉、金钱、地位,所以才这样说的。我们可不一样,什么都没有,我们当然着急了。”

这些话,爸爸听明白了,原来小女儿是为这个着急。

爸爸掐灭了烟头,唯恐失火,燃着了地上的衣服。咳着说:“俗话说三十而立,陶菊刚刚21岁,离创业早着呢,离金钱、地位、名誉也早着呢,这么小,先想那些干什么?我一辈子没有得到金钱没有地位,我不是……”

爸爸也许是想说自己不是活得也很好吗?可是,看着12平方米的房子里的破烂家具,堆积的卖不出的衣服,不敢说下去了。

陶菊讥笑地说:“爸爸,说啊,怎么样?”

爸爸不说话了,脸色黯然。

陶菊依然是嬉戏般地说着:“人生是什么,过去老师和家长把人生说得过于沉重,过于苦难,就像你们自己的人生那样,的确是苦难的沉重的。可我们这些年轻人不这么看,我认为人生就是一场梦幻,一场游戏,非常的悠闲自得,非常的愉快浪漫。”

陶菊转向了陶兰:“你说呢,姐姐,是不是这样?人生就是几十年,干什么非要让自己的生活每天都哭着过呢?强迫自己干这个干那个,不情愿地干这个干那个,受苦受累呢?”

陶兰犹豫着说:“有时,人生是浪漫的愉快的;有时,人生就是苦难的沉重的。”

妹妹嘿嘿地笑着:“我才不愿像你们那样过呢。我现在喜欢创业,我就要创业,自己赚钱,赚钱了以后,等到自己需要学习了,再回学校学习也不迟啊。国家都允许这样干,你们凭什么一定要阻止我呢?”

陶兰思考着："也许……妹妹说得有道理。自己创业，我自己过去其实也想过，可现在我根本就不敢想了。"

妹妹一双纯洁美丽的大眼睛看着姐姐："为什么不敢想啊？就是因为你在市属大学，老师校长全都是思想保守僵化的，你们这些学生也就保守僵化了，我要不是在那个开放的大学读书，亲自感受人们的创业热情，我也不敢想自己创业，我们班已经有三分之一的学生开始创业了。"

陶兰焦虑地看着妹妹那白嫩单纯的脸说："我担心你……"

妹妹还是大笑，开心地大笑："你啊，为自己担心，为父母担心，为这个家担心，现在又开始为我担心。看看你现在，刚刚 24 岁，就像一个 34 岁的中年妇女了，眼睛周围已经有细碎的鱼尾纹了，怪不得那许优……"

妹妹向来是信口开河想到哪儿就说到哪儿的，只要自己畅快，从来不管别人的感受的。可现在，她看着姐姐的脸一下子变得神色黯然，就吐了一下舌头，不敢再说下去了。她拉着姐姐的胳膊，心疼地说："姐姐，好好地开心地生活吧，自己需要自己美丽，男人更需要女人美丽。"

陶兰不高兴地说："好像你是我的姐姐，什么都要教训我。我跟那个许优，并不像你们想象的那样，不是他甩了我，我是看透了他的本质，我才和他分手的。"

妈妈赞同地说："我不希望你们攀龙附凤，我就希望你们一辈子平安地活着，不希望你们做别人的出气筒，在别人家受气，当使唤丫头。你们别想着通过嫁人过上好日子。我跟你爸爸虽然一辈子贫穷，可是我从来没有受过气，你们养成现在这样的什么都不怕的性格，跟咱们家的环境也有关系。"

陶菊说："好吧，我说错了，我向姐姐道歉好吧。我不过是提醒姐姐，要保护自己的皮肤，别什么都要操心。要想让自己美丽，心情最重要了。"

陶兰想着妹妹的话，感觉妹妹的话自己也并不陌生，自己好像也听说过，只是没机会实践。妹妹则不同了，知道了一点道理，一条准则，一个规律，马上就要实践，这就是妹妹和自己的不同之处。

妹妹打着哈欠，像是最后通牒似的说："我可告诉你们，不管你们同意还是不同意，我还是要创业。其实我已经在几个月前就开始创业了，这些钱都是我自己赚的。”

姐姐和妈妈爸爸全都惊愕地看着陶菊。

陶菊顽皮地玩着那电脑里的游戏:“我必须先斩后奏,否则你们说什么也不会同意我休学创业的。”

妈妈叹息着,长吁短叹的。她对这个小女儿从来就没有办法,谁让自己过去那么娇惯她呢?!妈妈觉得自己穷,没有地位,如果再不在感情上多给女儿一些,自己更对不起女儿。现在想来,妈妈悔恨至极,如今说什么都晚了,两个女儿都长大成人了,你们根本就没有打算像父母那样生活,听从父母的安排,顺从父母的意志。

爸爸也是无可奈何地继续吸烟。

妹妹把那药向爸爸的身边推了一下说:“爸爸,你就吃这药吧,这是你女儿自己赚钱买的,不是用别人的钱买的,你们必须收下我的礼物,否则,我就跟你们……”

妹妹转着那大大的眼珠说:“我不是威胁你们,如果你们硬是不收下我的礼物,我就出去,你们再也别想看见我了。”

妈妈知道小女儿的脾气性格。“天啊,你要去哪里呢?”

妹妹说出了一串外国的国名:“美国、澳大利亚、加拿大,也许是新加坡、马来西亚。”

爸爸摇头说:“看看你现在,刚念了一年书,就不知道自己吃几碗干饭了。”

妹妹嬉笑着说:“姐姐,你听说过那几句民谣吗?”

陶兰说:“现在民谣生产的数量比所有产品都多,我知道你说的是哪个民谣?”

陶菊摇头晃脑地说起那民谣来:“一等学生上美英,二等学生闯广东,三等学生奔北京,四等学生留省城,五等学生回家中。嘻嘻……好玩。”

陶兰的心情越发地沉重了。“是啊,我本来就是五等学生,我只好留在家中了。”

陶菊看着姐姐说:“姐姐,你怎么像更年期的妇女了,这么爱生气啊?像我们老师一样,更年期,动不动就生气。”

陶兰长长地叹息了一声:“不是我生气,我的确感受到自己这个五等生的价值。在招聘现场,招聘单位几乎都是喊着要博士、硕士,最次的也要全国名牌大学的本科生,就像你这样的省重点大学的学生,也都不好找工作呢。”

妹妹撅起那红润的嘴唇说:“我才不会让他们挑选呢,就像当年牲口集市一样,有的甚至挑女生的三围,乳房大了不要,小了不要;臀部大的,不要;没有臀部的,也不行;既要有性感的,还要不像三陪女郎的。”陶菊说完,大笑不止,躺在床上笑个不停。

爸爸惊愕地问道:“竟然是这样?太不像话了。陶菊是开玩笑吧?我不相信。”

妈妈也不相信,说陶菊说话历来夸张。

陶菊说:“不相信你们就问我姐姐啊。”

陶兰点头说:“如果是公关岗位、秘书岗位、销售岗位、电视台的主持人,的确是那样,要女孩的三围呢。”

陶菊坐起来,把那电脑推给了姐姐。“所以,我才不让他们挑选我呢,等到我毕业的时候,工作越发不好找,我还不如现在就创业,自己赚钱呢。”

陶菊这些话,好像已经打动了爸爸和妈妈,他们也就不再激烈地反对小女儿休学创业了。

陶兰玩着电脑里的游戏说:“陶菊这丫头的确了不得,神不知鬼不觉竟然把妈妈爸爸全都说服了。”

陶菊说:“姐姐,看,这就是我的人生哲学。什么事情都不要发愁,不要一本正经地干,兴许我就可以干成。你呢,干什么事情都是那样的庄重、神圣、严肃,像是在教堂一样,那就什么事情也干不成了。”

陶兰说:“好吧,陶菊,以后我不叫你妹妹了,我叫你姐姐好了。”

陶菊不满地说:“你看,姐姐,刚才还佩服我呢,现在又讥讽我了,姐姐就是姐姐,这能够改变吗?”

陶兰问道:“你怎么就这么一本正经了呢?偶尔换一下角色又怎么样?”

妹妹笑了起来:“原来你是想通了啊,我和你换一下角色,我其实经常这样想。如果我是你,我也会和你一样,因为你是家里的老大,你自己以为自己肩负的责任重大,比如,改变家里一穷二白的面貌,让妈妈爸爸开心,供妹妹上学,你的责任的确太大了。我呢,什么都不想,因为我根本就不需要想,所以我就专门开心地玩,你们把一切都给我准备好了。我现在就改变自己,我也要为家里为你们赚钱。"

妹妹这些话感动了姐姐,姐姐陶兰竟然呜呜地哭了起来。

妹妹见大家不再反对自己创业,就在电脑上找出一个文件,然后给姐姐看。"姐姐,看看吧,这就是我的创业宣言,已经在我的网站发表了。"

陶兰读着那创业宣言:"无数的茫然的青年,在钢铁丛林般的都市里行走着,在广袤的田野上伫立着,仰望着浩瀚的天空,问着自己,我的道路在哪里啊?我告诉你们,年轻的朋友们,创业时代已经来临了,这就是我的道路,就是创业。我们年轻吗?年轻就没有创业的资历才能本领吗?看看这些成功的大家们,都是年轻的时候取得成绩的。伽利略18岁时发现了钟表原理,牛顿23岁创立了微积分,爱因斯坦26岁创立狭义相对论。这说明什么?说明青年时期正是创业的最佳时期。不能想象,在我们青年时期,每天只顾迷茫,等到人过中年再开始创业。莫彷徨,莫悲伤,让我们振作起来,开始创业吧!陶菊致所有年轻人的朋友。"

陶兰和父亲母亲看着陶菊的创业宣言,感到了陶菊的才华和激情。

陶兰想,自己不正是缺乏妹妹那样的激情吗?

妹妹嘻嘻地看着姐姐:"姐姐,你觉得怎么样?"

陶兰赞扬妹妹说:"好啊,不错。"

陶兰满意地说:"得到你们的赞扬,我才像是得到赞扬了。"

爸爸思索着,不说话。

妈妈也不再叨唠什么,脸上也没有了那极其痛楚的悲哀的神情了,好像是放松了许多。

陶菊看着姐姐:"姐姐,怎么样?跟我到省会创业去吧,在咱们这个城市是无法办网站的,我的网站建在省会已经是失误了,我应该到北京的中关村办网站。"

陶兰说:"妈妈和爸爸怎么办?没有人管了吗?"

陶菊叹息着："真想不开啊，我不是说过，我已经在省会有房子了吗？你们没有听见吗？妈妈和爸爸一起跟我走啊，我每天都想念你们，真的！高科技无法代替亲情，我现在算是深切体会到了。"

妈妈说："我才舍不得离开我这老窝呢。"

爸爸也说："我也舍不得离开这个老地方。"

陶菊说："这个小房子黑暗狭窄潮湿冬天寒冷夏天闷热，有什么好啊？"

妈妈说："就是这个小房子，养活了养大了你们啊。"

陶菊说："这样吧，姐姐跟我去，别在这个小城市里发愁了，到大城市去创业吧，我那里真的特别需要人。我已经雇用了几个小女孩了，跟我的年龄差不多的小女孩。"

陶兰像是动心了，问道："你们的网站都干些什么？"

陶菊说："我搞了网上书店，在网上卖书，我还宣传企业，给企业做广告。你是学管理的，就帮助我管理那个企业吧。"

陶兰看着母亲和父亲，还是拒绝了妹妹："如果爸爸妈妈不走，我是不会走的。"

陶菊说："还是你这大女儿孝顺，有责任感啊，真的。这好像就是天性似的，老大就总是想着自己的父亲母亲，为父亲母亲可以牺牲一切，我这样的小女儿呢，则是为了自己，让父亲母亲牺牲一切。"

陶兰嗔怪地笑了起来："你啊，伶牙俐齿，真厉害，就像一个精灵，将来一定是武则天一类的人物。"

妹妹就得意别人夸奖她，别人一夸奖，就得意忘形。"好吧，我就做网络的武则天，统治网络。我知道我不能超过美国的比尔·盖茨，我就争取当世界第一富有的女人吧。"

妈妈和爸爸看着这个得意忘形的猖狂的小女儿，不但没有像过去那样教训她，反而露出欣赏的神情了。也许是小女儿的誓言，让他们看见了自己的希望，生活的希望了。他们那苦涩的脸终于绽放出开心的笑容了。

陶菊："姐姐，马上上网，以后好在网上跟家人联系。"说完，她急匆匆地离开了家。

陶兰追出了妹妹，要送妹妹一程。

陶菊和陶兰上了汽车。

陶兰感受到了妹妹给自己带来的冲击,就问道:“陶菊,我要是自己创业,干什么好呢?”

妹妹不假思索地说:“当然不是传统工业了,回报太低了。像我们网络业,你知道吗,美国的亚马逊书店股值已经超过百亿元了,只要是高科技的,就一定比传统的有前途。”

陶兰下了汽车。

妹妹摇下车窗玻璃,看着姐姐说:“姐姐,创业吧。眨眼你就老了许多了,下次看见你,没准你脸上真的爬满了皱纹了呢。”

陶兰苦笑着:“我心里早就长满了皱纹。”

妹妹单纯地笑着,笑得那么灿烂。“那就美容吧,洗掉皱纹吧……”

陶菊那甜美的无邪的放肆的毫无顾忌的愉快的笑声,惹得无数男人注目。这就是妹妹,就是陶菊。

陶兰望着妹妹思索着,自己是否应该做妹妹那样的人呢?我真的应该转变观念吗?

不,她马上否定了自己,自己也许永远都没有陶菊那样的胆量,那样的才华,那样的奇思妙想,那样美丽的容貌,那样的……

过去一向骄傲的她,自从大学毕业以后,突然间好像自卑了许多。

是啊,自己的确是那么渺小,那么无知,那么可笑。没有一点可骄傲的,可自豪的。没有靠山,没有才华,没有博士硕士甚至没有名牌大学的头衔。没有资历,没有名气,没有美丽,没有……

自从到了人才招聘会,自己才知道,自己什么都没有,不然怎么没有单位招聘自己呢?!

陶兰在街头走着,思索着妹妹,思索着自己。

回到家,陶兰打开了电脑,看见妹妹那充满活力充满朝气充满挑战精神进取精神的创业宣言,好像灵魂被惊雷霹雳震荡了,刹那间,自己看见了光明和希望。

啊,妹妹那进取精神挑战精神是在哪里塑造的呢?这些,自己为什么没有呢?就因为自己是被平庸的教师落后的教学模式雕琢的吗?为什么那么多的招聘单位要名牌院校的学生,看来不同学校培养出来的学生,真的有那么大的差距啊!

陶兰想着,看见父亲已经在戴着花镜审查那肾药上的文字了,母亲也已经把那大金戒指戴在了手上,就知道爸爸和妈妈已经接受了妹妹的想法和做法。是啊,自己也该接受妹妹的想法和做法啊!

陶兰拿起爸爸妈妈做好的衣服说:"爸爸,妈妈,以后你们在设计服装的时候,最好也学学我妹妹那些服装的样子,改革一下,让服装更适合青年人。"

妈妈和爸爸没有马上反驳女儿,这和过去大不一样了。

妈妈从箱子里找出妹妹穿过的服装,摆放在丈夫面前,仔细观察着品味着,没有了过去那样的嗤之以鼻的神情。

父亲摇头说:"无非是胸口敞开一些,多露一些而已啊。"

妈妈说:"是啊,就是让不该裸露的地方裸露出来是吗?"

陶兰笑了起来:"真谛不是这样,真谛是显得年轻、活泼,当然也包括性感了。"

妈妈反对说:"要看什么人穿了,假如老师穿这样的服装,干部穿这样的服装,就不合适。"

陶兰说:"是啊,应该多样化啊,多种职业,多种爱好,多种场合,多种需要啊。比如,在宴会上,在婚礼上,在单位,在谈判场合,在恋爱的时候,穿戴是不一样的。"

父亲也笑了起来:"是啊,我和你妈妈虽然是做服装的,可是无论干什么,都是那一身服装,结婚、做饭、上街、上班,全都是那一身服装。"

妈妈像是检讨似的说:"唉,怎么就没想到这时代的变化呢?"

陶兰玩笑似的说:"哎呀,陶菊好像是革命的种子,在这个家庭的土地上发芽了。"

是啊,陶菊让这个家的所有人都起了变化。

第二天早晨,就发生了一件事情。

从外面进来两个人说:"我们是电信局的,一个叫陶菊的人,说安电话,还上网。”

陶兰惊喜地说：“妹妹想得可真周到啊，可装电话上网都需要钱啊，自己家里哪有那么多钱啊？莫非又是妹妹花的钱？她怎么有那么多钱呢？难道那网站就那么赚钱？”

电话安装好了，电脑也可以上网了。

妈妈和爸爸还有陶兰全都惊喜异常，短短的半天，家里的变化已经超过了过去的20年。

妈妈抚摸着那红色的电话机，再次流出了眼泪。

爸爸叹息着，咳着，还是顽强地吸烟：“唉，没有想到啊，这个顽皮的小嬉皮士，竟然给家里带来了这么多的好处。”

妈妈担忧地说：“我害怕……”

陶兰问道：“害怕什么？”

妈妈说：“害怕陶菊犯错误。”

爸爸咳着问道：“什么错误？”

妈妈说：“贪污什么的。”

陶兰笑了起来。“妈妈，陶菊不是说过了，她想贪污呢，她有那个权力吗？”

妈妈还是有些疑虑说：“可是……她哪来那么多钱啊？要不就是傍大款了？”

爸爸否定了妈妈的想法：“陶菊不是那样的人，她像是依靠自己创业的人。”

陶兰操作着电脑，边操作边说：“我们有电脑课，别以为我不会，我真的会操作。”

陶兰先是用电脑给妹妹发伊妹儿，然后就是跟妹妹聊天。

陶兰兴奋地说着：“电脑早就学会使用了，就是家里没有钱，所以没敢想它。现在有了电脑，而且上了网，自己一定要在这电脑中过足瘾。”

妹妹接到了姐姐报告的喜讯，发来的文字道：“姐姐，妈妈，爸爸，现在是网络时代，我的钱是自己赚来的，你们放心。我的钱，一是来自投资人，二是来自企业的广告。我的钱是干净的，新经济时代的新知识经济，企业赚钱有时的确非常快，赔本的时期是前几年，现在，中国的网站已经开始赚钱了，你们尽管放心地花钱吧，别瞎猜疑陶菊了，陶菊是个干净的女孩，她是依靠知识让自己的价值得到人们的认可，不是依靠出卖肉体和漂亮脸蛋赚钱的女孩。现在我把自己的照片公布在我的网站上了，让所有上网的朋友都认识我、欣赏我。好家伙，我的网站的点击率节节攀升，男生们像是被我迷住了。我真幸福啊！我有钱，有美丽的容貌，我还有知识，我有了一切我想要的，我生活的时代真美好啊。”

妈妈和爸爸都是“文化大革命”前也就是 66 年的高中生，文化水平并不低。

他们眯缝着眼睛看着电脑屏幕说：“啊，原来电脑真的这么神奇。在里面果然可以看见陶菊，就像和女儿说话一样啊。”

陶兰在键盘上打着：“妈妈和爸爸非常高兴，说就像在家里说话一样方便，就像看见你了。”

妹妹说：“你们要是不放心，就来省会住，我在这里真的买了房子，我的投资人看见了我的房子，开始很不高兴，后来我说你如果不高兴，我就把网站卖给别人，你的钱，你自己收回吧。”

“那个家伙不忍心收回投资，因为我的网站的访问率实在是太高了，好多广告商已经发来伊妹儿了，要跟我合作。下一步，我就要开始网上销售服装、百货、电器、房屋等商品了。”

陶兰问道：“咱们家的服装可以销售吗？”

陶菊说：“当然可以了，我每天想的就是把咱们家的服装早日卖出去。我建议，把咱们家的服装注册为兰菊商标，像兰花一样大方端庄，像菊花一样活泼可爱。也许，还要有点突破。比如，要让女人性感，乳房和臀部一定要突出，这是女孩吸引男孩的重要部位，这样的话，在家里是不敢说的，不好说的，只有在网上说了。”

妈妈和爸爸像是受了陶菊的感染，竟然也要跃跃欲试，要摸一下电脑了。

陶兰把电脑让给了爸爸妈妈，教他们使用电脑。

不久，爸爸和妈妈全都被网络迷上了，开始和妹妹在网上聊天。

陶菊这个精灵,把家里的一切都改变了。我真的自愧不如啊!

还有爸爸的肾炎,治了好几年都没好,腰每天都疼,浑身没劲,已经四个加号了。现在爸爸竟然好起来了,也许是吃了妹妹的特效药,也许是因为有了陶菊给的钱。

爸爸像是换了一个人了,高兴地唱歌,唱六十年代的歌曲,咱们工人有力量……嘿,咱们工人有力量……

陶兰就反驳爸爸说:“爸爸啊,人家陶菊不是工人啊。”

爸爸毫不退让:“我说的是我和你妈妈,我们工人有力量!”

陶兰惊喜地发现:妈妈脸上的皱纹好像也少了,脸颊红润起来,也敢上市场买菜了。过去妈妈是不敢上市场去的,唯恐花钱。现在妈妈总是拿着篮子买了不少的新鲜蔬菜,并且故意让那个大金戒指露出来,让别人看。如果有人问,你的女儿干什么呢?妈妈总是自豪地说,一个是网络公司的总裁,首席执行官,一个是我们服装公司的总裁,我们家的企业,叫做兰菊服装公司,生产兰菊牌的服装。

第一次转机是妹妹来家里,第二次转机也来到了。

陶兰把家里的服装全都拍成照片,通过扫描仪扫描,然后放在网上。服装上网时间不长,就收到了服装经销商的伊妹儿,要求销售兰菊牌服装,说兰菊牌服装新颖、便宜,是低档服装中的上品。

爸爸和妈妈看着那些伊妹儿,竟然像孩子一样抱头痛哭起来。

陶兰看着爸爸妈妈:“爸爸妈妈,你们怎么了?”

爸爸和妈妈不好意思地松开了手,看着陶兰说:“闺女,咱们真的有这么一天了吗?”

陶兰微笑着:“是啊,传统的服装业有了这网络的销售,就像长了翅膀啊。”

爸爸指着那电脑屏幕说:“闺女看啊,还有外国的,香港、台湾的,他们都要销售咱们的服装呢。”

妈妈竟然捂住脸痛快地大声号啕:“啊……啊……”

陶兰给妈妈擦着眼泪。

妈妈说:“我这是高兴的,高兴的。”

爸爸说："我做梦总是梦见我当了老板，如今真的就是老板了，50多岁，当了老板了。"

妈妈说："我不是老板娘，我也是老板。"

爸爸说："对，咱们全家都是老板了。"

两个奋斗了一辈子的已经白了头发脸上长满皱纹的服装厂工人，因为自己的服装畅销竟然高兴成这样。

陶兰纠正爸爸妈妈说："爸爸妈妈，自从你们有了加工服装的执照，其实就是老板了。不过，那时的老板是不赚钱的老板。"

爸爸说要喝酒。

妈妈强烈反对说："你是肾炎，大夫早就说了不许吸烟喝酒的。"

爸爸坚持说："要庆贺成功，创业成功，一定要喝酒。"

中午，陶兰和妈妈爸爸坐出租汽车到了酒店，庆贺自己的胜利。

刚刚端起酒杯，妈妈就开始发愁："哎呀，人家看见的只是咱们家服装的照片，要是到了咱们家，看见那些真的服装，会变卦吗？"

陶兰说："不会。其实咱们家的衣服不错，就是因为咱们这个城市小，买服装的人少，卖服装的人多，所以过去不好卖，服装的确不错，真的！"

妈妈说："再说咱们有那么多的服装吗？"

陶兰嗨了一声："咱们可以到那些小服装厂预定啊。"

爸爸也担心地说："人家要是到了咱们家，看见咱们家那样的所谓的工厂，人家一定不会相信咱们。虽然咱们的服装是低档次的，可是……"

陶兰笑了起来："你们二老啊，就没有轻松开心的时候，衣服做好了卖不出去发愁，有人买了怕做不出来还是发愁。"

爸爸说："这些不能不考虑啊。"

妈妈说："陶兰，你是学管理的，你说说咱们以后怎么办？"

陶兰思索了一会说："咱们应该升级了。"

爸爸和妈妈都看着女儿："升级，怎么升级？"

陶兰说："现在咱们是作坊式的工厂，完全依靠你们二老辛勤劳作，这样的工厂能够发展吗？怎么能够在以后的竞争中站稳脚跟呢？"

爸爸笑了起来："陶兰也学会教训爸爸妈妈了，就像陶菊一样了啊。"

陶兰不好意思地笑了笑:“我就是着急,我想……咱们干脆承包一个服装厂,现成的破产的服装厂不是很多吗？咱们就承包这样的厂,有厂房,有设备,还有现成的技术工人,这叫做捷足先登,就是免得咱们再租场地,再买设备,再说咱们现在也没有那么多钱哪。”

爸爸点头说:“我同意这样的想法。”

妈妈的眼睛里闪着泪花:“真没想到啊,没想到啊,我如今也成了老板了,也成了工厂主了。”

陶兰说:“爸爸妈妈,咱们就承包你们原来那个工厂吧。”

妈妈越发地兴奋:“让他们看看,我们也有今天啊,我们也有今天啊!”

第七章　破碎的美丽花朵

啊，美丽纯洁的花朵，竟然被害虫咬了花瓣，变得不那么美丽了，变得残缺了。陶兰竟然被许优夺走了贞操，我不能接受这个现实。

这是这些城市独生子女的通病，就是没有任何接受挫折的准备，把一切都想象得那么好，那么美，一旦遇到和自己预料不吻合的事情，自己就无法接受。

他找出自己珍藏的陶兰的照片，希望把这个美丽的大眼睛的女孩在自己心中彻底消除掉。

辛汉不知如何走进的家门。

辛汉现在简直是痛不欲生。就好像是有一件珍藏了多年的无价之宝，一个被精美的盒子装着的工艺品，一直舍不得示人，有一天拿出来的时候，却发现里面的东西已经被严重损毁，变得没有什么价值了。

啊，美丽纯洁的花朵，竟然被害虫咬了花瓣，变得不那么美丽了，变得残缺了。陶兰竟然已经被许优夺走了贞操，我不能接受这个现实。

这是这些城市独生子女的通病，就是没有任何接受挫折的准备，把一切都想象得那么好，那么美，一旦遇到和自己预料不吻合的事情，自己就无法接受。

他找出自己珍藏的陶兰的照片，希望把这个美丽的大眼睛的女孩在自己心中彻底消除掉。

他拿出一个花盆，想把陶兰的照片放在这个花盆里烧毁。

他找来打火机，就要点燃那些照片。

忽然，他发现自己的手颤抖了，自己不忍心舍不得把这个美丽的女孩在这个花盆里烧成灰烬。

他无奈地把陶兰的照片放在桌上,把打火机关闭。

啊,多么美丽的女孩啊！他重新欣赏着陶兰的那些照片。

陶兰明亮的纯净的大眼睛在看着辛汉,无论辛汉坐在哪里,陶兰总是把目光移向辛汉。

辛汉伏在陶兰的照片上,痛楚地抽泣着。

这些照片,都是在没有毕业和即将毕业的时候,辛汉为陶兰拍摄的。

辛汉的相机是进口的,效果格外的好。每当班里组织活动的时候,陶兰总是向辛汉借相机。辛汉呢,总是热情地说:“我来给大家照相吧。”

每次,他总是把陶兰的照片偷偷地留下来,小心翼翼地放在自己的箱子里。他认为,这个美丽的姑娘是天底下最美丽最可爱的姑娘,自己珍藏陶兰的照片,就等于珍藏了世界上最美丽价值最高的艺术品。即使陶兰将来真的要和那个大官的儿子许优结婚,永远也不属于自己,自己在心里将会把陶兰当做自己的爱人。

没有想到,许优和陶兰结束了爱情,这让辛汉的心重新燃烧起希望的火焰,自己可以追求陶兰了。可刚刚知道,陶兰竟然……啊,自己的心真的好疼啊！陶兰那么正派那么纯净的姑娘,为什么轻易地把自己的贞操给了那个纨绔子弟呢？真是荒唐！他愤怒地把那花盆扔在地上。

啪……

花盆摔碎了。

母亲推开房间的门,惊愕地看着儿子:“辛汉,怎么了?”

辛汉摇头说:“没事。”

妈妈走了进来,看着桌上的照片。“啊,原来是恋爱了啊,好美丽的女孩啊!”

辛汉急忙把照片收起来,神情羞涩地说:“这不是我的……是我的同学。”

妈妈说:“同学可以变成爱人啊,这很正常的啊。”

辛汉说:“不会了,永远不会了。”

妈妈问道:“怎么？别人捷足先登了?”

辛汉点了点头。

妈妈笑了起来:“那有什么啊,你喜欢,可以跟别的男孩竞争嘛,他们又没有结婚。”

辛汉叹息着:“我不想说这件事了。”

这时,一阵急促的电话铃响了起来,妈妈走出辛汉的房间,拿起电话。

忽然,妈妈神情慌张地放下电话,几乎要跌倒,嘴里无力地喊着:“辛汉……辛汉……”

辛汉跑过去,急忙扶住妈妈:“妈妈,怎么了?”

妈妈颤抖的声音让辛汉恐惧:“你爸爸死……死了……”

辛汉简直不相信自己的耳朵:“妈妈,什么?我爸爸……”

妈妈的脸色苍白:“你爸爸死了,就在医院里。”

辛汉努力让自己镇静:“妈妈,我爸爸在哪个医院?”

妈妈终于哭出来了:“哎呀……你为什么死得这么早啊……”

辛汉扶着妈妈,走出了房间。

司机已经把汽车开到了住宅的外面,妈妈和辛汉走上汽车。司机驾驶着汽车,向医院飞速驶去。

辛汉感觉心脏好像停止了跳动,格外地恐慌恐惧。

妈妈哭着问道:“他爸爸是怎么死的?”

司机叹息一声说:“我跟你们说实话吧,老板在外面养了二奶,在二奶的床上死的。”

妈妈刹那间,由悲哀转为愤怒:“什么,二奶?”

司机点了点头。

司机的话也让辛汉吓了一跳,他还是有点不相信,于是又问了一句:“不可能吧,我爸爸是那样的人吗?”

司机苦笑着:“已经好几年了。”

妈妈骂着:“这个混账东西,竟然偷偷地在外面养二奶,养二奶了。”

司机的这个消息对于妈妈是个巨大的打击,原本还是悲伤的妈妈此时已经不再流泪了。双目喷射出怒火:“他竟然是死在二奶的床上,你为什么不早告诉我呢?”

司机无可奈何地说:“我敢说吗?说了,我的饭碗还不砸了。”

辛汉和妈妈急匆匆地走进医院。司机要扶辛汉的妈妈,被妈妈拒绝了,她愤怒的脚步飞快地走近丈夫面前。

辛汉的爸爸平静地躺在一张病床上,脸上也是非常的平静,红润的肥胖的脸上还现出一丝微笑。看得出,在年轻女人的怀抱里,他是幸福死去的。

辛汉扑在爸爸的身上,痛哭起来:“爸爸……啊……”

这时,一个年轻美丽妖艳的女人,在几个强壮男人的保护下走了过来。

辛汉的妈妈愤怒地看着那个女人,猜测着这一定就是那个二奶。

果然,那个年轻的女人走近辛汉的母亲:“他是心脏病发作……突然……死去的,我……心里非常难过。”二奶哭了起来,用手帕擦着眼泪。

辛汉惊愕的地看着那个女人,发现这个女人和自己的年龄不相上下,也就二十四五岁的样子,妖娆和性感让辛汉吃惊,天下竟然有这样性感的女人啊。

辛汉的母亲猛地扑向那个女人,狠狠地说:“我打死你……”

几个保镖似的男人拦住了辛汉的母亲,任凭她如何喊叫,挣扎,就是不松开手。

辛汉焦急地喊叫着:“你们放开我妈妈……”

妈妈哭叫着,要扑向那个妖艳的女人,那个女人毫不惊慌地看着辛汉妈妈:“你就别这样了,还是商量一下怎么处理老辛以后的事情吧?”

辛汉的妈妈说:“怎么处理老辛以后的事情?这是我们家的事情,跟你没有关系。”

那女人摇头,显示出有涵养的样子说:“大姐,难道他活着的时候,没有跟你说过我们母子的事情吗?”

辛汉母亲惊愕地问道:“你们母子?你们母子?”

那女人从包里拿出一张照片,递给辛汉的母亲。辛汉的母亲拿过那照片看着。

这是一个婴儿的照片,照片上的婴儿顶多有 2 岁的样子,相貌非常像辛汉的爸爸。辛汉母亲的手颤抖起来,她明白了,这是她丈夫和眼前这个女人生下的孽种。

她痛楚地哭着,为自己被蒙骗,为眼前的羞辱,为自己对死去的丈夫的憎恨。

那个女人站起来,接过孩子的照片,小心翼翼地把照片放到自己的包里说:“大姐,咱们还是商量一下,先给老辛把丧事办了吧。”

辛汉的母亲捂住脸哭泣着说:“老辛啊……你为什么这样啊……”

辛汉神色恍惚地走进了家。

他虽然不像母亲那样憎恨父亲,但也突然开始鄙视父亲了。他不能想象,父亲搂抱着一个和自己儿子年龄相仿的女子,还和那个女子生下一个孩子。他瞧不起父亲,这让他对父亲很失望。本来,父亲在儿子眼里是非常崇高的,是那种敢于创业的英雄似的父亲,可父亲竟然偷偷地在外面养了二奶,而且还生下孩子,这真荒唐。自己竟然和眼前这个和自己年纪差不多的女人讨论父亲的遗产问题。

那个女人已经请了律师和保镖,恐怕是担心辛汉和母亲无法接受这个事实,而失去理智。

那个律师戴着没有镜框的眼镜,拿出一张复印的文件,给辛汉看:“你们看看,这是你父亲在前几个月写下的遗嘱。”

辛汉看着,母亲也歪在儿子的身边看着。

辛汉母亲先吼起来:“不可能,这是伪造的遗嘱,这样的电视电影我看得多了,二奶伪造遗嘱,为的是夺取情夫的财产。”

辛汉也摇头,表示不相信这个遗嘱是真的。

那个律师的脸上掠过一丝轻蔑的神情:“辛太太,不要轻易怀疑这个遗嘱的真实性,我这里有公安局技术处文字鉴定小组的鉴定书。”

又是一份复印的文件摆在了辛汉的面前。这份文件赫然印着公安局技术处文字鉴定小组的公章,证明遗嘱的文字是辛汉的父亲亲自书写的。

辛汉的心颤抖着。他简直不敢相信,又是一个不敢相信。父亲为了贪恋女色,竟然拱手把财产全部送给了二奶和二奶生的孩子。

不敢不相信啊,这的确是父亲的遗嘱啊!父亲为什么这样啊,为什么这般无情啊,自己难道就不是父亲的亲生儿子吗?

没过多久,法院的传票就来了,要求辛汉和母亲出庭。

法庭审判还是尊重死者的遗嘱,把辛汉和母亲现在住的别墅,判给了辛汉和母亲,把另外两处住宅和工厂,以及汽车、存款判给了那个女人和孩子。

无论辛汉和母亲服还是不服,父亲的一切全都给了那个女人了。

第八章 渴望爱情

窗外的月亮格外的大，格外的圆，也格外的亮。

看着这中秋的月亮，辛汉忽然喊着："啊，爱情，陶兰，我需要你们啊……"

自己好像根本就不可能忘记陶兰，不可能不爱陶兰。

辛汉想喊叫。

他鼓舞着自己，我不能不爱陶兰，我现在就渴望陶兰，需要陶兰啊！

必须爱陶兰，必须追求陶兰，因为陶兰才能让自己快乐、幸福啊！

辛汉神色恍惚地在街头走着。街上的行人熙熙攘攘，人们全都是那样的欢快、那样的兴奋，好像天下只有自己最难过、最悲哀似的。

辛汉无聊地看着那闪烁的霓虹灯光，想着。

妈的，自己为什么这么倒霉呢？自己的父亲为什么这样呢？一点也不爱自己的儿子吗？一点也不爱自己的原配妻子吗？只有那个年轻的妖艳的女人才值得他留恋、值得继承他的财产吗？他有些不敢相信。

他现在非常想找个朋友聊天，倾诉一下满腹的痛苦和怅惘。

可是，找谁呢？谁是自己的朋友呢？许优是自己的朋友吗？他马上否定了自己。不，我讨厌这个人，虽然在学校的时候，自己总是追随他，比如，一起凌辱农村来的学生，可怜那些农村来的学生，或者是向他们展示自己的富有。可是后来，因为许优追上了陶兰，我就开始憎恨那个许优了。特别是现在，当我得知许优竟然夺走了陶兰的贞操，妈的，我真想干掉他，就像想干掉那个妖艳的二奶一样。可惜的是，自己的胆量小，力气小，自己……妈的，自己就是一个窝囊废，什么也干不成，甚至不能保护自己和妈妈。父亲的财产,自己都无法保护,光天化日之下眼睁睁地看着被一个陌生女人给抢走了。

那么,谁是自己的朋友呢?那个刁小二吗?更不是自己的朋友了。

刁小二一向把他当做他们农村学生的天敌,忌妒他辛汉。虽然他曾经给过他们农村学生不少饭票,可小二们还是憎恨他,时而就表现出来。比如,在人多的时候戏弄他一次,让他出丑;比如,把他摔倒,和他比单杠双杠……这个小二也不是他辛汉的朋友。也许,此时他正在心里暗暗地看笑话,讥笑他辛汉呢。

还有就是那个占山了。

这个小子有心计,总是藏而不露,总想着一鸣惊人,和他谈什么呢?什么也不能够谈。和他根本就没有共同语言,他不理解城市的私营企业主为什么会这样,他真的不理解。

其实,现在我最想找的就是陶兰。

自从那个校园的美丽的夜晚之后,自己就一直把陶兰当做自己的恋人了。自己珍藏着她的照片,经常拿出来,和她悄悄地说话,把自己的心里话告诉她。

那个时候,陶兰在他的心里是纯洁的啊,现在那个纯洁的陶兰已经死去了。现在的陶兰是一个被许优玩弄,不,也许是她自愿和许优发生那样的事情,这个谁能说得清?自己也憎恨现在的陶兰。

为什么会这样呢?

他无助地坐了下来。

一群小商贩们围拢了他,向他推销报纸、电影票;推销饮料、冰棒;推销咖啡、啤酒。

他摸了一下钱包,很快手又缩了回来。

啊,自己没有多少钱了,家里的钱全都归那个女人了。

辛汉母亲把几件金银首饰,低价卖给了别人,才勉强养着辛汉。

想想自己一夜之间就变成了一个穷光蛋,辛汉的眼睛湿润了。

可自己毕竟已经长大了,毕竟是一个男子汉了,自己应该坚强一些啊!他强忍住不让泪水流出来。

那些市侩的商贩们,看见他没有钱,就迅速地转向了别人。

他忽然想起上学的时候,刁小二曾经在食堂捡别人剩饭吃的情景。

那时候,自己和许优就曾经教训过小二,说小二给班里丢人了,讥笑小二是乞丐,还给了小二几元钱,是把钱扔在了地上,故意污辱小二。现在想起来,自己真不应该啊。

自己现在真正懂得了穷是怎么一回事了,自己现在也理解了小二当时的处境和心情了。

自己以后怎么办呢?

在那个招聘现场也看过了,自己不可能找到一个合适的白领工作的。现在的单位好像除了博士硕士名牌大学的本科生,就是要像许优那样的政府高官的子女了,自己什么也不是,不是博士硕士,不是名牌大学毕业,不是市长局长的儿子,更不是大款的儿子了,自己是一个弃儿,是一个没有了父亲的丧家犬。

绝对不会有人可怜自己的,给自己一份工作的。那自己该怎么办呢?

像这些商贩一样,在街头卖报纸、啤酒、冰棒为生吗?

这些,是一个大学生应该干的吗?

如果不干这些,自己去干什么呢?永远依靠母亲养活自己吗?

他不敢想下去了,消瘦的肩膀颤抖着。

天气已经凉爽了,秋天的夜晚是寒冷的,月亮都是冰冷的,还有那萧瑟的秋风……

他看着那些为了生存忙碌的人们,心里生出一丝寒冷,难道自己将来就和这些人一样吗?不一样又能怎么样呢?自己有什么呢?

他慢慢地走回了家。

母亲依然在哭着,看着儿子回来,突然说道:“辛汉,我觉得这好像是一个阴谋,你爸爸为什么突然就把财产全给那个女人了呢?我可以什么都得不到,但你爸爸难道不给你留下一点财产吗?这与情理不通啊。”

辛汉躺在床上,叹息着:“公安局的人不是说过,咱们没有证据怀疑人家吗,再说人家也做了技术鉴定了,鉴定也说遗嘱就是我爸爸自己写的啊。”

妈妈骂着儿子："你这窝囊废，你爸爸就不可能是被逼的吗？他为什么死得那么早，我过去怎么就不知道他有心脏病？更不知他有什么二奶，我看这是犯罪集团干的事。"

辛汉感觉好像皮肤起了一层鸡皮疙瘩。他把毛毯裹在身上，装作睡觉，不再理睬妈妈。妈妈叨唠着，一直不停地叨唠着。

辛汉知道妈妈说得有道理，可是即使像妈妈说得那样，又该怎么办？除非自己掌握了证据，公安才可能立案。

窗外的月亮格外的大，格外的圆，也格外的亮。

看着这中秋的月亮，辛汉忽然喊着："啊，爱情，陶兰，我需要你们啊……"

自己好像根本就不可能忘记陶兰，不可能不爱陶兰。

他鼓舞着自己，我不能不爱陶兰，我现在就渴望陶兰，需要陶兰啊！

必须爱陶兰，必须追求陶兰，因为陶兰才能让自己快乐、幸福啊！

这样想着，心里就舒服了一些，宽敞了一些。

是啊，现在这样的年代，自己竟然还考虑女人的贞操，自己真不开化啊。贞操和幸福哪个更重要呢？当然是后者了。再说，自己如果娶了别的女人为妻，别的女人就一定纯洁吗？听说现在有专门为女人处女膜做修复的医院，可以将破损的处女膜修复得完好无损，还可以帮助女人把完好的处女膜捅破，免得女人在初夜时痛苦不堪。和这开放的时代相比，自己真是太保守了。

这样想着，他觉得自己已经有理由追求陶兰，接受陶兰了。

于是，他走到自己的房间，给陶兰写了一封求爱信。

陶兰：

如果你收到这封信件，一定会觉得突然吧，为什么从来没有表露过爱意的辛汉，也突然想向你求爱了呢？

其实，如果你不粗心的话，你大概早就会发现我是爱着你的。如果不是许优那小子，我也许早就给你写这封信了。你没有忘记在校园的那个晚上吧，你找我，让我投你的票，选你当班长，从那个晚上起，我就被你的美丽、大方、朝气、活力感染了，我就开始偷偷地爱上你了。可惜的是，许优捷足先登，竟然……

那个时候，我觉得自己的心境特别不好，甚至想杀人，当然是想杀死许优了。但是为了你，我才没有做出那样激烈的事情来。自从你和许优分手后，我内心的已经死亡的爱的种子再次死灰复燃了，我觉得有一股火焰在我的心中燃烧，这火焰就是我对你的爱。

千万别忙着拒绝我，我有一万条理由向你求爱，你别找任何理由拒绝我好吗？

我现在也是一个穷人了，我的父亲突然死亡。他在遗嘱中把所有的财产全部给了二奶和二奶的儿子，我被法庭关照，得到了原来的那幢房子，还算没有路宿街头。所以你千万别以所谓的阶层差距较大拒绝我了，现在咱们是一个阶层的人了，都是城市贫民了。再说我知道你是不在乎什么阶层差距的，不然为什么和许优恋爱呢？还有，咱们是同学，互相了解，最重要的理由，就是我爱你。世界上没有任何人，像我这样爱你了。我敢这样说，不相信，可以让时间来考验我的爱吧！千万别拒绝我啊，不然，我现在真的什么都没有了，我就真的变成一个乞丐了。没有了父亲，没有了家产，如果我再没有了爱情，我还能够活下去吗？不能。我真的不能活下去了，千万别拒绝我啊，求求你，陶兰。

写到这里，他感到心情非常难过，伏在桌上哭了起来。

好悲哀啊，竟然让一个女孩可怜自己，到一个女孩那里乞讨爱情。

此时妈妈敲门了："儿子，别哭了，坚强些。儿子，千万别哭了，听见你这么哭，妈妈心里更难过了，妈妈受不了啊！"

辛汉抹了一把眼泪说："妈妈，我睡觉了，明天我就去找工作。"

妈妈抽泣着，离开了。

辛汉把那封信放在了自己的笔记本里。

第九章　笑是窈窕淑女的本能

陶兰那在学校时就显示出来的喜欢笑的本性依然如此。在学校的时候，陶兰因为穷，经常到外面兼职做家教，很辛苦、很劳累，可是陶兰依旧是那样的开心那样的爽朗，这和我就大不一样了，我要向陶兰学习。他这样想着。

天气真的凉爽了。

路旁的梧桐树上肥大的叶子逐渐变黄，被风一吹，便飘落到地上。而地上的这些枯叶，又会聚集成一堆，不时被风卷起，在空中飞舞，这些黄色的干枯的叶子，丝毫不能察觉此刻辛汉的心情，仍旧毫无目的地在空中飞舞着。

辛汉骑着父亲给自己留下的唯一的交通工具……一辆小自行车，来到了陶兰的家。

辛汉在上大学的时候，来过陶兰家。那时他对陶兰的家境和自己家境的差别曾经感到惊讶，同为一个时代，陶兰家竟然那样贫穷。

那个低矮的房子的门锁着。

辛汉失望地想回头，但他看见了门上的纸条，上边是陶兰的字迹："有事可以到建设路 298 号兰菊服装厂找我们，还可以打电话或者发伊妹儿。电话是 88794528。EmaiL：julan8888@126·com。陶兰。"

辛汉惊奇地看着那纸上的字迹：啊，陶兰也鸟枪换炮了，有了电脑，还在服装厂工作了。

辛汉骑车来到了那个服装厂。

门卫让辛汉到厂长室找陶兰。

辛汉惊愕地差点叫起来："啊，陶兰当了厂长了？"

门卫毫不吃惊地说:“这有什么啊,现在的老板都是年轻人,换了几茬了,全都是年轻人。”

不知为什么,辛汉突然想转身立刻离开这里。而就在此时,陶兰送客人出来,看见了他:“哎呀,辛汉,老同学,怎么不进来啊?”

陶兰送走了客人,拉着辛汉走进了自己的办公室。

辛汉尴尬地支吾着:“我……在路上散步,就走到这里……没有想到……就碰见了你,我……如果你忙,我马上就走……”

陶兰睁着那黑亮的大眼睛看着他:“你啊,总是像个孩子,同窗四年,我特别想念你们。虽然毕业刚刚几个月,可是我就像跟你们分别了几年似的,真的,做梦都梦见你们呢!”陶兰说着,把一杯热茶送到他手里。

窗户外面的秋风把柔弱的柳树刮得东倒西歪,辛汉看着外面那已经没有多少树叶的柳树,心里一阵凄凉。

陶兰端详着辛汉:“辛汉,你怎么这么瘦?脸色就像有病了一样,蜡黄蜡黄的,出事了吗?”

辛汉摇了摇头:“没有,没有。”

陶兰做过多年的干部工作,最了解辛汉了。“我不相信,你的神色也不对,肯定有心事,到底怎么了?”

辛汉尴尬地笑着,不自然地笑着:“真的没事。”

陶兰的眼睛不再看他了,望着自己的电脑屏幕,像是开始想自己的工作了。

辛汉问道:“陶兰,没想到你变化这么大啊,怎么自己创业开工厂了?”

陶兰开心地笑了起来,还是那样的开朗。“我也没有想到会是这样。自从我妹妹回家以后,就给我们家带来了一股春风。我妹妹办了网站,在网上推销我们家的服装,谁知响应者那么多,来伊妹儿要求销售的客商那么多,我们家忙不过来了,就包了一家工厂,倒闭的工厂,有设备、有熟练的技术工人,就这样开起了工厂。我爸爸任董事长,我妈妈任监视会长,我们家三口人,把官全都分了。哈哈……哈哈……”

辛汉看着陶兰。

陶兰那在学校时就显示出来的喜欢笑的本性依然如此。在学校的时候,陶兰因为穷,经常到外面兼职做家教,很辛苦、很劳累,可是陶兰依旧是那样的开心,那样的爽朗,这和我就大不一样了,我要向陶兰学习。他这样想着。

陶兰盯着辛汉:“怎么了你啊?”

辛汉从回忆中急速刹车,回转到现实中来:“我为你高兴啊。”

陶兰走近他,观察着他:“不对,你根本就没有笑,你一定有事。”

辛汉见到陶兰,就像见到亲人见到姐姐见到靠山似的,他真想把自己的一切全都倾诉出来,可是他没有那样做。他担心陶兰看不起自己,说自己柔弱、无能,不像男子汉。陶兰是个坚强的人,有能力的人,他知道陶兰最瞧不起那些软弱无能的人了。

他站起来,要离开这里,觉得如果不赶快离开这里,自己就真的要哭了,那样自己岂不是丢脸了吗?一个男子汉竟然在女同学面前哭泣,太窝囊了吧。

这时,又有一群客商走了进来。

陶兰对辛汉说:“没有办法,我负责销售,爸爸负责设计,妈妈负责生产,我们没有销售部,只好我接待客商了。”

辛汉没说什么,飞奔出陶兰的厂长室。

回到家里,他走进了自己的房间。

妈妈跟着进来问:“儿子,找到工作了吗?”

他摇了摇头。

母亲难过地说:“我出去找工作去吧,找个钟点工吧,给人家做饭洗衣服看孩子……”

辛汉喃喃地说:“别……”

妈妈说:“我不能干活了,自己家在这十几年中始终有保姆干活,给做饭洗衣服,妈妈只管打麻将玩,没有别的能力了。”

辛汉坐起来说:“妈妈,千万别,我马上就有工作了。”

妈妈无奈地看着儿子:“要是咱们家的财产还在咱们手里,咱们还要这么辛苦吗?我好命苦啊……”妈妈再次流出了眼泪。

他也哭了。泪水已经印湿了他的枕头。

母亲说:“辛汉啊,妈妈还是找工作去吧,你就别这么发愁了。”

妈妈又叹息道:“全都怪我啊,你从小我就娇你宠你,你是蜜罐子里泡大的,那么柔弱,什么都不会干。”

妈妈还是流泪:“从此以后,过去那富足的惬意的生活再也没有了,不会有了。”

妈妈看着有些窝囊的儿子,摇了摇头。

辛汉:“依靠我这个无能的儿子,恐怕连自己都养活不了呢,当然不会养活母亲了。”

妈妈的眼睛看着房子:“这是唯一的财产了,这个别墅也许会给咱们母子带来一些钱,为了生活,只好卖掉别墅了。”

这时,门铃忽然响起。

自从辛汉爸爸死后,就再也没有外人来这里了。

辛汉的妈妈问道:“谁啊?”

陶兰在门外喊着:“我是陶兰,辛汉的同学。”

辛汉惊喜地从床上蹦下来,急速跑到门口,开了门。

眼前的陶兰好漂亮啊,一身红色的裙子,齐耳的短发更衬托出她的青春与活力,那双美丽的大眼睛正注视着辛汉。

辛汉尴尬地手忙脚乱地向母亲介绍着陶兰:“妈妈,这就是我们的班长,陶兰。”

陶兰对辛汉的母亲说:“伯母,我们来过啊,好些同学,在辛汉过生日的时候。”

辛汉的母亲也想起来了:“啊,有印象,你就是那个特别漂亮特别能干的姑娘。我早就喜欢上你了,我还让辛汉追求你呢。”

母亲的一番话让辛汉感到不好意思,他羞涩地说:“妈妈,别说这些了好吗?”

辛汉的妈妈并不理会儿子,还是叨唠着:“我们辛汉啊,就喜欢你,还在房间里贴满了你的照片呢。”

陶兰也被辛汉妈妈的话吓了一跳:“天啊,贴我的照片,为什么不告诉我呢?”

之后陶兰把一篓水果放在桌上:“伯母,给您的。”

辛汉的母亲兴奋地说:"哎呀,现在来看望我们,我真是好高兴啊。"辛汉的母亲竟然再次流出了眼泪。

陶兰这才说出自己来的目的。"伯母,在我们工厂,我就看见辛汉的神色不对,到底家里发生什么事了?"

辛汉的母亲竟然号啕大哭,向陶兰诉说了这一段时间家中发生的事情。

听完,陶兰叹息着:"干脆让辛汉到我那里工作去吧,我那里需要高层次的管理人才。真的,我真的需要你们这样了解我支持我的人帮助我。"

辛汉感动得连连点头:"可是我实在不会干什么啊。"

陶兰笑了起来:"你啊,以为能干活就是卖体力吗?不是。就像我妹妹那样的,过去是个嬉皮士似的姑娘,可是她有知识、有点子,我就需要这个。"

辛汉有点为以难地说:"我没知识也没点子。"

陶兰说:"我原来也以为自己什么都不会,现在才知道,其实咱们还是会一些的。这几年大学,并没有白上。都是让那些招聘单位给闹的,都不要咱们,让咱们觉得自己好像真的没什么用处呢。"

听了陶兰的话,辛汉和母亲全都高兴地笑了起来。

母亲要陶兰到辛汉的房间参观一下。母亲的用心,辛汉和陶兰其实都明白。他们走进辛汉的房间,辛汉悄悄地把门关上,陶兰羞赧地笑了。

自从那天在体育馆门前,辛汉听到她和许优同居后表现出的愤怒、吃惊,她就明白了,这个看样子像个小男孩的辛汉已经爱上了自己。陶兰心里并没有多少惊奇,因为自从上高中以后,自己身前身后就一直有男孩献媚、讨好,有的露骨追求,有的婉转试探,她早就生活在男人的追逐当中了,还在乎多一个辛汉吗?在她心目中,辛汉好像就是一个小男孩,一个没有成熟的男生,不性感,没有男子汉的气概,没有男人的成熟与魅力。她没有过多地想这个男生的过激反应,只是笑了笑,就此了事。

现在,她依然是像过去当班长时一样,像个大姐姐一样,关心这个男生,这个没有成熟的男生。她就是这样一个人,在学校养成的习惯,凡是发现同学有事,心里不愉快,总想着帮同学一把,让同学重新露出笑脸。妹妹说她这是班长综合征,团支书后遗症。

辛汉拿出那些照片，摆放在桌上，羞赧地看着那些照片。

陶兰惊讶地说："哎呀，这么多照片啊，全都是我的，我都没有，快给我吧！"

辛汉摇头："不行，照片的著作权属于我，是我拍的。"

陶兰笑了起来："但肖像权属于我啊！"

陶兰并没有拿起那些照片，只是端详着照片上的自己。

陶兰的眼睛湿润了："辛汉，我一看见这些照片，就想起咱们上学时那些快乐的往事。那个时候想着，怎么不早些毕业啊，现在才知道，只有学生时代，才是最美好和最浪漫的。"

忽然，陶兰发现一张照片上的自己少了一只胳膊。想起来了，那边的胳膊搭在许优的肩膀上，想必是辛汉把许优给剪掉了。

陶兰笑了起来："你啊，怎么这么痛恨许优呢？"

辛汉愤然地说："陶兰，难道你就不痛恨那个纨绔子弟吗？"

陶兰无所谓地笑着："人家还说你是纨绔子弟呢。"

辛汉白皙的脸上掠过一丝红晕："我是什么纨绔子弟啊，原来不是，现在更不是了。"

陶兰望着自己的照片，不敢再看辛汉那火辣辣的眼睛。

辛汉的声音有些颤抖："我给你写了好多封信了，还有日记。"

辛汉把日记本递给陶兰看。陶兰翻着那日记本，里面的信件掉到了地上。陶兰把那些信件捡起来，看着，然后嬉戏地说："辛汉，现在像你这样单纯的小男孩不多了。"

陶兰的话让辛汉很生气。他愤怒地看着陶兰："怎么，你嘲笑我，是吗？"

陶兰微笑着，像姐姐看着弟弟似的微笑着："辛汉，别打我的主意了，你应该找一个同样单纯的小女孩，而不是我。我成熟得早，属于早熟的那种女孩，不，现在已经是女人了。"

辛汉激动地抓住了陶兰的胳膊："不，我就喜欢你。"

陶兰没有一丝的激动，反倒是格外的平静。也许是有太多的男生追求过陶兰的缘故吧，她已经不是第一次经历这种事情了。

辛汉突然伏在陶兰的肩膀上哭了起来,像个孩子似的。

陶兰无奈地拍了辛汉一下:"小男孩,别这样,你妈妈一定以为我在欺负你呢。"

辛汉惊愕地看着她:"陶兰,难道你不喜欢单纯的吗?"

陶兰坚定地说:"不喜欢。"

辛汉愤怒地喊叫着:"难道你就需要像许优那样的所谓的成熟的男人吗?他给了你什么?不就是欺骗你、占有你吗?还有什么呢?"

陶兰依然平静地摇头:"不,辛汉,你说错了。我开始也是爱他的,真的。我绝对不欺骗别人和自己,我把他当做一个成熟的男人对待,所以就爱上了他。我们在一起,不是像别人想象的,其实我不是一个弱者,真的,我也不想当一个弱者。我要当一个强者,一个和许优同样强大的强者。"

辛汉讥讽似的说:"许优算什么强大,不如说他爸爸如何强大。许优不过是在强大的坦克里生存的,依仗着那坦克的强大横冲直撞,如果他没有那个坦克,他就和我一样,甚至还不如我,就像一个绵羊甚至老鼠一样了。"

陶兰微笑着说:"我不管他怎样强大,我反正不想当弱者,真的。"

辛汉叹息着:"可惜,我并不能征服你,我知道了。像你这样的女人,渴望的是强大男人的征服吗?"

陶兰笑了起来:"是啊,真的。我就需要男人的征服。"

辛汉无可奈何地说:"可惜,我没有征服你的能力。"

送走了陶兰,辛汉的母亲突然走近辛汉说:"儿子,你不适合这个姑娘。这个姑娘像个男人,真的,比男人还男人,如果你真的娶了她,一定会受气的。"

辛汉目光呆滞地看着陶兰的那些照片:"唉,她怎么会嫁给我呢?"

母亲鼓励他:"儿子,早些成熟吧,也当个企业家,奋斗吧,别像个女孩似的了,今后妈妈可就指望你了。"

辛汉发誓似的说:"我一定要超过许优。"

妈妈望着陶兰的照片问:"许优是谁啊?"

辛汉说:"是陶兰过去的对象。"

第十章　爱情攻势

他冥思苦想着，还是不满意自己的才华。最后拿出一本破旧的宋词选，找出柳永的一首《蝶恋花》抄下来：“伫倚危楼风细细，望极春愁，黯黯生天际。草色烟光残照里，无言谁会凭阑意。拟把疏狂图一醉，对酒当歌，强乐还无味。衣带渐宽终不悔，为伊消得人憔悴。”

他觉得这后两句，最能体现自己现在的心情，就把这词寄给了陶兰。

拥有打算这几天就去找陶兰，向陶兰发起爱情攻势。

拥有从上大学的第一天起，就喜欢上了这个美丽大方泼辣朴实的城市女孩。

陶兰知道了拥有的家境后，竟然在班里开设了捐助箱，发动大家给拥有捐款。不到一天，那箱子就满了，里面都是钱。

陶兰和几个班干部把那些钱倒在他面前的时候，拥有哭了。

他给陶兰跪下：“你们就像我的亲姐姐啊……”

陶兰和几个班干部拉起他：“拥有，怎么能这样，可以感谢同学，但是不能下跪。明白吗，做人永远不能下跪！”

小二开始跟她们辩论，从那时起，陶兰给他起了一个绰号叫做杠头，就是抬杠的头目，会把一个轿抬到底。

小二的观点特别容易接受：“怎么，做人不能下跪？我不相信。有多少种情况，人应该下跪。比如忏悔，用其他动作再也不能表达内心的悔恨了，自己向要忏悔的对象自己对不起的人，就应该下跪。还有自己要感谢一个人，人家救了你的命，你也没有其他方式可以感激人家，你不下跪怎么办？就是应该下跪。还有一种情况，就是给父母下跪，还有一种情况，就是给皇上下跪,还有……"

陶兰和几个女同学已经笑得弯了腰。

小二看出来了,陶兰喜欢自己的能说会道,喜欢自己的聪明,喜欢自己的幽默,可是陶兰讨厌他的肮脏,他的邋遢,他的贫穷。

小二是个特别有心计的男生,自从他看见村里居住的一个副乡长盖起了一个小楼,小二就发誓要超过这个乡长,要比这个乡长过得富有,风光,滋润。为此他拼命读书学习,终于考上了大学。走进班里,他就发誓,一定要超过许优那样的人,什么都超过许优。学习上超过许优,职位上超过许优,财产上超过许优,还有就是将来的妻子在各方面也要超过许优,一定要比他的妻子漂亮、温柔、贤惠。

没有想到啊,自己喜爱的陶兰竟然让许优追到手了。

那时,小二经常失眠,恨老天不公。自己这样聪明的人,竟然生在农村,托生在一个山村的目不识丁的山民家中,而许优那样并不聪明、素质极差的人,竟然托生在一个副市长的家中。自己和许优的差距竟然那样大,自己那样贫穷,许优那样富有;自己是那样卑贱,别人看见自己,就像见到了虱子、跳蚤,赶快躲开;而见到许优,就像见到了权力,见到了金钱,恨不得马上贴在许优的身上。妈的,为什么要这样啊?

他经常偷偷地跟踪许优和陶兰,看看他们到底在干什么。他发现了许优和陶兰在拥抱,在接吻,不久就开始同居了。

小二的心都要碎了。躲在没人处,他不知道哭了多少次。

他对着女生宿舍的窗户喃喃着:"陶兰,最爱你的人是我,是我啊。"

他又对着月亮星星喃喃着:"天,帮帮我吧,让我得到陶兰,让我比许优富有吧。"

过后,他又开始自卑。

是啊,陶兰那么美丽的姑娘为什么要嫁给你呢?你这个山村的小二,太不知天高地厚了啊,你和人家许优怎么比呢?怎能相提并论呢?人家是副市长的儿子,人家的财产现在就可以用百万计算,有豪华的汽车,宽敞的住宅,有无数的金钱,有不能限量的前途,有无数拍马屁的小官吏在后边跟随……你呢,小二,你有什么呢?不就是有虱子跳蚤吗?还有什么呢?人家漂亮的女孩为什么要喜欢你呢？尽管你会花言巧语，可那有什么用处呢？能给女孩换来虚荣、舒适、富有、羡慕吗？

啊，自己真的是太想入非非了，刚刚依靠人家陶兰、许优、辛汉这样的城市学生吃上饱饭，竟然就想要跟人家许优夺情人了，想把人家陶兰搂在自己怀里了，唉，真是人心不足蛇吞象啊，真是恩将仇报啊，自己真是忘恩负义的小人啊！

可是，他转念又一想，自己也没有伤害许优啊，自己就是想和他竞争，城市不是提倡竞争吗，难道自己想得不对吗？

想，不会犯错误，这是大家经常说的一句话。

因为你到底在想什么，谁也不会知道，即使你想要发明一种功力，让许优马上死亡，别人也不会知道。

许优和陶兰分手了，这消息犹如晴天霹雳，震得小二几天没有睡好觉。每当躺在床上，他就会失眠，就会想起陶兰。啊，自己的机会来了，自己的梦想马上要成为现实了，陶兰就是自己的了，自己马上就能和许优一样，搂抱陶兰亲吻陶兰了！啊，自己将是世界上最幸福的男人了。

即使他知道了陶兰已经和许优同居过，小二也不愿意放弃对陶兰的追求。相反，他觉得陶兰失去了贞操，自己得到陶兰的可能性更大了，因为其他男人惧怕这个话题，就是女人失去了贞操，自己的女人曾经被别的男人占有过，她的初夜权已经让别人拿走了，想起这些，别的男人可能会气愤得难以再对这个女人产生兴趣。可自己对陶兰是不会的，因为自己太爱陶兰了，即使陶兰和许优曾经结过婚，自己也不会计较的。当然自己对别的女人就不会这样宽容了，只有对陶兰例外。

他这样想着，就开始给陶兰写信。写了一封，看看不满意，顺手撕掉。自己曾经号称班里最有才华的男生啊，今天这是怎么了，怎么没有动人的词汇了呢？总是老掉牙的词汇，什么海枯石烂不变心一类的俗话。

他冥思苦想着，还是不满意自己的才华。最后拿出一本破旧的宋词选，找出柳永的一首《蝶恋花》抄下来："伫倚危楼风细细，望极春愁，黯黯生天际。草色烟光残照里，无言谁会凭阑意。拟把疏狂图一醉，对酒当歌，强乐还无味。衣带渐宽终不悔，为伊消得人憔悴。"

他觉得这后两句,最能体现自己现在的心情,就把这词寄给了陶兰。

望着外面的柳树已经脱下了绿叶,变成了干枯的萎黄的树干了,自己的心情越发恶劣。占山好像跟四月好上了,两个人每天早晨出去,晚上回来,像是找工作去,也不招呼自己一声。占山唯恐我小二跟他抢四月似的,就连我跟四月说话,占山都露出忌妒的神情,还在中间拦住我们的话,唯恐我会说出什么出轨的话来。真是笑话,凭我小二的才华,我会爱上四月那个档次的女孩吗?还没有结婚,竟然和结婚的女人一样庸俗不堪了。自己爱的是陶兰,是比四月档次高出一百万倍的女孩。小二这样想着,走出租住的那个院子。

房东追出来:“我说刁先生,你们该交房租了,已经过了好些天了,我就倚靠房租生活呢,千万别再拖了。”

小二赔着笑脸说:“大叔,再宽宏大量一点吗,再宽限几天,我马上就找到工作了,你知道,我们是大学本科毕业生,不会没有工作的,放心吧,不会欠债不还的。”小二逃跑似的逃出了那个院子。

那人在后面看着他,喊叫着:“你总是这样说,能找到工作,几个月了?”

小二心里骂着:“妈的,狗眼看人低,我一定要活出个人样来让你们大吃一惊,让许优大吃一惊,让陶兰大吃一惊。”小二有些愤怒了。

小二步行走到城市的中心,小二的行走能力在班里堪称第一,在学校的运动会上,小二曾经夺取过 50 公里竞走第一名。上学的第一天,他就是从村里走到这个城市的。只是现在有些饥饿,已经两天没有吃饭了,就剩下了一元钱了,还买了邮票、信纸和信封。他这样走着,走到了市区。感觉头晕眼花,就坐下休息。在一个广告牌上,他看见了一张广告,招销售经理一名,地址……

他觉得自己好像饿了几天突然吃了一大碗大米饭,全身都有了力气,立即飞速地走向了那个地址。

这是一个狭窄的城市里到处可见的最普通的房间。一个比小二年龄还小的女孩接待了他。女孩嘴唇上的口红是大红色,像是吃了死孩子似的,一张本来就白嫩的脸上涂抹了过多的白粉,惨白得没有一点血色,看着就让人觉得不舒服。

女孩的身后堆积着无数的化妆品，把整个房间几乎都占满了。

女孩望着气喘吁吁地小二问道："干什么的，你？"

他拿出文凭，放在女孩面前："我来找工作，我想当那个销售经理。"

女孩看着那文凭，笑了起来，非常单纯的样子："咯咯……"

他问道："你笑什么？"

女孩说："我高兴就笑，女孩就这样，你不知道吗？"

他摇头。看着那妖艳的女孩，心里有些作痒。

女孩说："好啊，我们对你这样的大学毕业生特别优待，只要1000元钱。"

他有些不懂地问道："什么？要什么钱？"

女孩说："是押金啊，好像天外来客似的，这么惊奇干什么。别人要2000，对你们大学生要1000。"

他拿起自己的文凭，小心翼翼地装进口袋，问道："我给你们工作，为什么要我的钱啊？岂有此理。"

女孩的脸上露出讥笑的神情："你啊，真外行，上学上傻了吧？这叫押金，明白吗？不是不相信你们，有那样的人，拿着我们的化妆品，没有推销出去，也不还给我们，结果怎么样？白拿了我们的化妆品，我们就亏损了，你说这押金该不该要？"

小二问："你们不是招聘销售经理吗？"

女孩说："什么叫经理啊，我们把这销售人员全叫经理，明白吗？就是销售人员，叫经理呢，被招聘的高兴，有积极性，到外面风光，也容易推销，怎么样？拿钱吧。如果不能推销出去，再把化妆品拿回来，我们还给你钱，分文不少。"

小二失望地走出房间。

他的脚步快要迈出门的时候，又转身回来，自己太需要钱，太需要工作了啊。自己为什么不试试呢？自己现在已经到了山穷水尽的地步了，不应该放弃这个工作。他可怜巴巴地望着女孩："小姐，小妹妹，我一元钱也没有，可我需要这个工作，真的。"

女孩不相信似的扫着他的口袋："上大学舍得花钱，为什么工作押金就舍不得了呢？观念问题吧？以为是国有企业吗？不是，我们是私营的化妆品销售公司，必须要押金。没有钱怎么办，回家要钱去吧？”

小二觉得这个女孩太苛刻了，就把自己的上衣脱下来，放在桌上：“我就拿一瓶化妆品，用这衣服抵押行了吧？”

女孩对那衣服不屑一顾：“哎呀，拿走，就你这衣服，卖了也不值这一瓶化妆品的钱。这化妆品 289 元一瓶呢，一次白，一次就变白，就你这样子的黑脸包公，保准一次就白。”

小二无可奈何地拿起那衣服，重新穿在自己的身上，想迈步离开这个刁钻的女孩，可是饥饿让他重新站住，他乞求着女孩：“小妹妹，就可怜可怜我吧，让我卖一次吧，我真的需要工作，大学毕业几个月了，还没有工作，钱都花光了。”

女孩好像是被他可怜的样子打动了，拿起化妆品看着，然后，再次把化妆品放下：“说实话，如果是我的化妆品，我就给你一瓶，让你卖了买吃的，可惜这不是我的，老板已经罚我几个月的工资了，全都是你这样的流浪汉流浪女害了我，开始全都像你这样可怜，可后来呢？拿着东西消失得无影无踪了，还连累了我，现在我怎么还敢这样做呢？”

小二看出女孩是个善良温柔的女孩，就进一步说：“我一个大学本科毕业生，一个经济管理系的高材生，怎么会骗你的一瓶化妆品呢？”

女孩嘻嘻地笑了起来。

小二不满地看着女孩：“笑什么？不相信是不是？”

女孩说：“既然是一个大学本科毕业生，为什么没有一个像样的工作呢？为什么没有一块像样的手表呢？为什么没有一个像样的手机呢？为什么没有一身像样的衣服呢？”

小二无奈地说：“我……没有那些东西，可那些东西跟大学生有必然的联系吗？大学生就必须有那些东西吗？”

女孩继续打量着小二：“反正我知道别的大学生都有像样的工作，像样的手表，像样的手机，像样的衣服。”

小二气馁地说：“我没有，因为我是山村来的学生，我家特别穷，能上完大学，我就千恩万谢了。我不奢求别的东西了，我想一切靠我自己创造，自己赚钱获得,我这样做不对吗?"

女孩有些被打动的样子,迟疑地问道:"你真的是大学生? 那个文凭不是在街头买的吧?"

小二气恼异常:"你啊,看样子还看不出人的文化水平高低吗?"

女孩摇头,天真地望着小二:"看不出,现在的骗子都是高智商、高学历的。"

小二狠狠地把自己的手放在了桌上,看着女孩:"就因为你这不值钱的也许是冒牌的化妆品,我就值得冒险诈骗吗? 诈骗犯罪需要成本明白吗? 这成本和付出要成正比明白吗? 因为你这价值10元钱的东西,我就牺牲自己的前途名誉人格去诈骗,我值得吗?"

女孩真的被小二征服了,连连点头:"好了,我相信你了,行了吧!"

小二被女孩天真的神情逗乐了,自己自从进了这个城市,还是第一次征服过一个人,一个幼稚的冒失的女孩,小二感到了征服别人的快乐。他笑了起来,哈哈……

女孩注视着小二,依然犹豫不决地说:"看你的文凭像是真的,听你说话也像真的,可我看见你那破衣服,落魄的样子,还有你那黑脸……啊,我说错了,你可千万别生气啊,我真的闹不清楚现在的事情了,我高中毕业,没有上过大学,不知道大学生什么样子,我……"

看见这女孩思维混乱的样子,小二越发高兴,啊,这个女孩真的被自己征服了,也许这个女孩爱上自己了呢。

啊,自己太饿了。

他无力地坐下来,坐在了地上,因为女孩身边根本就没有椅子。

女孩惊讶地问道:"你怎么了?"

他手捂脑袋:"没事,太……好像……"

他躺在了地上,大口喘息着,像是缺氧似的,格外痛苦。

女孩大声喊叫起来:"哎呀,你这是怎么了? 我马上打电话,送你上医院吧?"

他摆手:"别,我没有钱,别送医院,我没有钱。"

女孩掏着自己的书包:"我这里有,先借给你吧,总不能不看病啊?"

他感激地看着女孩,想着:“女孩的确美丽,而且善良,自己如果能够得到这样的女孩一辈子也就知足了。”

他再次否定了自己的想法,自己不是已经爱上陶兰了吗?为什么还要想这个女孩呢?

女孩已经掏出钱来了,执意送小二上医院。

小二感动得流出了眼泪:“我说实话,我就是饿,几天没有好好地吃饭了,刚才又从郊区走到了市区,20 里的路程,我……没事,一会儿就好。这算什么,我上学的时候,经常这样,上大学以前,也是这样,我这个人啊,能吃苦,能挨饿,一会儿就好。”

善良的女孩拿出自己的牛肉干、面包、巧克力、瓜子、可口可乐,给了小二。

小二没有来得及说声谢谢,就狼吞虎咽地把那些东西吞了下去。

女孩又打开自己的纯净水,递给小二。

小二喝着水,眼泪不断地流着。忽然,小二起来,给女孩鞠躬,说:“小妹妹,我这一辈子要是能够发迹,我一定好好地报答你。”

女孩扑哧一声笑了起来:“这有什么啊,不就是一些零食几口水吗?值得吗?”

小二感激地说:“这是救命的东西啊。”

小二说着,伏在自己的胳膊上,痛苦地抽泣起来。

女孩吃惊地看着他:“哎呀,你这人啊,还是大学生呢,就因为一点零食就哭了,太小题大作了。我上学的时候,我们班的男生经常吃我的东西,吃完,连一声谢谢都不说,好像我应该给他们似的。”

小二问道:“为什么要吃你的东西,为什么不吃别人的呢?”

女孩说:“因为我这个人心好,他们就欺负我。”

小二叹息道:“我遇见的女孩全都是心好的,女孩本来就应该是善良的、温柔的、贤惠的,不像我们男人,狠的坏的毒的恶的,什么样子的全都有。”

女孩大声笑了起来:“你是什么样子的呢?”

小二开玩笑说:“我啊,属于那种五毒俱全的。”

女孩问道:“五毒,哪五毒啊?”

小二说:“吃喝嫖赌抽,馋懒皮滑偷。”

女孩笑得弯下了腰。

女孩笑了一会儿说:“你啊,敢这样说自己,就说明你不是坏人。”

小二看着她:“怎么,你了解我吗?为什么说这样的话?”

女孩说:“我虽然念书不多,可我看见的男人多是自己吹嘘自己,在女孩面前吹牛,奉承女孩,为的是占女孩的便宜。可是你呢,既没有奉承我,也没吹嘘自己,还自己贬低自己,你是个好人。”

小二叹息着:“我刚才哭,是为自己无能。我上完大学,以为已经是前途无量功成名就了,没想到,到现在自己连份工作都找不到,连吃饭的钱都没有,刚才要不是你的救济,我也许就昏过去了,这要是在大街上,没准就让人家扔到火葬场去了呢。”

女孩掏出自己的名片,给了小二:“我刚才已经看过你的学历文凭了,知道了你的名字,叫刁拥有,现在我把我的名片给你一张,咱们就算认识了。”

小二接过女孩的名片看着:“经典销售公司销售经理庞云霞。”

小二把女孩的名片小心翼翼地放在自己的口袋里说:“你是除了我同学以外认识的唯一的女孩,认识你真荣幸。”

云霞天真地看着小二:“荣幸,值得吗?我们搞销售的,每天都认识不少人,会说话的有文化的,全都说荣幸,其实是假的。我知道我这样的一个普通的城市女孩,在街头可以抓100万个,认识我,怎么说荣幸呢?”

小二认真解释着:“我如果没有你,就没有今天的机遇;如果没有你,我就没有今天的面包、巧克力、可口可乐和牛肉干;如果没有你,我就还要在街头奔跑,东奔西跑地找工作呢。”

云霞笑得特别恬静:“哎呀,拥有先生,我也没有说过你可以不交纳押金,就给我们销售化妆品啊,你怎么自己把自己当做家里人了,就因为我给你了一个面包吃吗?那个面包才一元钱,可这一瓶化妆品的钱可以买200个面包呢,我才不会因为你几句好话就答应你呢。虽然我没念过大学,可我的社会经验满多呢,我自己下过海南、广东,上过京城,去过新疆、内蒙古，我见过的人恐怕要比你多十万倍。”

小二观察着云霞，云霞牙齿特别的白，一看就知道是经过漂白过，眉毛也是经过认真的修剪，剪成了柳叶的形状，那白嫩的脸颊，一定也是经过美容化妆的，特别的白，白得让人不敢相信是黄色人种，那眼睛虽然不是特别的大，可是沾着假睫毛，在眼睛周围画着暗暗的眼影，显得眼睛大而明亮。这个女孩是典型的城市的世俗女孩。可这个女孩一点也不市侩，不尖刻，不狡黠，像个善良的单纯的姑娘。

云霞被小二看得羞涩起来：“哎，说话啊，我真的不想白给你化妆品。”

小二说：“云霞小姐，我是个学习管理的大学生，不想做特别小的事情，我希望承包你这些化妆品的销售，行吗？既干，就干大一些。”

云霞像是不敢相信似的，大声喊叫起来：“哎呀，那可太好了，那样咱就发财了啊，还用为以后的日子发愁吗？”

可女孩的兴奋转瞬即逝，代之的是不相信和嘲讽：“你啊，真是念书念成书呆子了，我现在不相信你诈骗我了，但不相信你有那么大的本领，你为什么这样冒失呢？你刚毕业，刚走向社会，就想一口吃个胖子，未免太着急了吧？”

小二耐心地说：“我们的课程里有销售的课程，我知道销售的要素是什么？”

云霞还是摇头：“你啊，那全都是书本知识，现实根本就不是那么回儿事。真的，大学生我也接触不少，比如，我的同学，大都是会说不会做的主。”云霞说着，开心地笑着。

小二知道，女孩几乎都以自己说了几句自以为高明的话就感到快乐得意的。那我就让她尽情地说下去，只是安静地听着，有时女孩是需要别的男孩当听众的，这个时候，男孩千万别插嘴，要是插嘴，破坏了女孩的兴致，女孩一天都会不高兴的。这是小二在大学时跟女同学接触时总结的经验。无论女人干什么工作，总是女人，总是喜欢表现自己。

小二欣赏着云霞的笑容，感到那笑容是那么美丽，那么纯净，那么灿烂。他心想，如果陶兰不答应自己的求爱，自己要是和这个小女孩恋爱也是一件惬意的事情啊，自己长到24岁，还没有和女孩子恋爱过，多遗憾啊，如果现在自己真的被什么强大的力量夺走了生命,自己不是后悔吗?

云霞天真地看着小二:“想什么呢,是想着算计我吗?”

小二从沉思中拉回自己的思绪说:“我是想,用我学过的知识、智慧、主意,加上你丰富的经验,咱们一定能够做成功的。”

云霞像是被小二蛊惑得动心了,眨着眼睛说:“我是给一个老板打工,我没有这么多化妆品。这么多的化妆品需要百万元呢。”

小二说:“可如果这些化妆品,全都是假冒伪劣的呢?”

云霞指着自己那白嫩的脸颊说:“看我的脸多白啊,就是搽这个化妆品搽的,我就是为了给不相信这个化妆品的人看,才搽这样的化妆品的,的确起作用,是正经厂家出的,别瞎猜疑了。想倚靠人家的产品发财,就别怀疑人家。”

小二说:“可我不相信,为什么那个老板就那么相信你,把这么多的化妆品让你保管呢?如果你把这些化妆品拐走怎么办?”

云霞自豪地说:“说实话吧,我跟这个老板有一种特殊的关系。”

小二感觉心突然寒冷起来,啊,自己喜欢的这个女孩竟然是……是老板的什么人?小妾?妻子?

云霞观察着小二脸色的变化:“怎么不高兴了,反应这么快啊,刚才还风和日丽呢,现在怎么就阴云密布了?为什么?”

小二迟疑着,不知说什么好,是自己对这个女孩已经一见钟情了吗?还是……

云霞像是一个恋爱老手似的,似乎没有害羞的神情了,逼近小二,问道:“说啊,怎么不说话了?”

小二笑了起来:“我说什么呢?假如你是这个老板的妻子、情人,我也无能为力,因为我们刚认识,我根本就没有权利过问你的事,真的。”

云霞天真地笑了起来:“哈哈……咯咯……”云霞笑着,笑得流出了眼泪。小二也跟着云霞笑着。

云霞擦了一下自己的脸,把自己那擦得雪白的脸擦花了一片。犹如雪地里流出了几条乌黑的河流,污染了那雪的纯洁。

小二看着那女孩的花猫一样的脸,越发地笑了起来。

云霞问道:“笑什么?我如果真的是老板的情人,你难道就这么不高兴吗?”

云霞的大胆,让他这样的乡下人感到羞怯。小二开始怀疑自己的进化程度远远落后于城市异性,虽然在大学读书四年,似乎与城里人的观念和进化程度接近了,比如,自己就敢向一个失去了贞操的女子陶兰求爱,这在山村是不可想象的。可自己还不是真正的城里人,自己在这个城市没有户口,自己的户口还在自己手中拿着呢,学校已经不负责毕业生的户口管理了,自己拿着自己的户口,不愿把户口重新迁移到自己所在的山区县,自己在这个城市没有住房,没有工作,没有亲人,没有一切。这个城市的一切全都不属于自己,哪怕是一棵小草,一片瓦,一块砖。想到这里,小二凄凉地缩紧了脖子。

云霞问道:“怎么,为什么不说话啊?大学生真的就那么清高吗?见到我们这样的普通女孩就不想说话?别忘了,刚才是我救了你的命呢,是你自己说的,我是你的恩人呢。”云霞说着,兴奋地得意地兀自笑了起来。

小二说:“我在想入非非呢。”

云霞笑了起来:哈哈……啊,城市女孩就是特别爱笑。

山村的女孩是不随意笑的,山村女孩笑起来也不那么张开大口,露出里面所有的牙齿。

云霞这时拿出自己的手机,摆弄着说:“好了,如果你真的想销售我们的化妆品,我就跟我们老板商量一下。”

云霞播了几个号码,然后嘻嘻地笑着说:“哎,有个自称是大学生的人,说要给咱们销售化妆品,就是没有押金,有学历证明。我看这个人像好人,哈哈……”

小二听不见老板在电话里说些什么,但从女孩的对话中,他猜测出对方并不同意。

云霞合上手机,看着小二说:“人家老板不答应,我没有办法,我没有办法帮你解决你的吃饭问题,我……”

小二微笑着说:“我听出来了,你跟这个老板关系不一般,真的,绝对不是一般的关系,这么随便,而且我看你的表情也是……”

云霞笑得越发厉害了，咯咯……

小二问道："我能跟这个老板谈谈吗？凭你的关系，给我们安排一次谈话好吗？"

云霞问道："谈什么呢？"

小二说："我看你们这些化妆品卖不出去，我想帮你们推销这些化妆品。我要他答应我，留我在你们公司工作，我实在不想再找工作了，我的鞋子已经磨破几双了，快要累死了。"

云霞想了想点头说："好吧，那就定在晚上，我们一起在旁边的小茶馆见面好吗？"

小二根本就不想动："能否改在今天中午？"

云霞笑了起来："啊，我明白了，中午的饭你还没有着落呢，是吗？"

小二不好意思地笑了："你看，我就像个乞丐，而且像个无赖，一定要赖在你们这里了。我现在实在需要有个工作养活自己，你们又实在需要我这样的有知识的大学生参与管理。"

云霞说："我们才不需要你参与管理呢，我就需要你参与销售。"

小二忌妒地问道："你们……你们，这么说，你跟老板真的关系不一般？"

云霞说："是啊，我告诉你吧，我跟老板的确不一般，怎么，你不高兴？"

小二尴尬地说："我……当然希望你还没有……可是，我没有权利要求你，因为我们认识还不到半天呢，是刚刚认识。"

云霞再次拿出手机说："哎呀，那个大学生要见你，忙什么呢？我看这个人可以见，他要求在咱们公司工作，我看咱们正需要这样的人才。什么？不是家人不可靠？见面再说吗，我可看不出来，我看这个人挺老实厚道的，不像坏人，要不我怎么就答应他了呢，是啊，我已经答应了。啊……"

云霞撒娇着："不吗，就是要见吗。"

那个老板答应了。

云霞放下手机，笑眯眯地看着小二："拥有先生，你也许真的有机会了呢。"

小二感觉皮肤不舒服，像起了一层鸡皮疙瘩："云霞，告诉我吧，你到底和这个老板是什么关系？”

云霞问道：“为什么问这个啊，如果你真的被老板录取了，我就是你的半个老板呢，对于老板的家事，是万万不能打听的，这是私营企业的规矩，明白吗？你刚刚走向社会，什么都不明白，光有书本知识是不够的，明白吗？”

小二心里难过：“我……我是想，弄明白了你们的关系，我就不敢在他面前跟你开玩笑了。”

云霞说：“他啊，大方得很，没事，咱们该开玩笑就开玩笑。”

小二点头：“好吧，半个老板。可我不明白，既然是半个老板，为什么要自己干这样的工作呢？”

云霞直率地说：“我们公司非常小，就是我们几个家人，我负责在这个地方对外销售，他们呢，有的负责与厂家联系，有的负责对大商场。我其实主要是面对小客户，零散客户。”

小二点了点头。

没到中午，就来了一个男人，样子非常像城市里的暴发户，虽然年龄也就30左右，可是，肚子却已经鼓起来了，开着汽车，穿着名牌衣服，走进了小屋。

小二观察着这个老板，心想这个老板的样子，与现在这个小房子实在不相称，既然有钱买汽车，为什么要租这么一个小房子销售商品呢？

云霞上来就拉住了那个男人，一副亲密的样子：“咱们真的应该请一个大学生，咱们都是中学毕业，现在公司发展这么快，咱们的文化水平都不适应公司的发展程度了。”

小二急忙站起来，自我介绍着：“我是市大学的毕业生。”

说着，小二拿出自己的毕业证书给那个男人看。

那个男人仔细地看着文凭，问道：“你是看见我们的招聘启事来的？”

小二矜持地说：“是啊，我看见你们的招聘启事来的，可是我失望了。”

那个老板皱了皱眉了问道：“为什么失望？”

小二摇头，作戏般地说：“我没想到，你们不是需要高层次的人才，而是需要低层次的推销人员。”

云霞急忙解释说："这个大学生，没有钱，不能交押金。"

小二适时地说："我虽然没有钱，可是我有知识，我能帮助你们销售更多的商品，我觉得我的价值比一个只能交押金的小推销员至少大一百万倍。"

那个老板笑了起来："好吧，既然是这样，咱们就先谈谈。"

老板在前边走，云霞拉着小二在后面跟着。

小二低声对女孩说："你的这个……老板不错，你的眼光不错，他挺有人情味的，不是为富不仁的老板。"

云霞扑哧一声笑了起来。老板回头，皱着眉看着女孩。云霞急忙离小二有了一段距离。

老板领着他们走进一间小酒店。

酒店的老板娘好像对他们非常熟悉，热情地打着招呼："哎呀，你们兄妹又来了？"

云霞笑眯眯地说："老板娘，这回千万别宰我们了，千万要实惠一点啊。"

老板娘笑着说："你们啊，买卖做多大也是一种小商人的气魄，不敢大消费，留那么多钱干什么？留着钱生子儿啊？"

老板让小二点菜。

小二要了一盘自己最喜欢吃的土豆丝。

老板和女孩全笑了起来。

云霞说："哎呀，一盘土豆才5元钱，干吗这么给我们省啊？"

小二没有回答女孩的话，而是突然问道："等一下，刚才那个女人说，你们是兄妹，是真的吗？"

老板说："我们是哥儿俩，我妹妹没有告诉你吗？"

云霞嘻嘻地顽皮地笑着。

老板拿出自己的名片，给了小二一张。老板的名字叫做庞云峰。

小二感觉全身格外地舒畅了，自己周身的血液循环好像都特别快。啊，自己太高兴了，原来这个女孩没有男人啊。

小二兴奋异常地看着女孩："我……"

云霞要了一个鱼，说："这个大学生啊，饥寒交迫，几天没有吃好饭菜了，今天就解解馋，外加补充营养。"

小二感激地看着女孩，心想这个女孩的确可爱，那么体贴人，关怀人，了解人；那么贤惠，那么温柔，那么大方，那么善良。总之，自己能够想起的美好的品德品质，这个女孩全都具备。啊，自己遇见了这样的女孩，真是幸运啊！

老板要了一瓶葡萄酒，说这个东西能够美容。

小二喝着红色葡萄酒，看着美丽的女孩，心想怪不得人要追求金钱富足，金钱可以让人满足各种欲望，女人、鱼肉、汽车、别墅。可惜这些自己都没有，葡萄美酒夜光杯，全都是别人的。想到这里，小二就感觉凄凉起来。

小二的脸色红润了，不是刚才那样的面黄肌瘦了。

云霞看着小二："该说什么，马上说吧，我哥来了，他可忙了，别失去这次机会。"

小二先吟诵了几句柳永的词。他最喜欢宋朝大诗人柳永了，因为柳永的好多诗词写得都很哀婉，悲伤，凄凉，忧愁，和他的心境正好吻合。

望着窗外那衰败的树枝，那哀鸣的鸟儿，他想起柳永的一首写秋天的词，不禁吟诵出来："长安古道马迟迟，高柳乱蝉嘶。夕阳鸟外，秋风原上，目断四天垂。归云一去无踪迹，何处是前期？狎兴生疏，酒徒萧索，不似少年时。"

小二想哭，想流眼泪，想喊叫。

没有想到，云霞却贴近他，低声说："我虽然听不明白这诗，可是我最喜欢这样的有才华的人了，这也是我推荐你见我哥哥的原因，快说正经话吧。"

老板笑着说："够酸的。我虽然没有文化，属于开始创业的那一代没有文化的人，就会抢机会，会投机，所以发财了，可是我不讨厌有文化的人，我们家族公司，也需要有文化的人。看你的气质你的文凭不像假的，你就说说吧，说自己的打算，我也考查考查你，看看你是否符合我们的条件。我们的条件，你不必猜测也知道，差不多私营企业全都需要人品好的，厚道的，我们的财产是自己的，经不住骗。还有就是要有真本事。我上学就记住了一个成语，叫做鹤立鸡群，我自己就是鹤立鸡群，所以，我也喜欢鹤立鸡群的真正的鹤。”

小二不敢再喝酒了，振作起来。这是一次机会，如果自己得到这次机会，不但能够有工作有薪水了，还有住处了，甚至会得到这个美丽纯洁的女孩。让陶兰躲开吧，我现在爱上了眼前这个女孩。

云霞轻巧的白嫩的手给他夹着菜，含笑看着他，用眼神鼓励着他。

小二看出来了，虽然自己并不英俊，可这个女孩喜欢自己，她的眼神告诉他，她喜欢的是他的真诚和才华。

小二轻轻地咳了一下说：“我觉得销售应该注意这样几个策略，一是产品的品牌和包装策略。这里包括品牌拓展策略，即用这个企业已经成名的品牌带动其他品牌的销售。另外就是品牌定位策略，由于市场的变化，产品应该重新定位。还有就是包装策略，这里包括一致性包装策略、等级包装策略、变幻包装策略、附赠品包装策略还有就是价格策略。我认为你们这个产品价格太高了。”

云霞快嘴反驳说：“是人家工厂定价，我们销售公司没权定价。”

小二看出女孩和老板带着欣赏的目光注视着自己，越发兴奋。他把自己过去学过的知识背诵出来：“价格策略包括心理定价策略、地区定价策略、折扣定价策略、相关产品定价策略、新产品定价策略。另外就是分销渠道策略，这里包括企业直接销售型、单一环节销售型、多渠道销售型。”

老板让小二喝酒，然后问道：“这些知识，只能证明你的文凭是真的，下面就是你应该说的了，最应该说的了。”

小二尴尬地注视着老板：“老板，我知道你想听什么，可我对你们企业一无所知，所以我无法多说。”

老板沉思了一会：“好吧，我们不想对你保守企业的秘密了，我们这个企业，是家族式的游击队式的企业。过去什么都干，什么都倒卖，就是不倒卖人和白粉。现在有一个企业的化妆品要我们推销，我们就是代销，因为这种化妆品不是名牌，我们不想亏损，只有代销了。但到目前为止一瓶也没卖出去。”

小二低声对女孩说：“原来你的话都不是真的啊？”

云霞嘻嘻地顽皮地笑着，眨着美丽的眼睛端详着小二：“糊弄你这样的乡下人书呆子，当然要用这样的方法了。”

老板咳了一下，打断了他们的谈话：“现在的产品属于滞销，滞销有滞销的好处，就是越是滞销，工厂给咱们的利润就越多，就是这样。如果你能有办法帮助我们销售出这些化妆品，利润吗，咱们可以平分。”

小二的血液沸腾起来了。

啊，第一次看见了金钱的影子，虽然那金钱离自己还有一段距离，但是经过自己的努力，还是能够够得到那金钱的。不像过去上学的时候，感觉金钱离自己是那样的遥远，简直是不敢想，像是根本就不可能得到似的。他想起了那首词：“昨夜西风凋碧树，独上高楼，望尽天涯路。”

老板望着他：“说吧，咱们怎么办？难题就是机遇，这是谁说的？”

小二摇头：“不知道。”

老板笑了起来：“我的语录啊。”说完几个人都笑了起来。

小二也附和着笑着，心想这兄妹俩看起来都是善良的人，很好，足以为谋。他想了想说：“我觉得对待这样的产品，应该制订一个销售规划，我回去后先写一下。我现在有一个大致想法，比如，根据价格策略，名牌的定价可以高一些，而我们现在销售的这个化妆品不是名牌，他们没有钱做广告，咱们就应该把价钱定低一些。”

云霞马上反驳说：“你啊，我刚才不是说过，人家工厂定价，咱们没权定价。”

小二微笑着温和地说：“你啊，死脑子，咱们不会自己少要利润吗？另外，咱们也可以向工厂建议啊。”

云霞看着哥哥，欣慰地露出笑容。

哥哥点头：“好的，刁先生的建议好，说下去。”

小二接着说：“另外就是根据折扣定价策略，我们应该加大折扣率，不应该把利润自己独享。”

云霞说：“哎呀，我们过去都是依靠给国营大商场的经理送礼销售，现在人家的胃口大了，咱们的礼品也显得寒酸了，咱们进不了大商场了。”

哥哥纠正了妹妹的话：“不是这样的，是他们国有企业改革了，他们也实行承包了,所以人家愿意销售那些名牌化妆品。赚钱越多,经理得到的就越多,人家自然不愿要咱们这些没有名气的产品了。”

小二接着说:“还有就是变换包装策略,这个产品的包装老化,不新颖,应该让云霞这样的漂亮女孩的头像上化妆品的包装上,要人见人爱,这样大家才喜欢购买啊。”

云霞脸颊绯红,一副幸福满足得意的样子,一双眼睛脉脉含情地望着小二。

哥哥笑着说:“你啊,别夸奖她了,现在她就觉得自己比香港明星漂亮了,如果你再夸她,她就不知道以后该怎么办了。”

云霞羞涩地笑了起来。

小二注视着她,他喜欢看女孩羞涩的笑,现在会羞涩笑的女孩太少了。这女孩其实也不总是那样羞涩,这羞涩真难得啊!

云霞打断了他们的话题:“你们快讨论销售的事情吧,为什么中途扭转话题呢?效率太差了,私营企业不允许这样!”

老板注视着小二:“拥有先生,这私营企业跟国有的可不一样啊,你可要有思想准备。大学生在私营企业工作你认可吗?”

小二开玩笑地说:“还用我发誓吗?”

老板笑着说:“当然需要发誓了。”

小二故意惊讶地问:“啊,真的要发誓?这……”

云霞嘻嘻地笑着:“这誓言啊,就是合同,必须签订合同,履行义务,这样才有权利。”

小二惊喜地问道:“你们真的打算录用我了?”

云霞抿嘴笑着。

哥哥说:“录用你了。不过要有试用期,三个月的试用期。”

小二拿起酒杯:“谢谢你们给了我工作,也就给了我饭碗,给了我生活。”小二喝干了酒。

老板欣赏地看着他:“这话说得对,应该这样看问题。有的大学生,认为到我们私营企业工作是帮助我们渡过难关,我们私营企业可以这样认为,但是你们应该认为是老板给了你们机会。”

小二像是鸡啄米似的点头:"对对对。"

云霞说:"不必这样奴颜婢膝的。刚才你给我跪下,我就提醒过你,我们录用你,是需要你的才能,并不是赏赐你什么。"

哥哥不满地看着妹妹:"你这丫头,怎么这么认为呢?外国企业的员工,有的要每天给老板谢恩呢,怎么就不应该感谢老板给了他饭碗呢?"

妹妹反驳哥哥说:"人家大学生来咱们私营企业,特别是咱们这样的私营企业,本来就是委屈自己吗!"

哥哥转向了小二:"拥有,你说呢?"

小二说:"我说,我认为是你们给了我机会。我这个人不愿说假的,我每天都发愁,为每天的方便面没着落,为每天房东要我的房钱,为以后的前途,真的。我觉得你们真的是帮我解决了我的好些难题,我谢谢你们!"

小二说着,站起来,给兄妹鞠躬施礼,眼睛含着泪花。

哥哥点头:"应该这样。我们开始雇用了几个人,不但不感谢我们,还把我们的化妆品都拐走了,要不我们现在怎么要押金了呢?唉,没有办法,素质低、道德水平差啊,我们不敢相信陌生人了,害怕再碰上骗子。现在是骗子难防啊,所有的企业几乎都受过骗,不是骗走货款,就是骗走货物,唉,难啊。"

小二一针见血地说:"现在市场经济刚开始,人们迫不及待地赚钱,是资本积累阶段,这个阶段的积累特别难,有的就采取了血淋淋的方法了,欺骗,诈取,不讲信用,卖假货。"

哥哥拍了一下小二的肩膀:"好,说得好。大学生,我现在就需要你这样的人,一个有理论水平的人。我们兄妹是有商业经验但没有商业理论的人,干买卖干了几年了,我已经干了十几年了,什么都干过,什么人都见过,就是没有理论水平,以后哥哥就依仗你给我出谋划策了。"

妹妹也学着哥哥的样子说:"拥有,这个名字真别扭,可是,我还是要这样叫你。拥有,千万别光说不做啊,这几天,咱们就开始干吧。我们这样的人就是这样,说干就干,你们这些有理论的知识分子就不一样了,一件事要论证一年,有时是十年,把自己的好机遇全都论证没了。"

小二说:"我以前的名字叫刁小二,现在的小名也叫小二,你们以后就叫我小二吧。"

话音没落,云霞把嘴里的葡萄酒喷了小二一身,自己还是笑得弯了腰。

老板也笑着:"哈哈……"

小二看着他们:"这有什么好笑的,你们城市不是也有这样的小名?小二,小三,小四,小五……"

云霞越发笑得直不起腰了:"咯咯……咯咯……你这小二啊,人真幽默,让人开心,一点也不累。"

小二见逗得女孩这样开怀大笑,就拿出自己的拿手好戏来,把自己的胳膊和脑袋全都扭转了180度,像马戏团的丑角儿,滑稽地把自己的小眼睛眯缝起来,撅起自己的嘴,一副丑陋的样子。

云霞不再笑了:"哎呀,干什么呢?真丑啊,你就不怕女孩嫌弃你吗?为什么这样啊?"

他自嘲地说:"像我这样没相貌没财产没身份没家庭的人,只会让女孩嫌弃,但我有一个优点,就是幽默,开心。"

老板再次拍了小二一下:"好了,小二,你这人不讨厌,不自大,不恶毒,我已经看出来了,咱们马上就签约,我录用你了,以后你就是我的副总裁,负责公关策划。"

小二再次起身,给老板鞠躬:"谢谢,谢谢,我真的很感谢你们!"

云霞认真地说:"我跟我哥哥干了几年了,他就是舍不得给我一个副总裁的职位,总是让我打杂儿,干小工的活儿。"

哥哥笑着说:"我这是量材录用,你不是千里马,总想跑千里,还不累死啊?"

妹妹说:"干什么就累死啊?"

哥哥说:"不累死,也要愁死。"

第十一章 已经结婚了

真温馨的仲夏夜啊。

其实，当时也是因为那夏季夜晚的美丽，因为那月亮的美丽，自己被那温馨的月亮感染了，想起儿童时代和胡同里的美好回忆来，才决定嫁给傻瓜胡同的。想起来，当时自己并不单纯要利用傻瓜胡同，要骗取胡同里家的钱，自己并不是市侩，是唯利是图，是忘恩负义，是卑鄙无耻，是……

四月想起这些就想哭。

那个夜晚的确美丽温馨诱人，自己一个单纯的刚刚20岁的姑娘，突然萌生想嫁人的想法，也是正常的啊！

占山和四月行走在马路上，两个人羞涩地拉着手。

占山先把自己的手轻轻地碰了四月一下，见四月没有反应，依然和他紧紧地挨在一起，就大胆地把自己的手放在了四月的手上。

占山偷偷地瞥了四月一眼，看见四月的脸颊已经飞起了红晕，刹那间，红晕就布满了四月的脸。

四月并不难看，只是由于太瘦弱，显得皮肤发黑、发黄，没有了少女特有的白嫩和青春活力。这些日子，四月越发地忧愁，找不到工作，吃饭都成了问题，住房也成了问题。

其实在四月心里，还有一个秘密，这秘密已经隐藏了四年，班里任何同学都不知道，她也不敢向任何人提起。四月已经结过婚了。

唉，真是往事不堪回首啊。

四月每次面对占山那脉脉含情的眼睛的时候，就会想起自己那个不幸的婚姻……

四年前的一个晚上，她在村子里慢慢地走着，眼睛里含满了泪水。

她的手里，是那张被自己视为生命的市大学录取通知书，但父亲已经严词拒绝了她想上学的要求。父亲说，一个女孩，上完高中，已经把父母的骨髓都榨干了，父母已经对得起你了，四月，村子里哪个女孩像你那样上完了高中？还不是上完小学就帮助家里干活，到了20岁就应该嫁人了，应该给父母赚钱了，应该把父母的供养费全都还清了，为什么还要上大学呢？

四月给父母跪下说："全村哪个女孩考上大学了，还不是就我一个吗？为什么不让我从此改变自己的命运，让我到城市活着去呢？只要我上完大学，我的命运就和现在的乡下女孩不一样了，我就是城里人了，我以后就可以让父母享福了，我以后……"

父亲说："这些道理我们都知道，我们也知道大学毕业的用处。可是一个依靠种地活着的农民，能交得起那么多的学费吗？"父母全哭了。

四月不说话了。父亲接着说："四月，你投胎投错了，你应该投在富人家，投在乡镇长家啊，可惜你投在了一个农民家了。投胎的事，没有办法变了，投胎是猪，就是吃饲料，将来要让人杀了吃掉；投胎是鸡，就得每天捡虫吃；投胎是狗，就得吃屎啊，谁让你爸这么窝囊呢？"

四月说："我根本就不相信命运，要是相信命运，还会拼命读书考大学吗？"

可是，她现在走投无路了，几个亲戚全都拒绝了她的乞求，没有人愿意借钱给她。谁相信四年以后的四月就一定可以还清钱呢？人家那钱也是有用的，人家要娶媳妇，盖房子，哪个农民会把富余的钱借给别人呢？

四月在村外的小河旁坐了下来，望着河水流出眼泪。蓦然，一个画面浮现在眼前。

儿时，四月在这小河旁边玩耍，一个男孩光着身体跳下河，然后喊着："四月，来啊……我们一起来玩啊……"

四月急忙捂住脸说："不知害羞，哪有男孩女孩光着身子在一起的？"

男孩嬉戏着说："我妈妈和我爸爸就经常光着身子在一起玩呢。"

四月提醒他："人家是两口子，两口子就可以那样。我妈妈和爸爸也是经常那样啊。可是别人就不许那样明白吗？"

男孩游到了她的身边,竟然光着身子爬上岸边说:“四月,咱们也做两口子吧”

四月害羞地不敢抬头,用小手紧紧地捂住了脸。

男孩用力地把四月的手掰开说:“四月,说话啊,咱们做两口子吧,多好玩啊。”

四月看见了那瘦弱的男孩的裸体。

啊,那就是四月的初恋吗?不是,那不能算初恋,不过是和异性接触吧。

那时,她刚刚12岁。一晃儿,四月就高中毕业了。

那个男孩始终跟她在一个班,在县里的中学,四月也是和那个男孩在一个班,那个男孩一直对四月特别的好,可他学习不好,甚至有些笨,考试总是不及格,要不是他爸爸养蝎子发财了,给校长送礼,校长早就开除他了。

随着年龄的增长,四月变得越来越聪明,而那个男孩则是越来越愚蠢了,有人竟然给他起了绰号,叫他傻瓜胡同。意思是只有一条道,一个心眼,一根筋,干什么都直来直去,不会转弯。其实,胡同的名字叫胡同里。

四月考上了大学,是当年县二中的12个考上大学的其中一个,也是两个女生的一个。傻瓜胡同没有也不可能考上大学,他的成绩连高中会考都过不了关,为此傻瓜胡同的爸爸再次给校长送礼,校长就让别人代答试卷,让傻瓜胡同拿到了高中毕业证书。为此,四月对傻瓜胡同残存的一点好印象消逝得无影无踪了。四月虽然儿童时代喜欢过这个男孩,现在自己变成了人人称赞的女才子,可他呢,被叫做傻瓜胡同,自己怎么能和这样的男人恋爱相好呢,真是岂有此理!

四月这样想着,就好似看见那傻瓜胡同在小河里游泳,然后光着身子爬上岸边,喊着:四月,咱们做两口子吧,多好啊。

四月扑哧一声笑了起来。四月先是这样笑着,然后就抿嘴摇头:“唉,现在什么时候了自己还有闲心想这些事情。自己不是想跳河的吗,为什么想起儿童时代的伙伴来了?”

四月叹息着:“自己真是无能,竟然想到跳河。自己在学习中碰到拦路虎的时候,总是千方百计想办法克服,今天这是怎么了?”

四月忽然想起了那个傻瓜胡同,心情好了一些:“莫非那个傻瓜胡同可以帮自己解决难题？也许是，不，就是他。这个村就数他家有钱，再说他也是对自己最感兴趣的人啊。”四月自言自语着，慢慢地走着。

四月这样想着，不知不觉就走到了傻瓜胡同家的门前了，喊着：“哎……胡同里……”

傻瓜胡同跑出来，兴奋异常：“啊，四月啊，我听见是你。”

四月望着他：“胡同里，我考上大学了，来通知了，想跟你聊聊。”

傻瓜兴高采烈手舞足蹈地说：“哎呀，那可太好了，咱们走啊，还上小河边。”

四月假装害臊地说：“哎呀，深更半夜的上什么小河边啊，也不怕人家笑话咱们？”

胡同里光着上身，拍了一下那厚实的胸脯：“我什么都不怕，咱们可是高中同学，怕什么呢？”

四月低垂下头，一脸的羞涩：“我怕，我是大姑娘啊。”

胡同里拉着四月就走：“哎呀，你啊，该是城市小姐了，城市大学生了，怕什么呢？我早就想跟你谈谈了，我应该送你一个礼物。”

四月跟随着胡同里走到了小河边。

这个地方周围没有什么企业，所以小河并没有像其他地方那样被污染，河水还是那样的清澈、干净。

四月坐在那个大柳树下，手摆弄着自己长长的辫子。

还是小孩子的时候，四月就愿意坐在这棵大柳树下，如今柳树已经长得有几丈高了，枝繁叶茂，柳枝垂下来，在微微的夏风中轻轻地摇曳着。

月亮又大又圆，影子在河水中慢慢地晃荡着，把河水染得白光一片。

真温馨的仲夏夜啊。

其实，当时也是因为那夏季夜晚的美丽，因为那月亮的美丽，自己被那温馨的月亮感染了，想起儿童时代和胡同里的美好回忆来，才决定嫁给傻瓜胡同的。想起来，当时自己并不单纯要利用傻瓜胡同，要骗取胡同里家的钱，自己并不是市侩，是唯利是图，是忘恩负义，是卑鄙无耻，是……

四月想起这些就想哭。

那个夜晚的确美丽温馨诱人，自己一个单纯的刚刚20岁的姑娘，突然萌生想嫁人的想法，也是正常的啊！

胡同里坐在四月的身边，傻子似的看着四月笑着。

四月看着他问："你笑什么？"

胡同从自己的裤兜里掏出一个小盒子，递给四月："四月，我知道你肯定会考上大学的，一毕业，我就给你买礼物了。"

四月不接那盒子问："为什么给我礼物？"

胡同里憨厚地笑着说："为什么，咱们可是20年的朋友了，从生下来，咱们可就是朋友了啊。"

四月开心地笑了起来："一共才20岁，就是20年的朋友了，咯咯……"

傻瓜胡同也兴奋地笑着："嘿嘿……哈哈……"

在银白色的月光下，两个青年人天真无邪地笑着。

傻瓜胡同让四月打开那盒子。四月打开了盒子，看见里面有一条金光闪闪的项链。

四月把那项链还给了傻瓜胡同："胡同里，别傻了，这应该是送给恋人的礼物，咱们又不是恋人，凭什么给我这个啊？"

傻瓜胡同激动起来："我知道我不配做你的恋人，因为我是傻瓜胡同，你呢，是女才子。可我佩服你，真的，我总是把你当成自己的恋人。我每天都想着你，上课、下课、睡觉、吃饭，无时无刻不在想着你，我学习不好，就因为我上课走私，我想着你。"

四月急忙插话："没有考上大学怨我了，我可担当不起啊。"

傻瓜胡同委屈地说："不是我怨你，我真的是想着你呢，我知道咱们根本就不配，你是女才子，白天鹅，我呢，傻瓜，弱智，癞蛤蟆一个。"

四月捂住了他的嘴："干什么这么糟蹋自己啊，我也没有说你什么。"

傻瓜胡同继续说着："让我说完，要不，我就会憋死了，千万别不让我说完啊。"

四月不再说话，静静地看着那河水里面的月亮，想着心事，她觉得自己无论如何也不会嫁给傻瓜胡同的。让他说吧，看在20年同村同学的分上，就让他发泄吧。

傻瓜胡同动了真格的了，动情地说："四月，我知道我根本就不配，以后就更不配了。你是城里的大学生了,我只是一个农民,顶多是继承我爸爸的事干,养蝎子,咱们怎么能相配呢?"

说着,傻瓜胡同哭了起来,委屈地难过地哭着。

四月没有阻止他,任凭他哭。人在难过的时候痛苦的时候应该哭一场,你不爱人家,还不让人家说几句吗?说吧,随便说吧,反正自己也不会真的成了傻瓜胡同的媳妇。

傻瓜胡同难过地说:"我就这样一个心愿,送你一条项链,让我了却了心事,一辈子就这么一件心事了,你就答应我,我在心里把你当做媳妇,你以后上学走了,我就再也不会提起这件事了,我就找个农村姑娘结婚,咱们就此结束。求求你,答应我接受这个礼物。"

四月犹豫着,怎么办呢?

傻瓜胡同不管四月怎么想,就把那项链戴在了四月的脖子上。

当傻瓜胡同粗壮的手掌和四月的丰满的胸脯接触时,傻瓜胡同愣了一下,忽然,他疯子似的把四月紧紧地搂在怀里。他疯狂地亲吻着四月,嘴里还含糊不清地说着:"四月……我爱你20年了,爱你……"

四月狠狠地推着傻瓜胡同。

傻瓜胡同的力气可真大,像铁钳一样的胳膊把四月搂抱得喘不上气来。

四月喊叫着:"来人啊……来人啊……"

寂寥的小村子,有了四月的喊叫,立刻招引来无数的狗叫,夏虫的鸣叫。

好多人赶来了。

傻瓜胡同的爸爸兴奋地看着儿子搂着四月说:"好啊,儿子,男人要敢于下手啊,这就是我的经验。我这一辈子就凭着敢下手才混得比别人强,哈哈……哈哈……"

四月的爸爸拉起四月就走。

那天,回到家,钟表已经敲了10下了。

屋子里格外的黑,这里的村民都舍不得用电,因为这里的电费太贵,每度电是5元,是城市的近20倍,所以,虽然有了电,村里大多数人家依然点着蜡烛。

蜡烛的火苗闪动着,忽大忽小的。

四月的身体和爸爸的身体全都映照在墙壁上,也是忽大忽小的。

四月的父亲问道:"闺女,你已经是胡同里的人了,明天就和他结婚吧,20 岁了,不小了,应该结婚了。"

四月是考上了大学的高中毕业生,是县重点中学二中的学生,四月怎么会轻易答应那个傻瓜胡同呢,笑话。四月笑了起来:"我这就是傻瓜胡同的人了?现在是 90 年代,又不是 20 年代,再说了,我们根本什么事情都没有,他就抱了我一下,这有什么啊?!人家外国人,见面的陌生男女,还可以亲吻呢,我不答应嫁给他。"

父亲叹息着:"我真傻,为什么供你上高中呢?女人见世面越多,就越不踏实,就越不好嫁人。"

四月笑道:"我一个大学生,不好嫁人,也不会就嫁给傻瓜胡同这样的傻瓜啊。"

父亲低声说:"就嫁给他吧,这样你的大学梦就可以做下去了。我正发愁呢,不让你去吧,耽误你一辈子,让你去吧,我拿什么供你上学呢?你哥哥还要娶媳妇,咱们家还要盖房子呢,我靠什么赚钱去啊?"

父亲兴奋起来,站起来,吸烟。"就这么办,明天就找他,让他供养你,这是好事,天上掉下来的肉饼。老天长眼,让你上大学,变成城里人,哈哈……哈哈……"

四月的眼泪忽然流了出来,难道自己真的要靠出卖自己的肉体、青春、人格来换取上学的金钱吗?呜呜……四月放声大哭起来。

父亲望着女儿,抹了一把脸说:"你啊,没有眼光,那胡同里比他爸爸还有出息,以后他成了百万富翁,他再在城市买个户口,买一套房子,不也是挺好的男人吗?他和你是同学,看得上你,比其他你不认识的男人可靠,女人一辈子图什么?不就是图可靠稳定的日子吗?再说,退一步说,你不嫁给他,你上得了大学吗?咱们还有其他办法吗?"

这一夜,四月失眠了。

窗户外面的月亮一夜没有下去,一直在她的眼前晃动着。

月亮怎么这么大啊，这么亮啊。

哎，自己想象的爱情多么美好啊，自己想象的爱人多么英俊潇洒啊，能和这个傻瓜胡同叠印在一起吗？唉，自己为什么这么不幸呢？

转念又一想，自己有什么不幸呢？自己比村子里的其他女孩都幸运，自己上了县里的重点高中，还考上了大学，自己正在为上学的钱发愁呢，突然，这个傻瓜胡同冒出来了。是啊，自己不是曾经打过他的主意吗？不过，自己是想着向他借钱，并没有想要嫁给他。如今怎么办呢？对，还是向他借钱，不能嫁给他，不能随便嫁人，女孩，应该慎重啊！

她这样想着，就看见天空逐渐地露出了鱼肚白色，逐渐地太阳升起来了，天空出现了橘红色。

四月打着哈欠，起来，伸展着懒腰。

父亲催促四月马上找胡同里摊牌，就是要嫁给他。

四月苦笑着，走出家门。

四月站在傻瓜胡同家的门前，犹豫着。

傻瓜胡同的爸爸和妈妈已经看见她了，冷漠地并不搭理她。

她只好喊着："胡同里……"

傻瓜胡同听见她的声音，就像着魔了似的，飞跑出来。

他幸福的脸上荡漾着笑容："哎呀，四月，昨晚我一夜没睡，尽想着你了。"

四月羞涩地在前边走着，傻瓜胡同在她身后紧紧地跟着。

路边的人们看见他们，喊叫着："又去亲嘴啊？"

傻瓜胡同自豪地点着头。

四月斜睨了傻瓜胡同一眼："胡同里，我本来要告你的，可是看在同学的面子上，我就不起诉你了。"

傻瓜胡同的脸色骤变，刹那间，从幸福兴奋转为惊讶和难过："怎么，起诉我，为什么啊？"

四月抿嘴笑着，然后又严肃地说："你啊，法盲。为什么？昨天你干了什么？说啊？"

傻瓜胡同嘿嘿地笑着："不就是亲吻吗。"

四月的脸刹那间庄重起来:“那是对女生的侵犯,是犯罪,是强奸未遂,明白吗?”

傻瓜胡同几乎要哭了:“强奸未遂?没有啊,我没有打算强奸你,我冤枉啊。”

四月快步向村外走去,傻瓜胡同也跟随着四月来到了村外。

四月把那项链摘下来,放在了傻瓜胡同的手上:“给你,我不想要你的东西,我不想轻易地……我……”

四月有些荒乱,她不知自己要说什么,自己到底要说什么呢?敲诈,自己不应该啊;借钱,又说不出口;嫁给他,自己更不想那样做。

四月心想:自己的难题为什么这么多呢?女孩要是什么也不想,随便嫁给一个男人,生孩子,养孩子,多省心啊,可自己非要考大学,要做一个知识分子,那多不容易啊。

傻瓜胡同还是把项链戴在了四月的脖子上说:“四月,我说过,我就是要送给你,真的。我爱……我不敢说这样的话了,现在再开放,我也不敢说了。我也得撒泡尿照照自己,就我这个样子,不能随便对你说这样的话。昨天我那是实在憋不住了,我真的是喜欢你啊。我现在还想……唉,我不是畜生啊,我是高中毕业生啊,要不,我早就对你……”

四月警告着:“你敢……”

四月还是坐在了那小河的河岸上。

河岸上,一些村民在洗衣服、洗菜。他们观察着四月。

四月毫不在乎地看着那河水。

早晨的河水,比晚上要绚丽,多彩。

傻瓜胡同盯着四月说:“四月,说心里话,你要是想嫁给我,我也不敢要你。因为你以后是大学生了,你以后要当国家干部,我呢,一个农村的养蝎子的农民,我怎么敢要你啊。”

四月叹息着,不知下面的话该怎样说。

傻瓜胡同看出四月有心事:“四月,你今天找我,不是真的要起诉我吧?我没有犯罪,到了法庭,我也没事的。你还是姑娘呢,我做什么了啊?”

四月斜睨了他一眼:“你小子啊,真坏。”

傻瓜胡同问道："四月，你哪天上学去，我送你去。"

四月的脸霎时阴云密布。

傻瓜胡同惊讶地问道："到底怎么了四月，那通知不是真的吗？"

四月摇头，还是哭了出来。"通知是真的，可我爸爸说没有钱，不想供我上，我……"

四月捂住脸，放声大哭着："呜呜……呜呜……"

压抑在心里几天的痛苦忧虑，今天全部释放出来了。

傻瓜胡同嘿嘿地笑着："就这个啊，我以为什么事呢，我们家有钱，几十万呢，我找我爸爸要钱，我借给你。"

四月兴奋地抹着眼泪问："真的，你说话算数？"

傻瓜胡同也犹豫起来："我爸爸这个人财迷，小气，吝啬，我必须欺骗他……我也想不出什么好的主意来……"

四月的心再次凉了下来，刚才，白兴奋了。

是的，傻瓜胡同的爸爸虽然靠养蝎子发财了，可他是出名的吝啬鬼，村子里翻盖学校，没有钱的村民还捐款呢，他这个最有钱的专业户竟然不拿一分钱，宁可让村干部把他家的门框拆下来，安到学校的教室上。

果然，就像傻瓜胡同说的一样，傻瓜胡同的爸爸把钱藏到了一个一万人也找不到的地方，任凭傻瓜胡同说什么，父亲也不拿出钱来。他已经猜测出儿子的用意了，因为刚才他看见儿子和四月在河岸发生的那一幕。儿子说自己需要钱投资，买其他蝎子，父亲摇头说，这件事情不要你操心。儿子说需要钱继续上学，父亲说，你天生就不是上学的材料，高中毕业还是我送礼送的呢，要不连毕业证书都拿不到。

四月焦急地天天盼望着傻瓜胡同出现。

四月站在河岸，焦急地等待着傻瓜胡同。

傻瓜胡同来了，站在四月的身边，嘿嘿地笑着说："我爸爸说了，说……除非四月做他的儿媳妇，要不别想借他的钱。"

四月犹豫了。

四月焦虑万分，那嘴唇也起了水泡，躺在炕上。妈妈给女儿用井水浸了一条凉毛巾给女儿擦着脸，整理着头发。她对着女儿说："闺女，你是有福的相貌,全村子的人都这么说。这个村子的闺女,就你一个人考上了大学,你是拔尖的。放心吧,以后日子不会难的,别发愁了啊。"

四月想着:"要是没有考上大学,自己还不这么难过痛苦,考上大学却没有钱上,自己实在无法接受这个事实。"

四月经过一整天的思考,最终做出了决定。走到了傻瓜胡同的家,对傻瓜胡同的父亲说:"大伯,我愿意嫁给胡同里,真的。"

傻瓜胡同惊喜异常,又要搂住四月。

四月推开了他,平静地看着傻瓜胡同父亲的反应。

他父亲打量着四月,摇头说:"这不是真的,你是想骗我的钱啊。"

四月难过地哭了起来,就像自己被全身脱光,裸露在大庭广众之下似的难堪,尴尬。呜呜……呜呜……

傻瓜胡同扶他走进自己的房间。

傻瓜胡同问道:"四月,你不是欺骗我吧?"

四月点头说:"不是。"

傻瓜胡同看着门外的父母问道:"四月,我这么差,你那么好,为什么要嫁给我呢?我妈妈爸爸不理解啊。"

四月拉着傻瓜胡同粗壮的手说:"胡同里啊,咱们是同学,20 年的朋友了,你已经想了我 20 年了,这是你说的啊,也是我要说的啊,咱们村子里,还有像咱们这样相好的吗?没有啊,这是两小无猜、青梅竹马啊,你不知道这个道理吗?"

四月说这些话的时候,感觉自己的皮肤在起鸡皮疙瘩,啊,自己太虚伪了,太阴险了,太糟蹋自己了,这是欺骗啊,这是敲诈啊。自己真的爱他吗?真的和这个傻瓜胡同是两小无猜、青梅竹马吗?不,自己从来没有爱过这个傻瓜胡同,自己心目中的白马王子,要比眼前这个傻瓜胡同英俊得多、潇洒得多、聪明得多啊!可是,自己为了钱,为了上大学,为了变成城里人,自己必须撒谎,必须欺骗他,必须糟蹋自己啊!因为自己的损失和变成大学生变成城里人比较起来,简直是微不足道。自己虽然名誉上成了傻瓜胡同的媳妇,等大学毕业以后,这样的名誉是可以改变的啊。四月故意大声说:

"胡同里,咱们的爱情多少年了,啊?"

傻瓜胡同嘿嘿地笑着:"我不是说过了,20年了。"

四月把自己那发烫的脑袋靠在傻瓜胡同的身上。

傻瓜胡同惊叫起来:"哎呀,四月,你发烧了啊,太热了。马上上医院,走。"

傻瓜胡同像是搂着一个孩子似的,就把四月搂在自己的怀里,搂着四月走出了院子。

在那个燥热的夏天,一辆农用机动车,慢慢地行驶着。

傻瓜胡同开着自己家的小三轮车,把四月送到了县城医院。

县城医院就在他们母校二中的旁边,看见那熟悉的街道,熟悉的白杨树,郁郁葱葱的校园,四月和胡同里全都兴奋起来。胡同里看着四月:"四月,我上学之所以总是不及格,就因为经常想着你啊,我就是因为走私走的,其实我并不笨啊,咱们不是不相配啊。"

四月点头:"是啊,至少咱们互相理解,互相熟悉啊。"

傻瓜胡同抱起四月,把四月送到了急救室。

输了青霉素,四月就好了许多,她说:"回家吧,别花钱了。"

傻瓜胡同把四月重新抱回了三轮车上,给四月买了西瓜让四月吃。

四月像是犯罪似的,低头不敢看傻瓜胡同,唯恐自己后悔,唯恐自己谴责自己,只是低头吃着西瓜。

回到村子,傻瓜胡同用手抚摸着四月的额头,啊,好了,退烧了。

四月躺在那三轮车上说:"你小子其实也不错,对我还真好。"

傻瓜胡同嘿嘿地笑着:"要当我老婆了吗!"

四月迟疑地点了点头。

几天过去了。

四月走进胡同里家,小心翼翼地对傻瓜胡同说:"胡同里,要开学了,借钱的事……"

傻瓜胡同的爸爸说:"必须领了结婚证书,不但要结婚证书,还要入洞房,要不这钱就不掏出来。"

他是何等的精明,不真的看见他们结了婚,他是不会把钱给她的。

四月再次陷入痛苦之中，自己和其他的乡下姑娘最看重的贞操看来是保不住了。自己本来打算来一个拖延战术，等到大学毕业把钱还给傻瓜胡同，然后和傻瓜胡同分手。可傻瓜胡同的父亲真的不傻啊，他要他的儿媳妇先付出贞操，他认为女人失贞了，就等于把生命付出了，把一生付出了，把名誉付出了，他还怕她这个大学生不回来和儿子过日子吗？他的主意也是和儿子一样的，就是让胡同里也上大学，花钱买一个大学文凭，买一个城市户口，和她将来在城里过日子，农村再好也不能和城市相比啊。城市什么都有人管，病了有急救中心，有人抢劫了打110，街道上都是水泥地，旁边种上花草，有个天灾人祸的，城市的市民有人帮助，一个电话就有人来。可是在农村，房子让大风刮走了也不会有人来啊。

四月在报到的前一天，终于答应了傻瓜胡同，和傻瓜胡同领了结婚证书。

夜晚在那洞房里，蜡烛闪着，忽明忽暗的。

傻瓜胡同像饿虎似的扑在了四月的身上，把四月的衣服剥光。

四月挣扎着，可自己在那个饿虎面前，就像一个瘦弱的绵羊一样，没有一点力气。她哀求着傻瓜胡同："等一下。"

傻瓜胡同看着她："干什么？"

四月羞涩地喃喃地说："我买了……我不能怀孕，不然，学校要开除我了。"

她拿出白天在县城里买的安全套给了他，她知道，不许他占有她，他家是不会让她上学的，也不会给她钱的，这已经达成了协议。自己必须付出这贞操了，否则一切都无从谈起。自己不买这安全套，不预备好这东西，那傻瓜胡同是蛮横的小子，他才不管你怎么样呢，自己如果怀孕了，被学校开除，他才高兴呢，他正求之不得出现这样的结局呢。

傻瓜胡同听话地戴上了那透明的东西，再次狠狠地扑在了四月的身上。

上学以后，四月每次放假回家，就住在傻瓜胡同的家里，傻瓜胡同无论如何也不会让四月白用他家的钱的，他的父亲竟然嘱咐他，让她快点怀孕，早生贵子。

四月不答应，不戴那东西，就别想和她干那事。

每次，总是傻瓜胡同屈服，他还是喜欢她啊，把她当做宝贝，如果四月不高兴，真的被大学开除，四月一定会埋怨他一辈子的，那样的事情，傻瓜胡同不会干的。

眨眼间自己就大学毕业了，如今自己再也不想见到那个傻瓜胡同了。傻瓜胡同日益发胖，那肚子简直比女人怀孕的肚子还要大，见到四月就一件事，就是让四月脱裤子，好像除了这件事，就没有其他事情可谈了。

四月和傻瓜胡同没有半点共同语言，她说起自己喜欢的事情，比如，大学校园的生活，他总是摇头说，你说的这些事情，跟咱们没有关系，咱们还是说说怎么把我的户口办到城里吧，到了那里，我就也是市民了，我见到你，就不会矮半截了。越是无聊，他越是对她的身体感兴趣，一天一次，发展到了一天数次，大白天的也要猛然把四月按在炕上，脱下她的衣服，用力地蹂躏她的身体。

四月感到和傻瓜胡同在一起无比的痛苦，悔恨当初自己选择了那样的道路。用结婚换取金钱，如果知道上学也可以贷款，自己就不会牺牲自己和那个傻瓜结婚了，就不会有现在的苦恼了。

四月和傻瓜胡同有一个协议，就是不许他到学校找她，不许给她打电话，泄漏他们的婚姻状况，否则她就跟他离婚。学生是不许结婚的，傻瓜胡同也明白。他还是爱四月的，就是不知道怎么爱，除了给她钱，卖力地养蝎子赚钱，然后就是在寒假暑假的时候在她的身上发泄自己的爱了。

眨眼间已经毕业几个月了，四月下定决心不再回去，也下定决心要和傻瓜胡同离婚。她打算找到工作后，就和傻瓜胡同摊牌，把钱还给傻瓜胡同。就算是贷款吧，那利息就不付了，自己和傻瓜胡同睡了那么多天了，傻瓜胡同就不付出一点成本吗？

可是，工作是那么难找，自己和占山每天都出去找工作，就是找不到合适的工作，当初美丽的梦幻不可能实现了，那时的大学生是多么缺乏啊，现在行情彻底变了，大学生从皇帝的女儿不愁嫁，变成了丑陋的女人，嫁不出去了。

第十二章　千万别向我求婚啊

四月颤抖起来。

她紧张的心砰砰地快速跳动。怎么办,她就害怕占山问她是否爱他,那样自己该怎么回答他呢?说爱他,是真的爱啊,可自己已经结婚了。说出真相,要他等自己离婚吗?他能要一个已经和其他男人结婚四年的女人吗?

占山果然问了:“四月,我向你求婚,你可千万别拒绝我。现在我特别痛苦,我就需要你的支持你的陪伴,你要是拒绝我,我可是自杀的心都有啊。真的,千万别拒绝我。”

四月不敢抬头,看着地上无数的枯萎的落叶,脸格外发烫。

四月和占山漫无目的地走着。

他们坐了下来,坐在落满黄色的枯萎的落叶的人行路上,痛苦地失望地如雕塑一般坐着,谁都不说话,难过地看着行走的人们,不知怎么办才好。

占山叹息着:“这个城市那么大,竟然没有咱们的工作。”

路上,走过匆匆的背着破麻袋的农村人,那是在城市捡破烂的人。农村人在城市似乎只能干这个,其他行业城市人全都占满了。

四月凄凉地呜咽起来。

占山再次拉着她的手说:“别这样,这刚几天啊,我这个人最坚强了,最不怕吃苦不怕失败了,你就放心吧,咱们会成功的,会在城里找到工作的。”

四月低声说:“也许,咱们真的应该回到农村去。”

占山愤然地说:“为什么,老师不是讲过,人均产值800美元的时候,城市人口就应该占总人口的50%，可咱们国家城市人口只占总人口的30%，还差一半呢，咱们就应该做这一半，为城市的发展作贡献。”

四月扑哧一声笑了起来：“你啊，现在都这样了，还这样大言不惭的，如今城市需要的是有钱人来投资，不需要像咱们这样来抢城市饭碗的人，明白吗？”

占山继续乐观地说：“咱们将来当然要投资了，可是现在咱们还是应该先解决吃饭问题，温饱第一，发展第二嘛。”

四月看着他：“这么说，你决心在城里发展了？”

占山下定决心地说：“我就是要饭也在城里要，因为在咱们县要饭也要不着，要想干企业创业，必须在城市，这里有信息流，资金流，交通便利，人口众多，创业不在城市，难道要选择一个闭塞的保守的荒凉的贫穷的地方吗？”

四月点头说：“是啊，英雄所见略同。”

占山拉着四月的手，声音颤抖起来：“四月，咱们也是患难之中见真情了，你在这样的时候还和我在一起，没有像其他女生那样，追求一个有钱有势的城里人，和我相伴在一起，我真的很感谢你。”

四月颤抖起来。

她紧张的心砰砰地快速跳动。怎么办，她就害怕占山问她是否爱他，那样自己该怎么回答他呢？说爱他，是真的爱啊，可自己已经结婚了。说出真相，要他等自己离婚吗？他能要一个已经和其他男人结婚四年的女人吗？

占山果然问了：“四月，我向你求婚，你可千万别拒绝我。现在我特别痛苦，我就需要你的支持你的陪伴，你要是拒绝我，我可是自杀的心都有啊。真的，千万别拒绝我。”

四月不敢抬头，看着地上无数的枯萎的落叶，脸格外发烫。

占山说：“我真的求婚了，不，不是求婚，应该先求爱。不，咱们认识已经四年了，求爱太不解渴了，我还是求婚吧。”

突然，占山跪在那铺满厚实的枯萎的落叶的人行路上说：“四月，答应我吧。”

四月那消瘦的肩膀抖动着，她的眼里充满了泪水。四月悔恨当初自己那样匆忙地嫁给了一个自己根本就不喜欢的男人，不，是卖给了一个男人。如今自己遇见了自己爱的男人，并且那个男人那么真情地爱着自己，自己怎么办呢？四月痛苦地闭上了眼睛。

路过的行人，都好奇地望着他们，奇怪他们为什么把外国电影里面的仪式搬到了马路上。

占山在这陌生的城市里，毫无顾忌地乞求着四月答应他的求爱。

四月不知如何表达自己的心情。

她难过地痛苦地无力自拔地把头埋在了自己的胸前，不敢抬头看占山。

占山问道："如果你不说话，就是默认了。农村来的姑娘小伙子全都害羞，这是咱们的本质，我知道你心里喜欢我，不然早就离开我自己找工作去了，是吗？"

四月低声说："还是等几天吧。"

占山惊讶地问道："等几天，为什么？为什么等几天？这几天有什么意义吗？"

四月看着占山那因为激动而红涨的脸，羞涩地说："有意义，有决定性的意义。"

占山激动得脸上的肌肉都变了形，他不相信地说："我不相信这几天会有什么决定性的意义，难道说有人跟我争夺你吗？你是无法判定我们哪个更好吗？"

四月打了占山一下："哎呀，胡乱猜什么啊。"

占山就是这样一个人，他要在一条道上跑到黑："我猜出来了，是刁小二，是吗？是小二吗？我早就看出来了，这小子对你也有意思是吗？"

四月笑了起来："你啊，胡说，人家拥有正在追求陶兰呢。"

占山问道："你是怎么知道的？"

四月故作神秘地说："我们女的心细致，会看。这几年我都看出来了，辛汉和拥有都喜欢陶兰，他们看陶兰的眼神和看别人的眼神不一样。"

占山说："我看，小二那小子看女孩的眼神全一样，全是贪婪的无耻的欲望强烈的要马上占有的神情。”

四月说:“哎呀,为什么这么说自己的好朋友啊,你看女孩的眼神其实也是那样的,想马上占有的贪婪的无耻的。”

占山不好意思地笑着:“我啊,是欣赏的眼神,我喜欢欣赏女孩,这是所有男人的嗜好吧。”

四月笑着说:“你啊,必须改掉这个嗜好。”

占山小心翼翼地观察着四月:“难道就因为我看其他女孩的眼神你讨厌我? 或者是觉得我不能让你放心吗?”

四月摇头。

占山拉着四月的手,用力捏着说:“为什么不马上答应我,告诉我啊。”

四月被捏得叫唤起来:“哎呀……疼死我了……”

四月想起那傻瓜胡同,力气比占山要大十倍,经常把四月扔到炕上,狠狠地扑到她的身上,用力地蹂躏她。让她经常感到疼痛。

占山马上拿起四月的手,放在自己的手掌中慢慢地揉着:“难道还要考验我几年吗? 咱们已经不小了,别再考验了,像咱们这个年龄的高中同学,大多数都有孩子了,人家经常笑话我是老处男呢。”

四月痛快地羞涩地笑着。

四月和他继续在街头走着。

忽然,四月看见一棵树上的广告,要招聘家庭教师。

四月急忙奔过去,在学校,四月就当过家庭教师,对这一行还不讨厌。

四月看着那广告,兴奋地叫了起来:“啊,管吃管住,一个月工资600元,如果让孩子考上重点高中,还要加5000元的奖金。”

四月兴奋地搂住占山说:“啊,咱们有救了。”

占山冷冷地看着那广告说:“毕业了,还当家庭教师,未免屈才啊。”

四月已经迫不及待了:“我就是要去,骑马找马嘛,这点道理都不懂吗?”

占山茫然地望着远处马路上的干枯的落叶,叹息着:“可笑,咱们这些学管理的本科毕业生,竟然要当孩子王去了。”

四月反驳他说:“你啊,到现在还不明白就业形势,孩子王也不是轻易当成呢，比如，公办的中小学，咱们这样的根本就进不去，除非当个体的孩子王。”

占山问道：“我们以后就分开了吗？”

四月拉着占山说：“别，咱们一起去试试运气。”

他们按照那个广告上的地址，到了一个高层住宅小区。在20层找到了那个门牌号码，可是敲了十几分钟，也没能敲开那个门。

四月猜疑地说：“是骗子吧？”

占山说：“家庭教师没有什么可骗的，大概是上班了，等到中午再说吧。”

四月和占山就这样在那个门前坐着，等着。

中午，他们再次敲门，出来一个中学生模样的人，开着门打量着他们：“干什么的？”

四月说：“我是来应聘家庭教师的。”说着，拿出自己的大学毕业证书给那个孩子看。

那个孩子看完说：“录取你了，我当家。”

四月惊奇地望着那个孩子。

那个孩子向四月伸出手：“我叫石垒。”

四月也伸出手：“我的名字在那个毕业证书上写着呢，这是我的同学，叫占山，他也是来应聘的。”

石垒问道：“你是说，你们两个要竞争上岗是吗？我们家就招聘一个家庭教师啊。”

占山急忙说：“不，是四月要应聘的，我不是来应聘的，是来送她应聘的。”

石垒打开门：“你们现在不能进我们家，必须等我爸爸回来你们才能进来。”

时间不长，一个满身腥气的中年男人来了，他胖胖的体型，嘴里叼着香烟大摇大摆地走着，一副俗不可耐的样子，用一双贼溜溜的眼睛打量着四月。

占山低声说：“这小子是色狼，你千万不能留下来，危险。”

四月对他说:“我是来应聘的,你是那个招聘的家长吧?”

那个胖子嘿嘿地笑着,脸上绽放的笑容让占山实在忌妒、气恼、担忧。

可是四月却跟着那个胖子走进了家。

胖子要关门,把占山关在外面。

四月拉着占山说:“这是我的……同学。”

占山说:“男朋友。”

四月没有当着石垒父子的面让占山难堪,没有纠正占山的话,默认了自己就是占山的女友。

那个胖子看着四月的毕业证书:“我儿子比我的文化还高呢,我儿子说录用你了,就录用你了,你今天就可以来了。”

四月兴奋地说:“哎呀,太感谢你们了,对我这么信任。”

占山说:“招聘一个大学本科毕业生当家庭教师不容易啊。”

胖子马上否定了占山的话:“已经有人来应聘了,不过我没有看上。”

四月担心地问道:“为什么?”

胖子说:“因为……我看见那个人不像大学生,不像老实人。”

占山挑衅似的问道:“你看见我们像老实人吗?”

胖子观察着占山:“这个姑娘像老实人,慈眉善目的,你啊,就不敢说了。”

四月和占山都笑了起来。

四月开心地说:“占山,你可不像老实人啊。”

占山拿出自己的大学毕业证书:“我们是同学。”

那个胖子说:“现在100元就可以买一个北京大学的。”

四月说:“现在,你可以考试,看看我们是不是假的大学生。”

石垒的父亲尴尬地笑着:“考什么,我什么都不会,一个卖鱼的,考你什么呢?考你什么叫做黄花鱼瓜子鱼螃蟹?就不要考了,谁都认识。”

占山和四月又笑了起来。

石垒的父亲严肃起来:“这个兄弟,我这里就招聘家庭教师,我可不想让一个陌生的男人住在我这里,危险。”

占山顶撞他说:“让自己的女朋友住在一个陌生的男人家里,我同样感到危险啊。”

胖子尴尬地说:“要不你们就找其他家问问,反正我这里是不要两个家庭教师的。”

占山无奈地说:“好吧,我就走了,四月,我找到工作就来找你,千万别和我失去联络啊。”

四月点头,鼻子发酸。

占山继续嘱咐着:“另外,自己一个人睡觉,千万插门,有人欺负你了,就告诉我去,我还在那个郊区的小院子住,方便你找我。”

占山走了。

胖子揶揄地说:“要是真的心疼女朋友,就自己养活女朋友,为什么让一个姑娘家出去打工呢?”

第十三章　想靠在男人的胸脯上哭一次

但是，陶兰的心里窝火，她讨厌那些自己不喜欢的男人碰自己，讨厌男人对自己的贪婪。可是自己不敢跟客户发脾气，自己就这么强忍着，一直到把那个客户陪得满意，订单到手，陶兰才离开那个人。

陶兰现在想伏在一个男人强壮的胸脯上哭一次。

可眼前却是那个一直追求自己的小男孩，没有一点男子汉气息的小男孩，一个柔弱的文静的小书呆子。

陶兰有些失望，失态，就发泄起自己的愤怒来。

陶兰望着窗外发呆。

过去，她总是把辛汉当做小男孩，一个没有男性魅力、缺少男子汉气息的小男孩，所以，作为一个开朗大方的成熟女性，她没有把辛汉的爱当一回事。可是现在，她发现辛汉的优点特别多，这些优点都是许优没有的。

辛汉这个人善良、温柔、有涵养，就像一个女孩似的文静。

她几乎要爱上他了。

那天，陶兰和一个客商在酒店会面。

那个客商是个中年男人，色迷迷地看着陶兰："只有你陪我喝酒，我才会订购你们的服装。"

陶兰无奈地说："好吧，喝酒就喝酒，你可要说话算话啊？"

陶兰和那个客商一起饮下一杯酒。

陶兰好像醉了。

陶兰回到公司，走进了自己的办公室，看见辛汉正在等她。

陶兰苦笑着，指着自己的喉咙说：“辛汉，我渴啊……我渴……”

辛汉急忙倒了杯水递给陶兰。陶兰的手刚刚接过了水杯子，就把水杯子扔到了地上，玻璃杯被摔得粉碎。

陶兰指着辛汉骂着：“你这小子，真是没有用处，怪不得没有女孩喜欢你，你就像女孩一样没有用处，不，还不如女孩呢。连倒水都倒不好。”

辛汉没有发脾气，辛汉可以忍受陶兰的一切。

她其实脑子并没有失去理智，不过是想发泄一下自己愤怒的情绪，这愤怒的情绪来自刚才，那个客商那么无礼，竟然让她陪着喝酒，甚至抓了她的手。

为了订单，陶兰必须赔着笑脸。

现在，自己家刚刚承包了这个服装厂，一切都那么艰难，服装生意不好做，利润特别低，竞争又特别激烈，生产厂家特别多，每一个订单都要珍惜啊。

但是，陶兰的心里窝火，她讨厌那些自己不喜欢的男人碰自己，讨厌男人对自己的贪婪。可是自己不敢跟客户发脾气，自己就这么强忍着，一直到把那个客户陪得满意，订单到手，陶兰才离开那个人。

陶兰现在想伏在一个男人强壮的胸脯上哭一次。

可眼前却是那个一直追求自己的小男孩，没有一点男子汉气息的小男孩，一个柔弱的文静的小书呆子。

陶兰有些失望、失态，就发泄起自己的愤怒来。

外面特别的冷，西北风嗖嗖地刮着。

辛汉急忙把门关严，以免让那寒风刮进来。

辛汉默默地注视着陶兰，心里滑过一丝苦涩。

啊，陶兰是这样瞧不起自己啊，自己为什么还在这个地方呢？就为了那点工钱吗？他也想发火，可还是忍住了。他知道当老板是怎么回事。当年父亲活着的时候，就经常这样回来和母亲发火，一股无名火。也许这是因为老板的心理压力过大，也许是她在外面受了什么委屈吧。

果然，那陶兰已经伏在沙发上哭了起来。

陶兰的父母来看望女儿，见女儿正在哭，就想进来。可是当他们看见了辛汉那充满柔情的眼睛，马上又缩了回去。

夫妻俩悄悄地离开了这里。

辛汉看见了陶兰的父母离开了厂长室，就走近陶兰，把另外一杯水端到她的面前。陶兰要接过那水杯子，辛汉没有给她："热，我给你拿着吧。"

陶兰坐了起来。辛汉拿着杯子，喂着陶兰。陶兰笑了起来，辛汉也笑着对她说："神经病，刚才还发脾气呢，现在又乐了。"

陶兰解释说："辛汉，我刚才心里难受，不是冲你的，你能原谅理解我吗？"

辛汉点头说："我知道，当老板不容易，我爸爸当年当老板的时候就这样，到外面找订单，在外面受到敲诈、欺压，就回来发脾气。"

陶兰越发地难过，哭得越发厉害了。辛汉给陶兰擦着眼泪。

陶兰看着辛汉那白皙的脸说："你啊，我原来为你就是个小男孩，一点也不懂得心疼别人理解别人呢，现在才知道，你也懂得心疼别人理解别人啊。"

辛汉不满地问："所以，你就那么大声地发脾气吗？"

陶兰点头，承认了自己发脾气的原因。"我希望你不再是原来那个小男孩了，长大一点，成熟一点，像个男子汉，这样我就可以依靠你了。"

听见陶兰这样的肺腑之言，辛汉感动地说："我原来的确就是小男孩，一个不懂事的小男孩，单纯、幼稚、可笑、无知，没有一点包容精神。现在经过我们家的变故，我好像突然成熟了，我觉得我应该长大了，不应该再依靠别人活着了。我其实已经长大了，可是我跟你比，还差得远呢，你虽然和我的年龄一般大，可是你是那么成熟，那么泼辣，那么能干，我真羡慕你啊！"

陶兰笑了起来："你啊，让我看着像个小弟弟。我不需要小弟弟，我需要一个大哥哥，知道吗？别以为我从小到大一直当干部，比你们成熟能干，我其实是色厉内荏，我心里特别的虚，真的。我渴望一个靠山，让我靠着，让我依仗着，就像我的哥哥，我没有哥哥，我特别希望有这样一个哥哥，你明白吗？"

辛汉激动得声音颤抖："陶兰，我可以担当那个角色吗？"

陶兰苦涩地笑着："我不知道，那要看你自己了。"

辛汉紧紧地挨着陶兰坐着,甚至想要把陶兰搂进自己的怀里。可辛汉就是辛汉,一个没有见过世面的胆子特别小的文弱的小男孩,他不敢那样做。

她看着辛汉,心里虽然渴望一个男人用强壮的胳膊将自己搂抱起来,但是,她还是欣赏辛汉这样的矜持,这样的羞涩。是的,一个男人,见到自己喜欢的女人就要搂抱,就像许优那样,那样的男人可靠吗?会专一吗?会真诚地跟一个女人过一辈子吗?

自从和许优分开,她就决心不再找一个风流成性的纨绔子弟做自己的男朋友了。她希望有一个稳定的家,一个爱妻子如爱自己生命的男人,一个无限真诚的纯洁的男人,这些品质辛汉全都具备,现在需要的就是自己爱辛汉,强烈地爱辛汉。只是自己现在还很难做到这一点,自己有时讨厌他的天真、胆小,他的文弱、温柔。

唉,自己真矛盾啊。

一边喜欢辛汉的单纯,一边又讨厌他的单纯。

自己可真刁钻、真混账啊。

可是,现在自己就是这样一个人,这样一个是自相矛盾的人,一个经常变幻主意的人,一个经常改变原则的人。

要不,好多人都说,女人最好也是要单纯的,没有和男人恋爱过的呢,因为这样的女人最容易相处。

像自己这样的和另外一个男人同居了数百天的女人,一个早就看透了熟悉了男人一切的女人,最不容易相处了,就像一个难以相处的刁钻的寡妇,那样挑剔,那样变幻莫测,让人难以适应。

陶兰在心里暗暗地骂着自己,谴责着自己。

她希望按照父母的要求,按照自己的理智,尽快爱上辛汉,然后和辛汉结婚,成为一个结婚的女人,有自己的温暖的窝的女人。

自己不是经常希望马上结婚吗?为什么不快点答应辛汉的求爱呢?唉,自己为什么不尽快答应辛汉,为什么呢?

陶兰说不清楚,只是感觉生活总是和自己期望的不一样。

陶兰掏出自己的化妆盒,轻轻地擦着脸上的泪痕,然后,又施了一层薄粉。

啊,自己已经像妹妹说的了,眼睛周围已经有鱼尾纹了,真可怕。为什么这么快就老了呢?是发愁发的吗?也许是吧。

这么多年,自己一直在发愁。为自己上学的费用,妹妹上学的费用,妈妈爸爸的生活费用,为自己家的服装,为爸爸的病。唉,年纪轻轻的就像一个老太太一样操心了,这怎能不让人憔悴、不老呢?

没想到过去自己因为贫穷发愁,现在工厂赚钱了,还是发愁,为了以后不亏损发愁,人啊,总是在发愁,总是为了明天发愁啊。

陶兰这样想着,忘记了辛汉的存在,继续在脸上涂着粉。

辛汉注视着陶兰,低声说:"我觉得还是天然去雕饰为好。你过去总是以自然美著称的,清水芙蓉,现在为什么这么喜欢打扮自己了?"

辛汉这样喃喃的,像跟陶兰说话,又像在自言自语。

陶兰瞥了他一眼,说:"过去是学生,现在不是学生了,现在自己是成年的女人了,应该化妆了。大家不都这样吗?"

辛汉依然喃喃地低声说:"可是我更喜欢过去的陶兰,特别是刚刚走进大学时候的陶兰。那时陶兰还没有被污染,显得那样的单纯、纯洁、美丽,现在却有了许多世俗气息女人气息了。"

陶兰有些恼怒了:"辛汉,你不喜欢现在的我,我没有任何意见,希望你不要再评价我的过去了好吗?我的过去和现在,好像跟别人没有关系吧?你不过是我的雇员,没有资格总是这样评价我。"

辛汉突然像发怒的狮子似的突然吼起来了:"陶兰,我已经忍受够了,我要辞职。为什么你总是这样不尊重我呢?就因为我是你的雇员吗?好了,如果说雇员和老板是应该不平等的话,那么现在我辞职了,我不是你的雇员了,我现在可以和你平等地说话了吧?"

辛汉那白皙的脸上越发地红涨,脖子上的青筋暴露着,突突地跳着,一副委屈痛苦愤怒交加的神情。

陶兰看着他:"知道你又发孩子脾气了,就知道你是一个小男孩,我就知道。"

辛汉说:"我也知道,你讨厌我,可怜我,是不是?就因为我是小男孩,你就可怜我讨厌我，是不是？好了，我走了，我离开你，让你找个成熟的可以依靠的人吧，我再也受不了了。”

辛汉收拾着自己的东西。

陶兰站起来，走近他：“辛汉，我喜欢你发脾气，这样显得你成熟了。真的，就发脾气吧，我一点也不怪罪你，真的。”

陶兰和辛汉再次那样紧紧的挨在了一起，陶兰注视着辛汉那白皙的脸颊，能嗅到辛汉身上的气息。

突然，陶兰不能控制自己，把头靠在了辛汉干瘪的胸脯上。

辛汉激动得全身颤抖着，他的鼻子嗅着陶兰刚刚擦过的香粉的味道，感受着陶兰那丰满的乳房紧紧地贴在自己的胸脯上。

蓦然，陶兰哭了起来。

辛汉不理解地问道：“你又怎么了，为什么又哭了？”

陶兰感到胃里一阵疼痛，忽然，陶兰把胃里的酒菜全都吐了出来。辛汉的衣服上沾满了呕吐物。

陶兰捂住自己的脸说：“我难受，真的。”

辛汉安慰着陶兰：“我知道喝酒喝醉的感觉，男人都知道这种感觉。”

辛汉用水擦着陶兰和自己身上的呕吐物，然后把陶兰安置在沙发上。

陶兰看着辛汉问：“辛汉，你不讨厌我吧？”

辛汉大声说：“我爱你啊，你是知道的。”

陶兰大声哭了起来：“呜呜……呜呜……”

看门的老头出现在窗户外面，喊叫着：“辛汉，你欺负陶兰了吧，别那样啊，小心我揍你。”

辛汉解释着：“是陶兰喝醉了，客户灌的。”

老头叹息着：“过去以为这工厂变成了个人的，这厂长就不会这么喝醉了，没想到照样每天要喝醉啊。”

老头走了。

辛汉蹲下来，看着陶兰说：“陶兰，你等着，我给你买点水果去。”

陶兰摇头说：“我现在什么都不想吃，就想和你说话。”

辛汉兴奋起来：“说话，那说吧，快说啊。”

陶兰笑道:“说啊,你先说。”

辛汉鼓足勇气:“我说,我说,我说出四年的心里话,我爱你,爱你,爱你,爱你,爱你爱你爱你……”

陶兰闭上了眼睛,享受着辛汉的爱。

辛汉忽然把自己的嘴贴在陶兰的脸上,亲吻着陶兰。陶兰把辛汉紧紧地搂在自己的怀里,两个年轻人热烈地拥抱着。

一阵狂风暴雨似的拥抱过后,辛汉望着陶兰:“陶兰,我爱你真的已经四年了,要不是许优那个王八蛋,我早就追求你了。”

陶兰叹息着:“傻瓜,为什么那么胆小呢,为什么把我让人呢,我属于许优吗,为什么不跟许优竞争呢?”

辛汉叹息着:“我过去觉得自己在许优面前就自惭形秽。”

陶兰惊讶地问道:“为什么,你哪一点也不比许优差啊,甚至要好他几十倍呢。”

辛汉难为情地说:“我觉得许优是副市长的儿子,另外,他还经常提醒我们,不要抢夺他的爱人,我就不敢想你了。”

陶兰笑了起来:“真是书呆子,什么都不敢想,和许优就完全不同,他什么都敢想敢要,世界上最好的东西都想属于他,否则他就不甘心。你呢,其实你的家庭教育不应该是那样的啊,应该是敢于向一切挑衅挑战的啊,为什么什么都不敢呢?难道世上美好的东西都属于别人吗,都不属于你吗?”

辛汉叹息着:“我不知道,为什么养成了这样的性格,我不知道为什么会这样。我知道你讨厌我的就是这个性格,是吗?”

陶兰认真地说:“我还要问你,你真的不再在乎我过去跟许优曾经同居过吗?”

陶兰这话深深地刺痛了辛汉,辛汉感觉自己的心颤抖了一下。是啊,自己曾经为陶兰失贞痛苦过,难过过。

陶兰注视着他:“我知道你的内心世界,所以咱们现在还是不要再往下发展了吧,还是节制一下自己对对方的渴望,还是应该理智地想想咱们以后好吗?”

辛汉的确犹豫不决,他喜欢陶兰,爱陶兰的美丽,爱陶兰的泼辣、大胆、机灵,可只要想起陶兰的身上曾经趴着许优那样的纨绔子弟,而且不是一次两次,是几年,是同居几年,辛汉那心就像被马蜂蜇了一样的疼痛。

陶兰慢慢地收拾着自己的小包说:"咱们回去吧,明天还要工作呢。不能只是恋爱,忘记了工作啊。"

陶兰像是开玩笑似的说着,然后站起来,擦着地板:"我好像好了,不醉了。"

突然,辛汉在陶兰的背后抱住她:"陶兰,我已经想通了,真的,这件事情,我已经想了很久了,真的,我想通了。"

这次,陶兰并没有回应他,而是冷静地问道:"怎么想的告诉我好吗?"

辛汉喃喃地说:"我想……"

陶兰笑了起来,扔下墩布,坐下来:"好像小学生的样子,小男孩,怎么不好意思说了?"

辛汉说:"我说,我想……我觉得自己爱你,就够了,为什么想别的呢?"

陶兰摇头,表示不相信辛汉的说法。

辛汉说:"你还需要我怎么说?"

陶兰往事不堪回首的样子说:"啊,我过去怎么就没想到过和许优分开以后怎么办呢?为什么只是想着当时的快乐呢?为什么……"

辛汉不想听她回忆过去的,就说:"得了,别说了,咱们就重新开始吧,就像初恋,好吗?只是我希望你也像初恋那样,那样甜蜜,那样兴奋,那样懵懂,那样……"

陶兰难为情地说:"我好像做不到啊,让我装懵懂,什么都不懂我真的做不到。我不想忸怩作态,装得像个小女孩,我真的做不到!"

辛汉惊奇地看着陶兰:"怎么,做不到?难道咱们要像夫妻那样马上就……"

陶兰痛苦地说:"我已经不是小姑娘了,已经不是处女了,我当然不能像一个小姑娘那样装得单纯无比,纯净无比了。我没什么可装的,可隐瞒的,我只是想放松明白吗?我就是要把你当做自己的未来的丈夫,在你面前想哭就哭,想撒娇就撒娇,想发泄就发泄,就是这样。"

辛汉点头说:"好吧,我答应,我也想那样,想怎么样就怎么样。"

陶兰笑了起来,放松地放肆地扑在了辛汉的怀里,用力地亲吻着辛汉说:“好了,我终于有了归宿了,我终于可以放肆地发泄自己的情感了,终于可以不忸怩作态了……我想哭就哭,想笑就笑,太好了。哈哈……”

辛汉也是热烈地亲吻着陶兰。

陶兰快速地脱下了自己的衣服,熟练地将自己的乳头塞进辛汉的嘴里。

还是处男的辛汉,惊喜地体验着女人的一切。

两个年轻人完全沉浸在爱情的惊涛骇浪之中,暂时忘记了世上的一切。

第十四章　风雨的洗礼

陶兰狠狠地打着辛汉的肩膀:"你这小子,没有一点耐心,没有一点涵养,就希望在这里继续当你的公子哥,不想发愁,不想费力,不想忍受一点别人的指责,你啊,还是温室里面的花草,没有受过一点风雨的洗礼。"

他们这样的爱情,也就持续了几周的时间,刚刚到了高潮,就又跌入了低谷。

本来,辛汉就是娇生惯养的男人,不能承受沉重的心理负担和精神负担,可现在的陶兰工作太劳累,总是希望辛汉分担她的劳累,她的负担。而辛汉却总是不能承担,于是陶兰就发脾气了。陶兰就是这样的人,平时就泼辣大胆能干,对别人也是毫不留情,想说就说,就像自己当班干部时一样。而辛汉呢,由于家里的变故,由于在陶兰的公司,在陶兰这样的老板的手下工作,总是有一种被压抑的感觉,一种伸不直腰的感觉,一种受气的感觉,要是换了那些习惯受别人支配的人,受气也不一定是坏事,无非就是省脑子,她让自己干什么就干什么,要自己怎样就怎样。可是辛汉却越来越无法忍受陶兰对自己的那种盛气凌人的态度了。他这个人的缺点就是这样,不愿理解别人,总是希望别人理解自己。他不知道,陶兰就是这样一个人,这在十几年的学生干部生涯中养成的盛气凌人的习惯,是惯性,并不单单对他,但他总以为自己是陶兰的未婚夫了,陶兰应该尊重自己,自己不只是陶兰的下属。

工厂销售的火暴只是持续了一个月,服装就卖不出去了。库房里堆积着卖不出去的衣服。

妈妈和爸爸全都焦虑不安起来,整天围着那库房里的衣服转悠、发愁,愁得鼻子嘴角都长满了疮。

爸爸叹息着:“原来以为当厂长非常简单。以为咱们当了厂长,一定会比别人强。现在才知道,原来那厂长不是一般人可以当的,像咱们这样的小心眼的人是当不了厂长的。”

妈妈说:“哎呀,你当什么厂长了,全都是女儿一个人在那里操劳。女儿才是厂长呢,才是真正的老板呢。”

陶兰和辛汉急匆匆地走了进来。

辛汉安慰着陶兰的妈妈爸爸:“阿姨,叔叔,你们现在也别太着急。”

妈妈难过地说:“你们快想办法啊,这是怎么了,怎么突然就晴天转暴雨了呢?啊?”

爸爸说:“我们老了,你们马上到市场上看看去吧,为什么会这样呢?”

陶兰拿起一件服装检查着:“咱们的服装全都有严格的检验程序,怎么退回来的服装全都有质量问题呢?牛仔裤竟然全都撕破了裤裆,这是为什么呢?”

辛汉喃喃地说:“奇怪,我也觉得奇怪,咱们的服装一直都很注重质量的,怎么会出现这样的问题呢?”

陶兰看着辛汉说:“辛汉,你可是有责任的。”

辛汉小心翼翼地问道:“我有责任?”

陶兰说:“你是负责质量的,为什么服装出现了这么多的质量问题?”陶兰说着,拿起一件退还的衣服问道。

辛汉的脸红涨着,当着未来的岳父岳母还有其他看库工人的面,辛汉还是希望陶兰和自己说话时客气一些。

可是陶兰就是这样的脾气,生气的时候就喜欢大声喊叫:“辛汉,你说你有没有责任?这些服装出现了裤裆开裂,你作为质量管理人员难道没有责任吗?”

如果作为企业的领导者批评辛汉,辛汉是应该接受的。可是就是因为陶兰和辛汉有了那样的关系,同学加恋人,辛汉就觉得不自在起来。

他恼怒地喊叫着回击着陶兰:“我不许你总是这样教训我,这又不是我一个人的责任。”说完,辛汉转身走了。

辛汉实在无法忍受陶兰这样当众教训自己。自己将来，不，马上要做陶兰的丈夫了，这样的丈夫怎样当？不是受气筒吗？

陶兰越发地恼怒，在学校的时候，陶兰就是这样，她如果说那个人，那人若是不服气，她就永远地追着人家，和人家辩论，一直到人家认输为止。

陶兰追到库房，把辛汉拦住了："辛汉，我说错了吗？"

辛汉看着陶兰："没有错。"

陶兰拉着他："那马上回答我，为什么要走？"

辛汉冷笑着："为什么，这是我的自由。"

陶兰紧紧地堵着他，不许他走出库门。

辛汉恼怒地说："陶兰，我辞职了。"

陶兰惊讶地看着辛汉："辛汉，为什么要这样？"

辛汉趁机离开了陶兰。

陶兰追上辛汉说："辛汉，你不后悔吗？"

辛汉认真地说："不后悔。"

陶兰的眼泪流了出来："为什么这样？在关键时刻你不愿帮助我，为什么？"

辛汉无奈地苦涩地笑着："为了……我实在不能忍受你，真的，我决心到外面找一个工作去。"

陶兰狠狠地打着辛汉的肩膀："你这小子，没有一点耐心，没有一点涵养，就希望在这里继续当你的公子哥，不想发愁，不想费力，不想忍受一点别人的指责，你啊，还是温室里面的花草，没有受过一点风雨的洗礼。"

辛汉和陶兰的身边围拢了好多女工，她们都是陶兰父母过去的工友，现在是陶兰的雇员。她们对陶兰的婚姻格外关心，就自觉不自觉地围着陶兰和辛汉看着，听着。

陶兰对她们说："你们都到车间干活去吧，去吧，师傅们，阿姨们，去吧，我们这是私事，别在这里听了。"

那些女工们还是不动，兴趣盎然地看着。

陶兰说："马上到车间去。"

妈妈跑出来："哎呀，陶兰，怎么这样跟师傅和阿姨说话啊！你可不能像别的老板那样,当了老板就忘记了过去的工友,忘记了自己的过去,那是忘本,是背叛啊。”

辛汉对陶兰说:“好了,我走了,我不想让别人看笑话。”

陶兰气愤地喊叫着:“你如果走了就永远别想再见我。”

辛汉听了陶兰的话还是走了。陶兰哭了起来。

工人们议论着说:“陶兰,阿姨说你一句,这辛汉可是配不上你的。这小子没有一点能力,说话脸还红呢,胆子太小了,不像男人。”

“陶兰,这小子不会有出息的,不能跟他搞对象啊。”

“陶兰,这小子就看你有钱,想当小白脸靠女人养活,这小子一看就是一个专门吃女人的人。”

这个晚上,格外寒冷。月亮如寒冷的冰块一样,发出寒冷的光。

陶兰一个人在街头找到了一间温暖的咖啡馆。

她在那昏暗的房间里,找了一个角落,要了一杯咖啡,慢慢地喝着。

她是需要仔细地想想了。

陶兰两只手托着腮,望着咖啡馆那涂满热气的玻璃,心格外难过。

我需要好好地想想,自己真的爱哪个小男孩吗?

现在想起来,自己好像并不特别强烈地爱着他,不过是觉得自己年纪慢慢大了,25 周岁了,应该有个归宿了,所以才在追求者中选择了一个自己比较喜欢的、比较正派可靠的小伙子,其实和自己理想中的男人比起来,这辛汉还差得远呢。

可是,哪里有自己理想中的男人呢?

当初,自己以为那许优是自己理想中的男人。可是后来才发现他跟自己根本就无法生活在一起,他太霸道了。

如今,自己希望找个和许优性格相反的男人,可是这个小男孩又太窝囊了,太无能了,什么都不行,没有理想,没有顽强的毅力,不能吃苦,不吃亏,不能忍受一切。

在他面前,自己又显得太霸道了。自己不霸道不行啊。

自己是想塑造他啊。是想把他塑造成一个理想的男人,一个有能力的男人啊。

可是,他又拒绝让她塑造,拒绝改造自己。

陶兰苦笑着,把一杯苦涩的咖啡喝了进去。

自己何必那样煞费苦心呢?为什么要那样呢?难道自己就真的要嫁给他,要不自己就成了没有人要的老处女了?

啊,不是处女,自己早就不是处女了。自己是一个……她的眼泪刹那间夺眶而出。

一个大胡子男人走近她:"小姐,有什么发愁的事情吗?"

她站起来:"滚……"

大胡子颤抖了一下说:"妈的,这个女人,保证没有男人敢要。"

大胡子兀自嘿嘿地笑着,为自己这句话得意着。

她冷笑着:"我就是男人。"

大胡子和在场的男女全都惊讶地看着她:"原来,这是一个男人啊。"

陶兰没有喝酒,喝的只是咖啡,可是就像喝了酒一样,歪歪扭扭地走进了家。

回到家,陶兰看见父母还没有休息,一副忧虑万分的样子。

家,已经换成了楼房,一家人搬进了100多平方米的新房。

陶兰无力地躺在沙发上。

妈妈望着女儿憔悴的面容说:"孩子,实在干不了,咱们就把工厂还给公司吧,干工厂不是咱们这些普通人能干的。"

爸爸也劝她道:"陶兰啊,你妹妹那精灵鬼是这个料儿,你啊,实在、厚道,我们又老了,不能帮你什么忙,干脆咱们把工厂还给公司,我跟你妈妈商量好了,咱们不干了。"

陶兰摇着头,这些年来贫穷和艰苦的生活,让她养成了坚毅的性格,百折不挠的韧性十足的个性。她说:"妈妈爸爸,刚出现这么一点小挫折,你们就打退堂鼓了,我可不想放弃,不就是质量问题吗,回头好好抓抓不就得了。也怪我,这些天来尽在外面忙着联系客户,没有在工厂盯着,你们呢,又不好意思对自己过去的工友严格要求,才出现了这样的质量问题。"

妈妈说:"闺女,你可委屈死我们了,委屈死那些工友了。为了这个饭碗,姐妹们全都是拼命干活,没有一个在质量上放松的,我和你爸爸在工厂工作了这么多年,会不懂得质量就是工厂的生命这样的道理?”

爸爸也说:“是啊,你想象的工人觉悟太低了,咱们也有制度,哪个工人愿意违反制度重新下岗、失业?没有这样的人。”

妈妈说:“我和你爸爸每天都检查出厂的服装,我们敢打保票,没有一件不合格的服装出厂。”

陶兰惊奇地看着爸爸妈妈:“这就奇怪了。”

妈妈说:“我跟你爸爸说呢,我们怀疑有人盗用咱们的商标生产劣质服装。我们把那些劣质服装看了,面料不是咱们工厂买的,我们买的面料我们会不认识吗?”

爸爸点头说:“是啊,是这样的。我们没有像你那么简单地就怀疑是咱们的质量出现了问题。”

陶兰好像受到了极大的震动。一是妈妈爸爸,都不是管理人员出身,没上过大学,可是他们的社会经验,他们的业务知识,是她陶兰几年也学不到的;二是现在自己的服装竟然成了名牌,已经被假冒了,以后的日子该怎么办?

爸爸和妈妈全都是老实人的思维方式:“惹不起,躲得起,干脆关门。”

陶兰可不愿意这么快就服输,她扬起头对父母说:“妈妈爸爸,难道我们就这样败下阵来吗?咱们不能遇到点困难就退缩啊!”

爸爸叹息着:“闺女啊,你是不知道啊,现在咱们的资金都变成衣服了,没有资金了,这是其一。就是可以贷款,也没有客户了,咱们的信誉让不法商贩给败坏了,咱们完了,没有人会购买兰菊牌服装了,因为穿在身上不久就会开线。”

爸爸垂头丧气地继续狠狠地吸烟,这就是爸爸的性格。凡是遇见难题,总是不相信自己的能力,总是看见的困难多。

妈妈那刚刚胖起来的脸颊再次布满忧愁的阴云。

陶兰说:“如果是这样的话,我想更好办了。咱们可以说出事实,让大家知道现在社会上流行的劣质服装,不是我们的,是不法商贩做的。”

陶兰想起这些,反倒来了精神,马上就起草声明。

妈妈在旁边小心翼翼地问道:“闺女,我们看见你和辛汉争吵,为什么?”

陶兰气恼地说:“这小子,没有半点能力,还不服管教,不服教育。”

爸爸妈妈都笑了起来。

妈妈继续说道:“闺女啊,我和你的爸爸就是这样的性格。我呢,特别像你现在的性格,泼辣、能干;你爸爸呢,特别像现在的辛汉,胆子小、内向、内秀。我们一起过了几十年了也没觉得有什么不合适的,互相迁就,互相原谅吧。没有特别称心如意的,即使有,结婚以后也会有变化的。”

爸爸说:“我刚才给辛汉打了电话,邀请他来咱们家,他刚刚没有了父亲,自己家的产业又让别人霸占了,够可怜的。”

妈妈说:“这个孩子是好人,我们敢断定,你要跟他结婚,不会受气的。”

陶兰嘲笑着妈妈:“我的条件就那么低吗,不受气就凑合了吗?”

爸爸严肃起来:“人家的素质也非常高,大学本科毕业,不比你差吧?品德上不撒谎、不吹牛、不骗人,现在这样的年轻人已经不多了。咱们工厂哪个年轻人不撒谎吹牛的?太多了,可是人家辛汉就不那样,我们就喜欢这个孩子。”

陶兰说:“越说我的条件就越低了,不撒谎吹牛不骗人就行了。”

妈妈气恼起来:“你这丫头,难道一定还要找许优那样的才甘心吗?到时自己吃亏了,还没有办法。”

陶兰想反驳妈妈说,不是自己吃亏了,不是许优甩了自己,是自己无法和许优凑合了,是自己要离开许优的。

正在此时,门铃突然响了起来,妈妈急忙开门。

辛汉走了进来,叫了阿姨和叔叔,然后就手足无措地不知如何是好。

妈妈让辛汉坐下来说:“辛汉啊,陶兰是为了工厂的事情急得发脾气,你可千万别怪她啊。”

辛汉点头:“不怪,我也是小孩子脾气。过去班里好多人都叫我小男孩,我其实就是一个小男孩,脾气、性格都是小男孩的,另外,我好像的确没有发育成熟呢,真的没有一点大人的样子。”

说着,辛汉就看着陶兰,脸红得像个苹果。

陶兰也笑了起来:“我就会着急,像个泼妇。”

辛汉为陶兰这句话笑得前仰后合的。

夫妻俩看见两个年轻人重新和好,自然非常高兴。

父亲意味深长地说:“一个人啊,要是不能学会宽容和原谅别人,这个人就不会有幸福。我和你妈就是互相宽容互相原谅的,人一生也不过就是几十年,干什么那么苛刻呢?你对人家苛刻,人家对你也苛刻;你不原谅人家,人家为什么要原谅你?谁也不是圣人,谁都会有错,你自己犯了错,肯定希望人家原谅你的。”

妈妈也说:“是啊,自己有错,希望人家原谅,可是人家有错呢,就不原谅了,这是最不合理的事情了,我们就没有这样的事情,所以一辈子都感觉幸福。”

妈妈和爸爸叨唠起来没完没了,陶兰借口说要到工厂去。

妈妈心疼女儿:“不许去,吃了饭再说。”

爸爸理解女儿的心事:“快去吧。”

于是辛汉和陶兰走出了家门,来到了街头。

夜晚的街头,越发寒冷。冬季特有的北风,嗖嗖地刮着。那干枯的树木,在寒冷的北风中瑟瑟发抖着。

陶兰和辛汉像在学生时代一样,在街头跑了起来。

跑了一段,陶兰停住了脚步,问道:“辛汉,我真的像泼妇吗?”

辛汉继续笑着:“哈哈……这是你自己说的,不是我强加给你的。”

陶兰摇头说:“我现在特别想知道你的真实想法。”

辛汉说:“好吧,你就是怎么骂我,我也不会离开你的,这就是我的真实想法。”

陶兰感动了,一下子把辛汉搂在自己的怀里。他们相拥着,在街头慢慢地走着。

走了一段路程,他们看见了一个夜市,便走了进去。

陶兰和辛汉商量着:“这里一定有咱们的兰菊牌的服装,咱们就看看,到底是谁在卖假冒的兰菊服装。”

他们在人群中间走着。

这个夜市是这个城市最大的夜市,虽然是在冬季,可下班后的人们还是愿意到这个不收费的地方逛逛,其他的夜间场所全都收费,像歌舞厅、饭店、酒店、夜总会,全都要钱,就这个地方,有暖气,可以免费闲逛。

突然,在一个商贩的摊位前边,陶兰和辛汉发现了一个人在喊叫着:"快来看啊……本市的名牌……兰菊牌服装啊……买了……"

陶兰拉了辛汉一下,他们走到了那个商贩面前,仔细看着衣服。

那是一件女式的裤子,裤腰特别小,缝着兰菊服装的商标。

陶兰一眼就看出那服装是假的,因为那裤料不是好料,兰菊服装全都是好料子,没有这样的布料。

陶兰低声问辛汉:"你说,这是假的吗?"

辛汉仔细看着:"我虽然对面料外行,可我是负责质量管理的,我经常检查服装,我知道这肯定不是咱们工厂做的。"

他们的声音非常低,那个商贩没有听见,只是一味地在推销着那假冒的兰菊服装:"姑娘,你穿上这个兰菊服装啊,一定漂亮。哎呀,就像电影明星一样啊,哈哈……便宜了,别人的兰菊服装卖180呢,我只卖100了,怎么样,买吗?"

陶兰看着辛汉,低声问道:"怎么办?"

辛汉比陶兰紧张多了,长这么大,第一次面对这种情况,他紧张地注视着那商贩。

商贩看出他们的紧张来:"怎么,你们别想别的啊,想别的,在这个市场不行,你们逃跑不了的,别想抢啊偷的,没门。"

陶兰把衣服放下来,说:"这样吧,我们到别的地方看看,看看谁的便宜些。"

商贩嬉戏着说:"你们啊,到哪个地方也不会遇见我这样慷慨大方的了,别的服装啊,全都是假冒的兰菊牌,这个市场啊,就我的兰菊是真的。"

陶兰看着他:"真的,别的全都是假的,就你的是真的?"

商贩点头,肯定地说:"可不是吗,就我的是真的。"

陶兰问道:"这真的和假的有什么区别吗?"

商贩说:"有啊,这……不一样,假冒的吗,舍不得用好料,千万别买假的啊。"

陶兰和辛汉慢慢地走着。

陶兰问辛汉:"你有何感想?"

辛汉说:"贼喊捉贼。"

陶兰笑了起来:"真准确啊,你小子还是有才华的啊。"

辛汉听见陶兰赞扬自己,又洋洋得意起来:"你又不是不知道,我的文章、照片在报纸上都发表过,在班里我是最有才华的啊。"

陶兰讥笑他说:"这不是自我吹嘘吗?"

辛汉不客气地说:"不是自我吹嘘,的确是我的才华第一。"

陶兰一本正经地说:"这假冒咱们名牌的事情,就交给你办吧。"

辛汉畏难地不好意思地笑着。

陶兰看着他:"怎么,发愁了?"

辛汉嘿嘿地笑着:"好吧,我试试看。不过万一干坏了,你千万不能埋怨我啊。"

陶兰斩钉截铁的口气让辛汉害怕:"不许坏,干企业就是不许坏。坏了,咱们的企业就完了,咱们的创业梦也就完了。"

辛汉不以为然地说:"哎呀,说得太严重了吧!干企业的,亏损了倒闭了,还有像我爸爸那样的,企业让人家骗没了,这就完了,一辈子就完了?"

陶兰和辛汉再次发生了争吵。"你啊,就这样,干什么先想着不行,先想着完,为什么这样呢?我爸爸也这样,和你一样,我正好相反,干什么都想着一定会成功,不成功就不行。"

辛汉反唇相讥:"当然是成功了最好,如果不成功呢?"

陶兰说:"不成功,就别想和我好了。"

辛汉想离开陶兰回家,可是他走了几步,还是回来了。抱着陶兰的臂膀说:"得了,我为什么一定要那么认真呢?我想起了你爸爸妈妈的话,要学会宽容别人,原谅别人,我就宽容你吧。"

陶兰说:"你这小子,成熟了,这非常好。但我说的可是真的。你的思维方式有问题,过去你爸爸妈妈对你娇生惯养的,什么都不让你干,你就养成了这样的习惯,就是等待和退缩的习惯,反正什么都有人给你准备好,不用自己着急,我就是要让你锻炼成人,让你学会独立思考,独立工作,成为强大的男人,明白了吗?”

辛汉不赞成陶兰对自己的评价:“总说我是小男孩,今天又说我娇生惯养的,我才不承认你对我的这种评价呢。”

陶兰和辛汉走出市场。

陶兰说:“我这性格,遇见什么事情都是心急如焚,像是火上房了一样,我检讨。可是这件事咱们可千万要抓紧啊,再晚了,咱们的工厂就倒闭了。没有流动资金,没有信誉,没有客户,没有市场,我现在真的心急如焚啊,真的!”

像是要给陶兰勇气和信心,辛汉顾不得此时正在街上,还是一把将陶兰搂在怀里。

第十五章　等待你的吻

陶兰抹着脸上的眼泪说："好啊，我们结婚，我把企业交给你经营，我安心地在家养着，在温馨的插满玫瑰的房间里坐着，等待着你的亲吻、爱抚，我不想跟任何人接触，特别是那些庸俗的人，丑陋的人，恶毒的人，坏人，我全都不愿接触，我看见他们就恶心。这些全都交给你好吗？"

辛汉拟定了一个方案，给陶兰看。

陶兰看过以后说："同意，你就马上实施去吧。"

辛汉面露难色。

陶兰看着："你，怎么了，不敢去？"

辛汉迟疑着，没有回答陶兰。

陶兰气恼地说："你啊，这一点就太不像男人了。大男人为什么总是这么胆子小呢？像个小姑娘似的！"

辛汉拿着方案，走出了陶兰的办公室。

在街头，辛汉打了一辆出租车，径直奔向了工商局，把调查报告给了工商局。辛汉没有想到，工商局的人根本就不理睬他："你说，你是怎么知道人家的服装就是假冒伪劣的呢？你有证据吗？"

辛汉气恼地喊叫起来："我们亲眼所见，这还能错吗？"

工商局的人说："等我们调查以后再说吧。"

辛汉垂头丧气地回到了陶兰的身边。

陶兰满怀希望地看着他问："工商局的人什么时候去查抄那些假冒的服装呢？"

辛汉摇头说："人家说咱们没有证据。"

陶兰失望地看着他:“为什么这么说?”

辛汉愤慨地说:“为什么,为了……反正,跟我想象的根本就不一样。”

陶兰说:“想象的,社会的确跟咱们想象的不一样。过去咱们过于天真,过于单纯,可是社会是险恶的、复杂的,不是一加一等于二,明白吗?”

辛汉在心里暗暗地埋怨自己:“我真是什么事情都干不好。哎,就这么一点事情都干不好。怪不得陶兰总是叫我小男孩呢,我真的是太没用了。”

陶兰气鼓鼓地和辛汉一起来到了工商局。

陶兰带来了一些被退回来的服装,让工商局的人看:“你们看,这就是那些假冒的服装,我们的服装是这样的。”

陶兰给他们拿出了一些真正的兰菊牌的服装。

陶兰大方地把那些服装都交给了他们,让他们检查。

这样,那几个人才答应按照他们提供的地址去检查。

陶兰和辛汉走出了工商局。

辛汉和陶兰急匆匆地走着。

陶兰问辛汉:“怎么样?”

辛汉笑着说:“无非是行贿而已。我也会行贿,如果是我的企业,我也会这样干的,我不好拿着别人的东西送人。”

陶兰狠狠地拧了他的手一下:“你啊,这么不谦虚,就应该这样啊,不浇油,这机器就不运转啊。”

辛汉愤然地说:“陶兰,你怎么也变得这么庸俗不堪了呢?过去你多纯啊,没有一点坏的肮脏的丑陋的东西,现在呢?”

辛汉发现陶兰的脸色变得难看了,就不敢再说下去了。

陶兰斜睨着辛汉:“说啊,说啊,怎么不说了,我不会生气的。”

辛汉尽力压抑着自己对陶兰的不满说:“我也许还是学生腔吧。”

陶兰问道:“说我坏,说我丑陋,说我庸俗,举例说明。”

辛汉不得不说:“第一,你竟然和别的男人喝酒喝醉,这是丑陋吧,那样子太丑陋了,那举动也太丑陋了。第二,你竟然给别人行贿,可能不是一次了吧?”

陶兰的眼泪突然流了出来,委屈地说:“我就想找个人说说心里话,可是你呢,不但不理解我,还这样贬斥我,我真伤心。我为什么和别的男人喝酒?为了咱们工厂的订单啊。"

辛汉插话说:"你是靠出卖色相换取订单的吗?"

陶兰急了,狠狠地给了辛汉一下:"混账……混账……"

辛汉这次没有生气,有了上次的教训,他这次强忍着自己的火气,希望不和陶兰争吵。

陶兰继续说道:"我为什么要行贿?不行贿,这工厂就不能开门。现在什么人都敢来敲诈咱们,找个借口就敲诈一番,我一个女孩子,我支撑着这么大的企业容易吗?我爸爸有病,妈妈又是没有文化的老工人,我不这样行吗?这个企业能开下去吗?这些你都知道吗?"

辛汉好像理解了陶兰的做法,过去自己爸爸开一个小企业,也是这样过来的。可是让自己喜欢的爱着的水晶一样纯净美丽的女孩,跟那些肮脏的龌龊的人和事打交道,自己实在是难以接受啊。

他低声说:"我不想看着你变成一个庸俗的人。"

没想到,陶兰竟然回答:"我必须庸俗。"

辛汉叹息着:"为什么?"

陶兰说:"想在这个社会立足,就必须庸俗。特别是开办一个企业,要想开下去,不和庸俗的人和事情打交道就办不成,你明白吗?像这些假冒咱们兰菊牌服装的人,不就是让人恶心的人吗?不就是庸俗的事情吗?咱们不跟他们较量接触,咱们能打败他们吗?"

辛汉喃喃地说:"可是……我不想看着一个纯洁的女孩变成一个庸俗的俗不可耐的家庭妇女似的人,这就是我的想法。"

陶兰看着他,挑战似的说:"好啊,你说你爱我,要和我结婚是吧?"

辛汉坚定地说:"只要你答应,我们马上就可以结婚,我早就盼望这一天呢。"

陶兰抹着脸颊上的眼泪说:"好啊,我们结婚,我把企业交给你经营,我安心地在家养着,在温馨的插满玫瑰的房间里坐着,等待着你的亲吻、爱抚,我不想跟任何人接触,特别是那些庸俗的人,丑陋的人,恶毒的人,坏人,我全都不愿接触,我看见他们就恶心。这些全都交给你好吗?"

辛汉的心好像被刺痛了一下,的确如此。如果和陶兰换位思考一下,交换一下角色,自己就会发现,陶兰是无可奈何的啊。是啊,她一个女孩家,和那些丑陋的庸俗的奸诈的恶毒的形形色色的人打交道,她实在是不容易啊。

辛汉亲吻着陶兰说:"都是我的错,我说错了,好吗?"

陶兰把自己被冬季寒风吹得疼痛的挂满泪珠的脸颊,埋藏在辛汉的防寒服里,大声地用力地哭着。辛汉也不阻止她,让陶兰畅快地哭。

辛汉自责着道:"全都怪我,我不该那样说你,我承认错误。"

陶兰扬起头来说:"不是你说错了,我的确变得庸俗不堪俗不可耐了,变得婆婆妈妈了,我不那样不行啊。"

辛汉说:"好了,别解释了,我说错了,行了吧?"

陶兰依然不依不饶撒娇说:"不行,我的确厌倦了那种所谓的老板生活了,我是要把工厂交给你,只要你想跟我结婚,就必须接管这个工厂,明白吗?哪里有女人养活男人的,都是男人赚钱养活女人啊!"

辛汉开玩笑地说:"这个工厂可是姓陶,别忘记啊。"

陶兰说:"的确姓陶,要想改变这个工厂的姓氏恐怕不行。但是,我们姓陶的有权雇用厂长,我们就雇用你当厂长,怎么样?给你股份,百分之十,可以吗?"

辛汉苦涩地笑着:"我的确愿意当厂长,为自己的妻子服务,可是我这本领实在不敢接管这个工厂啊。"

陶兰斜睨着辛汉:"你啊,就是这样,我不止一次地数落你了,可是你呢,就是不上进,就像那俗话,叫做癞狗扶不上墙……"

陶兰说完,兀自笑着。

要是过去,他早就急了,但是现在,辛汉真正了解了陶兰。陶兰就是这样一个人,和当学生干部时还是一样,刀子嘴豆腐心,说话经常这样数落人,这样得罪人,可是陶兰的心特别善良。

现在,陶兰的话,他也没当一回事,现在的陶兰,只是气恼,累,无奈,一旦她的精神好转,陶兰绝对不会闲下来的。陶兰不是那种闲下来的人,陶兰的性格就是奔忙的性格,就是无法安静的性格,如果安静下来,自己就会觉得没意思。就像在大学的时候,本来陶兰可以不当干部,可以不参加竞选,可是陶兰竟然找了好多同学,要求大家投她一票。哎,她就是这样一个人啊!

陶兰是怎样的人,一个女强人吗?

陶兰已经观察他好长时间了:“又走私,思想开小差了,你在想什么呢?”

辛汉笑着:“我在想你。”

陶兰问道:“想我什么呢?”

辛汉说:“你说,你是一个女强人吗?”

陶兰喜不自禁地说:“当然,不止一个人这样评价我了,上学的时候,就有好多人这样评价过我。”

辛汉继续问道:“凡是一个女强人,就一定遇见一个我这样的男人吗?”

陶兰摇头说:“不知道,我没想过。”

辛汉说:“我在你面前,总是显得那么柔弱,那么无能,那么窝囊,这可怎么办呢?”

陶兰开朗地笑了起来:“怎么办呢?没有办法,我和你就是这样的互相补充吧。听说大多数夫妻都是互相补充的,相似的非常少。”

辛汉:“我好像也读过这样的文章,说相同相似的夫妻没有长久的姻缘,往往开始互相吸引,到后来就互相排斥了。”

好像事情并不像他们想象的那样简单。在工商局报案了,就算完事了。如果什么事都像他们想象的那样简单,为什么大街小巷还有那么多假冒伪劣的产品?这里面的原因非常复杂,复杂得让这两个年轻人简直无法想象。

已经过年了,街头的假冒兰菊牌的服装还没有绝迹,到处是商贩在喊叫:“买了啊……真的兰菊牌的服装啊……来啊,买了啊……千万别买别人的啊,别人的全是假的啊……快来买啊……”

陶兰的脸颊瘦了一圈,眼睛显得越发大了。

她瞪着黑亮的大眼睛问辛汉:“为什么他们还不彻底搜查那些小商贩

的库房,为什么?”

辛汉看着陶兰,心疼地安慰着她:“千万别着急了,急出病来可怎么办。”

陶兰哭着说:“没有办法,不能再生产了。”

辛汉点头说:“好吧。”

好多工人都来到了陶兰的办公室,喊叫着,要陶兰马上给她们开工资。

陶兰耐心地向她们解释着:“工厂需要卖出产品,咱们的钱才能流转回来,才有钱开工资。现在咱们的服装卖不出去,服装都堆积在库房里,我也是心急如焚啊。我实在没有别的办法啊。”

陶兰的爸爸妈妈全都乞求着过去的工友们。

人们没有因为过去的交情就罢休,她们喊叫着说:“我们不管别的,我们干活,就应该给工资……”

有人骂着:“资本家就是心狠心黑,自己享受玩乐有钱,可是给工人们开工资就没钱了。”

陶兰爸爸说:“可千万别这样说啊,我们不是资本家啊,我们就是……”

“是什么,不是资本家是什么?是老板,包工头,还不是一样的吗?”

陶兰妈妈也说:“你们都是陶兰的阿姨,千万别这样对待孩子啊。”

工人们全都不客气,要陶兰马上拿出钱来。

陶兰说:“你们过去在国有工厂的时候,几个月不开工资为什么都能忍耐,现在为什么就无法忍耐了?”

这话惹恼了工人们:“我们在国有企业时为什么愿意忍耐,因为我们高兴有那样的身份,国有企业的职工。现在是什么,是资本家的奴隶,我们就是为了钱干活的,没有钱,我们为什么要在这里给你们干,为什么?”

陶兰妈妈难过地说:“我劝说陶兰,还是招聘原来的工人师傅,看着她们没有饭吃,我可怜她们,我想都是过去的姐妹,我想……”

陶兰的妈妈哭了起来。陶兰的爸爸也无奈地叹息着,吸着烟。

那些女工们埋怨着:“你们不该包下这个工厂,没有陶兰,我们可以躺在这个工厂上拿上边的救济。可是有了包工头,劳动部门就停止发放救济和最低生活费了,这都怪陶兰。”

陶兰想到外面吸一口新鲜空气,可工人们堵住了她:“想逃跑吗,千万别让这个小包工头跑出去啊,原来那个厂长,咱们就是让他跑掉了,才没办法开工资的,现在的这个包工头,千万不能让她跑出去啊。让她跑出去,她就消失得无影无踪了啊,就拿咱们的钱走了啊。”

陶兰愤慨地说:“阿姨们,你们把我陶兰当成什么人了?我是那样的骗子吗?”

工人们说:“现在的人,有钱了就变坏,要是不变坏,为什么年纪轻轻的会成暴发户?”

陶兰气恼地说:“你……这是诬陷我……我是依靠我自己的智慧,我爸爸妈妈的勤劳才办起工厂的,你们把我想象成什么人了?”

有人低声说:“不是说陶兰是因为跟副市长的儿子睡觉,得到了一笔赔偿吗?”

陶兰真想狠狠地给那个老阿姨一个耳光,可是她还是忍住了。这些无知无聊庸俗的人们,自己要是打了她,不也就成了那样的无聊庸俗无知的人了吗?自己是大学生啊,自己不应该和她们一般见识的。

陶兰的眼眶里已经含满了泪水。

辛汉走到陶兰的身边,安慰着她:“别当回事儿,我给你作证,你没有要过许优一元钱。”

女工们吃吃地笑着:“这个傻瓜,哪里有白让人整的女人啊,那不是傻瓜弱智吗?”

女工们哄堂大笑。

陶兰的妈妈爸爸全都气得发了脾气,为女儿争辩着,解释着。

陶兰无力地拿起了电话,给拍卖行打着电话:“哎,我要卖我的房子,100平方米的,要卖,拍卖,谁给的价钱高,就卖给谁。”

爸爸和妈妈全都惊愕地看着女儿:“陶兰,卖了房子,咱们住哪里啊?”

陶兰像是下了决心似的说:“我要给大家发工资,然后我要到别的地方去创业,在这个地方,我实在是无法忍受了。”

妈妈劝说着女儿:“你是这地方的人,人熟是一宝啊。”

第十六章　窈窕淑女是天鹅肉

自己心里想的总是那么单纯，想让人家女孩爱上自己，就凭自己这被褥，自己的衣服，自己一贫如洗，人家女孩也不会爱上自己的啊。哎，自己这是痴心妄想啊，是癞蛤蟆想吃天鹅肉啊。

小二坐下来，想着陶兰。

陶兰那么美丽的姑娘，根本不会爱上自己，自己为什么总是脱离实际呢？唉，自己真幼稚啊，真傻啊！

在那狭窄潮湿的小房间里，小二安顿好了自己的行李，把被褥放在了女孩云霞的桌子上，和那堆化妆品紧紧地挨着。

云霞惊愕地看着他那被褥，说："哎呀，你怎么这么穷啊？"

小二羞涩地笑着。

因为那被褥已经破了几个洞。

云霞接着就捂住嘴："好脏啊，好像有味道。"

小二无可奈何地解释说："几年没有洗过了。"

云霞不满地看着他："就你这样，住在这个房间里，别人就无法在这个房间呆了。"

小二嬉戏地说："我以后发财了，先买好被褥。"

云霞皱眉说："哎呀，真让人吃惊。"

小二不说话了，心里有些苦涩。

是啊，的确让人吃惊。

自己心里想的总是那么单纯，想让人家女孩爱上自己，就凭自己这被褥，自己的衣服，自己一贫如洗，人家女孩也不会爱上自己的啊。哎，自己这是痴心妄想啊,是癞蛤蟆想吃天鹅肉啊。

小二坐下来,想着陶兰。

陶兰那么美丽的姑娘,更不会爱上自己了。自己为什么总是脱离实际呢?唉,自己真幼稚啊,真傻啊!

云霞说:“咱们还是马上工作吧,要想发财,唯一的办法就是干,没有天上掉馅饼的好事。”

小二只好说:“好吧,干,我拟定了一个销售和宣传计划。”

云霞马上打断他说:“你那个计划啊,我哥哥早就否定了。”

小二惊愕地看着他:“为什么要否定呢,我那可是按照我学过的销售学的理论拟定的啊。”

云霞哈哈地笑了起来。

小二看着女孩问:“你笑什么?”

云霞揶揄地说:“按照你的计划,至少要花1000万元。”

小二认真地说:“是啊,没有钱怎么能让化妆品做到家喻户晓呢?必须让产品家喻户晓,才能畅销啊!人家外面的企业来到中国,第一项计划就是做广告,让全国的消费者都知道了解这个产品,然后才能购买这个产品。”

云霞问道:“这广告的钱,谁花?”

小二说:“当然是工厂花了。”

云霞告诉小二:“人家要是有钱,还用我们推销这些产品吗?人家自己不会花钱到电视台报纸媒体上做广告吗?还用得着我们这些销售代理吗?”

小二看着云霞问:“怎么,你也不支持我的计划?”

云霞笑着说:“我啊,支持,我哥哥,也支持。”

小二说:“那你们销售公司花钱做广告,也是应该的嘛。”

云霞说:“你啊,什么都不懂。我们这些小销售公司,哪里有自己花钱做广告的,全都是厂家花钱,明白嘛,我们才不愿把钱扔在水里呢。”

小二感到自己有了争辩的对象,于是站了起来,非常动情地说:“这样说可不对啊,怎么是往水里扔钱呢?哪个大公司不是先用广告打天下呢?

比如,可口可乐,肯德基,菲力普,全都是。开始好像是白花钱,其实这个阶段是潜移默化的阶段,深入人心的阶段,人们了解了这个产品,在购买产品的时候,脑海里就会浮现这个产品的广告,哪个产品做得成功,哪个产品的广告深入人心,消费者就会购买哪个产品。”

云霞好像认真地听,然后说:“我啊,虽然没有学习过什么销售学,可你说的这些,我是明白的,我知道这里面的道理。可是俗话说,自己要摸着自己的口袋过日子,有钱的可以大把地花钱,没有钱的,就要小心翼翼了,不能花亏了,不能借贷。”

小二纠正她说:“这又是一个误区。我知道你们赚钱不容易,可是经营必须借贷,向银行借贷。据我所知,现在著名的大公司全都是依靠向银行借贷来维持扩大再生产的,不能只是想着赚钱,害怕借贷,这样的企业家是不能成为大企业家的。”

云霞好像是让他说通了,说:“我同意你的看法,可咱们这个城市的银行,是不会向咱们这些私营企业贷款的。”

小二还不知道这个情况,问:“为什么?”

云霞说:“为什么,怕你赖账,跑了,不还钱。”

小二不解地:“可是……”

云霞说:“别可是了,这个想法是很幼稚的。我哥哥说想法好,但一个都不能实施。”

小二像泄气的皮球似的,重新坐了下来。

如果自己做不出成绩,最后还是要失去这个饭碗的。

云霞安慰他说:“别着急,你的脑子的确不简单,还是想想如何骗那些消费者上咱们这个小屋子来购买化妆品吧。”

小二摇头谴责她说:“为什么要骗呢,咱们不能有这个想法。怪不得人家银行不敢给咱们发放贷款,原来咱们这些个体公司,全都是骗人的想法。”

云霞打了小二一下:“我不过是开了一个玩笑。”

小二板起脸说:“不是玩笑,你这想法正反映了一些个体户的真实想法,就是从来不敢往大里想,就想着骗一个是一个,赚一元是一元,没有一个长远的打算,没有雄心壮志,没有远大的理想。"

云霞嘻嘻地笑着:"哎呀,这么多词汇,干什么啊,我快要让这词汇给湮死了。"

小二说:"咱们还是应该想想长远的规划。"

云霞说:"想是可以想的,可是现在,咱们要把这些化妆品卖出去才会有钱的,你才会有工资的。"

小二终于明白了,自己的想法又与现实脱节了。人家根本就不需要一个策划大师,人家需要的还是一个小销售员、小推销员。

自己来这个低矮潮湿的小房子的任务,就和这肮脏的小房子一样,没有大的空间,大的作为。

小二痛苦地坐在那里思索着。

云霞再次提醒他说:"咱们是销售多少瓶化妆品,就拿多少钱,你这住宿费用,吃饭费用,全都要靠自己赚钱了,我可不想永远地供养你。你是我什么人啊,素不相识的人,我才不会总是给你花钱呢,我的钱也不是大风刮来的。"

小二恼火地说:"你为什么这样啊?"

云霞反唇相讥说:"市场经济吗,可不就是这样吗,还会是什么样子呢?你白吃我的,住我的房子,为什么不想花钱呢?"

小二指着这房子说:"就这样的小房子,也要钱?"

云霞拿出一张合同书给小二看:"刁先生,你看看,什么都是花钱的,看看啊,每个月400元呢。"

小二无奈地说:"可是,这是你们装化妆品的地方啊。"

云霞说:"好吧,我就少要你一些,你出200元,另外一半我付好吗?"

小二无奈地走出了房间。

没有办法,除了现在这个低矮潮湿狭窄的小房子,自己的确没有别的住处了。自己总不能路宿街头吧,不能当乞丐吧?

街头,非常的寒冷。

眨眼间,自己毕业已经几个月了,可是还没有一个安定的工作,安稳的住处。

现在,小二有些思念那个陶兰。

和云霞这样的世俗的女孩比起来,陶兰就显得特别脱俗了。不知自己给陶兰写的那首词,陶兰是否收到,即使收到,她也不会给他回信的,就是陶兰回信,也找不到他的地址啊!

风,刮在脸上,让他感到一阵疼痛。

望着那干枯的树木,他的心里一阵凄凉。

忽然,他又想起王维的那几句话,凡是要成为大学问者,必定要经过这样几个境界,昨日西风凋碧树,独上高楼,望尽天涯路。此一境。衣带渐宽终不悔,为伊消得人憔悴。此为第二境界。梦里寻她千百度,蓦然回首,她在灯火阑珊处。此为第三境界。

他想着,自己现在也许正是第一境界的开始,昨日西风凋碧树,但是,自己是不会失望灰心的。在学校,老师曾讲过无数大家都是从不知名的贫穷的人开始奋斗直至成功,所以,自己要独自登上高楼,望远处看。

这时,云霞跑了出来:“哎呀,小二先生,独自欣赏风光?真不愧是知识分子啊,和我们真不一样。”

小二望着云霞。小二觉得自己有些性饥渴,看见女孩就不想将目光离开。

大街上的女孩,几乎没有穿棉衣服的,但是,她们的体型好像都不如这个女孩好。

也许是自己正是处在性饥渴的时候吧,看着女孩哪里都美丽。

可是这个云霞绝对不会爱上自己的,即使自己向她发动猛烈的进攻,她也不会嫁给自己的。这是一个地道的小市民的形象,瞧不起农村人,虽然现在自己是大学毕业生,可是像这个女孩这样的家庭,从骨子里还是瞧不起农村人。

云霞把他拉到了房子前面,问道:“我哥哥刚才又来电话了,问咱们的业务进行得怎么样?”

云霞指着自己的高档手机,在街头炫耀着。

小二看着街头自己的同龄人,好像几乎全都有手机,而且总是拿在手上故意炫耀着,在街头接电话也是大呼小叫的,生怕别人没有注意到他的手机。

云霞拉着他走进房间说："别想花钱的事情了，还是想着如何赚钱吧。"

小二坚持说："不想花钱，就无法赚钱，这是经济规律。"

云霞撅起嘴来说："你啊，还是这样不明白，我哥哥绝对不会花钱投资的，他就想着赚钱，你就想咱们赚钱推销的事情吧，要不，我哥哥气急了，该让你……"云霞不说了，一双眼睛注视着他。

他故意问道："让我怎么样？"

云霞笑了起来："这还要问吗，就是炒了你啊。"

他再次故意问道："炒了我，你愿意吗？"

云霞说："我不知道。"

他看着她说："你啊，其实知道，就想让我早日离开呢。"

云霞说："我可不希望你离开，真的。"

他受宠若惊地问道："为什么？"

云霞真诚地说："你啊，虽然脏，贫穷，可是你是大学本科毕业，和你在一起呢，长了不少见识。如果你真的走了，就剩下我一个人，我多寂寞无聊啊，多没有意思啊。"

他明白了："啊，原来把我当成马戏团的了啊，是小丑啊，开心果啊。"

云霞又笑了起来："就是开心果，这就不错了，还想当什么呢？"

他开玩笑说："我啊，想当你的男朋友啊。"

云霞的脸如红霞一样美丽："你啊，这么脏，这么穷，我怎么会选择你这样的人呢？笑话！"

他继续开玩笑说："我不会永远贫穷下去肮脏下去吧。人是会变的，你们兄妹过去不是也特别穷吗？现在不是也成了富翁吗？"

云霞说："别想别的了，还是想想现在的推销计划吧。为什么总是想着先得到什么呢？怎么不想先付出些什么呢？你不是常说这样的话吗？"

云霞的话触动了小二，的确是啊，自己的确是这样的。只想着自己如何占有、得到，自己想到先给人家干一件漂亮的事情了吗？

他说："我有一个同学，叫许优，现在在电视台当一个频道的总监制，咱们找他帮助一下，也许咱们的化妆品就会好卖的。"

云霞惊愕地问道："总监制就是领导吧？"

他点头："好像是。"

云霞问道："你们真的是同学？"

他依然点头。

云霞依然惊愕："哎呀，人家为什么能够到电视台当领导，你为什么要在街头流浪呢？说明你的学习成绩不好吧？"

他冷漠地淡然地说："我的学习成绩要比他强两个档次，我在第一集团，他在第三集团，他几乎是最差的。"

云霞摇头："我不相信，你小子就会吹牛。"

他依然淡然地说："我告诉你，你就相信了，他爸爸是副市长。"

云霞这才理解了他："怪不得呢，你学习这么好，没有工作，他学习那么差，却有了一个电视台频道领导的职位，这太让人奇怪了。"

他无奈地说："没有办法，他住别墅，我住……多亏你们可怜我，让我住在这个小房子里，要不我连这个小房子都住不了，我该路宿街头了。他呢，出门开汽车，几十万的，山珍海味都吃够了；我呢，方便面都不敢多吃；他呢，有过无数的女人；我呢，一个也没有。"

说到这里，他有些悲哀。

云霞笑了起来："你啊，大男人难道还在乎父亲没有打下基础吗？我们兄妹也是这样啊，家里原来也是很穷的，现在我们不是也富有了吗？"

小二站起来，说："走，咱们马上去找他。"

云霞惊讶地说："这就去啊？"

小二点头："我们再不拿出成绩，你哥哥该开除我了。"

云霞拿出镜子照着说："不行，我的脸色现在不好，头发不好看，我马上美容去，等我回来吧。"

小二讥笑地说："人家许优有无数女人，轮不上你啊。"

云霞尴尬地斜睨了小二一眼说："混账小二，女孩打扮就是要找男人吗？"

小二险恶地笑着问："那为什么呢？"

云霞羞涩地笑着说："为什么，为了给自己看。"

小二纠正说:“是女为悦己者容。”

云霞说:“没有悦己者呢?”

小二说:“谁说没有,我就是啊。”

云霞狠狠地掐着小二的手腕说:“你啊,就会发坏,我早晚……”

小二看着她:“早晚怎么样?”

云霞说:“让你气死。”

小二失望地走出了门。

云霞还是奔向了街头的一间美容院。

小二无奈地等着女孩。好长时间,女孩也不出来,小二走进了美容院。

原来,云霞正和给她美容的一个小伙子谈得火热。

小二气恼地问道:“我在外面寒风中等你,你却在这里聊天。”

小伙子惊愕地看着云霞:“这是你先生?”

云霞骂着:“胡说,缺德玩意。”

小二贪婪地看着其他女人的脸。云霞拉着他,走出了美容院。

之后他们来到了电视台,在门卫登记之后,来到了许优的办公室。

小二拿出许优的名片,工作人员这才向里面通报。

许优走出来,斜睨着小二:“原来是你小子啊。”

小二看见许优对自己还不过于冷淡,要在云霞面前显示一下和许优的亲密,就要和许优拥抱。

许优向后面退缩着。可是,小二依然不知天高地厚地向许优走近。

许优用手势挡住了他:“慢着,小二,别这样,我不想再有虱子。”

云霞笑了起来。

许优这侮辱性的语言,让小二非常难过。

但是,小二是不敢跟许优急的,依然点头哈腰地说:“老同学,我真想你啊。”

许优扔给他一支中华烟。

小二没有接到,香烟掉到了地上,小二还是把香烟捡了起来。

许优并没有给小二点着香烟,而是自己把香烟点着,兀自吸烟。

小二尴尬地管许优要打火机。

许优把一个昂贵的镶嵌着金边的打火机递给了小二,小二自己打着了火。

小二欣赏着打火机说:“老同学,净是好东西啊,把这个东西给我吧。”小二说着,把打火机放进了自己的口袋里。

许优瞧不起地笑起来:“你小子,还是改不了过去的毛病,不经过别人允许,就装别人的东西,这叫抢劫或者偷窃,明白吗?”

小二尴尬地干咳着。

云霞盯着许优,打量着许优。许优也斜睨了云霞一眼。

小二想还击,又害怕惹恼了许优,许优不给自己办事了,就强咽下这口气,赔着笑脸说:“许优,老同学,我可真想你啊。”

许优脸上的表情是轻蔑和不屑一顾的,几分钟里,他的手机一直在响。许优拿起手机接听着,说了几句话,许优就想走。

小二拦住了他:“哎,老同学,我的事情还没说呢?”

许优傲慢地问道:“如果是想进我们单位,千万别张口,我办不了,这事需要书记和市长的条子。”

小二摇头说:“不是,我哪敢想进电视台啊,我不是痴心妄想吗?”

许优已经走出去了。

小二追着许优:“老同学,我真的有事啊。”

许优对办公室的一个漂亮女孩说:“跟她说,她会转告我的,我真的有事,有个朋友的房地产公司的楼盘要开工,我要参加奠基典礼。”

许优说着,急匆匆地走出了楼道。

小二无奈地尴尬地走了回来,看着云霞。

云霞扑哧一声笑了起来:“哎,你的老同学怎么走了?”

小二骂着:“我操他妈。”

云霞越发地笑得厉害了,直到笑得弯了腰。

小二只好凑近办公室的那个比云霞大一点的女孩,说:“你们总监制要我跟你说。”

那个女孩说:“说啊,做广告吧?”

小二点头。

那个女孩就把一张广告价目表递给了小二。小二和云霞看着。价目表上写着,30 秒的广告,一次为 3000 元。

那个女孩在一旁解释着:“如果做一年的,我们可以优惠,只按 300 天计算,只收 90 万元。”

小二伸了一下舌头,云霞也摇了摇头。

小二说:“90 万元,我没有。”

那个女孩说:“你们别不舍得做广告,广告的价值是巨大的,好多知名企业,几乎都是靠广告打出名气的,比如可口可乐,菲力普。”

云霞再次笑了起来。

女孩不满地问道:“可笑吗?”

云霞解释说:“我们这位大哥,说的话和你说的一模一样。”

女孩问道:“是吗?”

小二只好说:“我经常用这样的话动员东家做广告。”

女孩说:“既然知道这广告的意义,就花钱吧,有我们总监制的面子,给你们减了 60 天的价钱呢,60 天多少钱? 18 万元啊,你们可就发财了啊,我们可以给你们提出来,但是票面上还是开 360 天的价目。”

云霞说:“我们是私营企业。”

女孩说:“啊,那也可以,就少收 18 万的钱。”

小二无奈地看着女孩说:“说句实话,我们的家当还不值 18 万元呢,别说 90 万元了。”

女孩有些恼火了:“那,你们来干什么来了?”

小二无奈地说:“我只是想看看许优。”

云霞说:“不是说,介绍咱们产品吗?”

小二转向女孩说:“是啊,能否有其他的办法,帮我们宣传产品?”

那个女孩说:“有啊,这频道的广告费用,是许优承包的,他一年交 100 万元,我们现在已经完成任务了,你还是找你的老同学吧,他要是愿意帮助你们,我们可以不收取费用。”

小二的精神马上来了:“真的?”

那个女孩点头:“真的。”

小二看了云霞一眼："咱们现在就等他。"

闲着没事，小二就盘算许优一年可以赚多少钱。这半年就完成了任务，一年下来，许优岂不赚上百万的钱？

他问那个女孩："剩下的钱全都是许优的？"

那个女孩不满地回答："不能，电视台要一半，许优要一半。"

小二问道："那也不少于100万元吧？"

那个女孩说："也就200万吧。"

小二惊愕地站起来："天，这太不合理了，为什么他就白白地赚那么多钱？"

电视台的女孩也惊愕地看着小二："你怎么了？"

小二只好坐下来说："没事，就是惊讶。"

那个女孩说："这么多钱啊，都是人家许优自己揽的，他有门路，到处拉广告。过去我们这个频道一年也就完成100万元的广告收入，这才对外面招标的。许优呢，三个月就完成了广告收入，余下的全都可以分了，我们工作人员也高兴，我们现在每月的工资都比过去高。"

小二暗自鄙夷地笑了起来，这无非是垄断在作怪，这是真正的竞争吗？

云霞问道："笑什么，忌妒人家许优吗？"

小二摇头："我怎么忌妒，我就是干这个也没这个本事，我拉不来广告。"

云霞天真地问道："为什么，我看你的韧性十足啊，不达目的誓不罢休嘛。"

小二说："我爸爸是山民，一个在大山里放羊的山民，人家许优他爸爸是谁，是副市长。我相信，好多企业家都是冲许优的爸爸给广告费的。"

电视台的女孩笑着说："你啊，算说对了。"

小二问道："你们怎么看这个问题？"

电视台的女孩坦然说："我们开始也是忌妒，愤愤不平，后来我们得到了好处，工资高了，一个月分上千元的奖金，我们就感谢他了。让谁干不是干啊，这当头的，就是要由有来头的人干，咱们百姓图什么，不就是图多赚钱吗，图过好日子吗，谁能给咱们带来好日子，我们就拥护谁。"

小二愤怒地喊叫起来:“真是是非不分,黑白不辨。不,简直是为虎作伥,助纣为虐。”

云霞拉了小二一把说:“小声点,这不是咱们家。”

电视台的女孩看着小二说:“你在这里叫唤什么呢,让你干,我们全都拥护你,你就找领导说去吧。”

小二这才冷静下来。

是啊,自己认识什么领导,如果自己认识领导,还至于这样吗?

自己不过是忌妒人家许优而已。

就这样,小二和云霞在许优的办公室等着许优。

一直等到天黑了,许优才摇晃着身体走了进来。

许优带来了令人恶心的酒气。

云霞是见过世面跑过江湖的个体户,没有表现出反感来,只是用讥笑的目光看着许优。

电视台的那个漂亮女孩急忙去扶许优。

许优顺势就把自己的胳膊搭在了那个女孩的肩膀上。女孩吃力地扶着许优,一边走,一边招呼小二:“这位大哥,快帮忙啊,我要挺不住了。”

小二说:“我懒得管这个王八蛋,这小子就会吃喝嫖赌,简直是五毒俱全了。”

谁知,许优并没有失去理智,还能听清楚小二的话:“你小子……王八蛋,敢这么说我,好了,我坚决不管你的事了。”

小二急忙跑过去,扶着许优:“老同学,我这是跟你开玩笑呢,咱们同窗四年,忘记了?”

小二扶着许优走进里面许优的办公室。

一些编辑记者回来了,大都是这个样子,喝得醉醺醺的,舌头打着卷,互相开着玩笑:“你喝酒喝醉了……哈哈……”

里面还有女人,女人走路也是摇摇晃晃的,越发地让小二恶心。

他们大都斜睨了小二一眼,问道:“来求我们的吧,做广告还是拍专题,找我,我给你提成。”

小二看了一眼云霞。

云霞低声说:"咱们走吧,这里没有免费的饭菜让咱们吃。"

小二强调着:"可是,有我的老同学啊。"

云霞低声说:"这小子,一看就知道是贪得无厌的主,你没有东西跟他交换,他才不会给你东西呢,你就放心吧。"

许优躺在了床上。

那个电视台的女孩像伺候丈夫似的,把被褥盖在了许优的身上。

许优打着呼噜,时而说着梦呓:"你小子……"

小二吓了一跳,以为是在说自己。

许优继续梦呓着:"看谁先赚一个亿。看谁先赚一……"小二狠狠地给了许优一个嘴巴。

许优并没有惊醒,依然在梦呓着。

电视台的女孩惊愕地看着小二:"天,你怎么敢打他?"

几个记者编辑也惊愕地看着小二:"你是谁,怎么敢打他?"

小二骂着:"我是他爷爷……不,我才不要他这样的孙子呢,我是他……什么也不是。"

小二说着,拉着云霞急匆匆气呼呼地走出了办公室。

后面,传来大家畅快的笑声。

云霞也笑了起来。

笑声在黑色的夜空中荡漾着。

第十七章　窥　视　欲

小二也嘿嘿地笑起来："这叫做窥视欲，就是特别想知道别人的隐私，包括一切，包括你的爱人，你结婚没有，你恋爱几次，你……"

云霞再次笑了起来："我凭什么让你知道啊？"

小二理直气壮地说："我要追求你啊！"

小二和云霞在街头走着。

走了一段路，云霞突然问道："你为什么在人家睡觉的时候打人家，这不光彩。"

小二自惭形秽地说："我敢在他明白的时候打他吗，他会把我送到公安局去。在学校的时候，我就差点让他送到公安局。"

云霞说："可是，等一会儿他清醒了，他的那些同事还不把这件事告诉他？"

小二说："不会。你看不出来，他那些同事愉快的笑声吗？"

云霞再次笑了起来："咯咯……咯咯……"

小二也开心地大笑起来："哈哈……哈哈……"

他们在冬季的黑夜在街上走着。

小二感到饥饿，就说："云霞，还是借我一点工资吧，我太饿了，一天没吃一顿正经饭菜了。"

云霞无奈地掏着钱包，说："刁小二先生，你已经借我好多饭菜钱了，自己记着吗？"

小二点头："当然记得了，我怎么会只借不还呢？"

云霞说："好吧，那你就说说，现在该我多少钱了？"

小二嘿嘿地嬉戏着说:“也就10元钱。”

云霞气恼地掐了一下小二的手:“让你疼得一辈子都忘不了,一共是749元整。”

小二嬉戏地说:“哎呀,女老板,这么有钱,还记得这么小的债务,真小气啊。”

云霞也开玩笑地说:“我跟你不过是同事关系,当然要记得了,为什么不记得呢,人家该说我和你不一般了。”

小二急忙插话说:“当然不是一般的关系了。”

云霞狠狠地敲着小二的后脊背。

小二装作疼痛地喊叫着:“哎呀……哎呀……”

小二再次拿出自己的看家本领,让自己的胳膊像掉下来似的,没有了韧性和弹性,只是那样耷拉着,脑袋向后面旋转着,成了一个怪物。

云霞急忙捂住眼睛:“我害怕,你是妖怪,是鬼。”

小二急忙回复原状。

云霞这才敢看他:“为什么这样,怎么弄的?”

小二嬉戏着说:“我不过玩了一个马戏团的小把戏而已。”

云霞惊讶地问道:“怎么?你还在马戏团干过?”

小二说:“不是。在我小的时候,我爸爸拉着我进城要饭,交给我这个本领,我学不会,我爸爸活活地把我的胳膊打掉环。”

云霞感觉寒冷似的缩了一下脖子:“你爸爸太狠毒了。”

小二替爸爸辩解道:“他不过想让我这一辈子别在山里生活,在城里混一碗饭吃而已。从那时候起,我就发誓要考上大学,毕业留在城市,当一个城里人。”小二说着,脸上露出痛苦的神情。

小二在那寒冷的冬季在街头长长地叹息着:“没有想到,我的确大学毕业了,可是我还是到处借贷,要饭。”

小二无法说下去了,蹲在地上哭了起来。

云霞同情地拉起他:“走吧,今天我请你喝酒,咱们也像许优那样喝醉,怎么样?”

小二已经没有了喝酒的心情了:“算了,借酒浇愁愁更愁,抽刀断水水更流,何必呢,早晚要面对现实。"

云霞拉着小二还是走进一间酒店,两人找了个靠窗户的地方坐下。云霞要了一瓶白酒,和小二碰杯:"来,干。"

云霞自己喝酒并不比小二少,可是,依然故意保持着女孩美丽优雅的样子,并不失态。她对小二说:"别看咱们都是普通百姓,咱们的将来,一定比那个许优强。依靠老子的权势贪污受贿,下场不会比咱们好的,你就看看那些贪官污吏,官不比许优他爸爸大吗,不是照样被罢官严惩了。你看我们兄妹,依靠自己的勤劳,走江湖赚钱,我们就没有那样的危险,是吧?!我们的日子就过得安定,没有恐惧感。"

小二狠狠地喝干了自己的酒:"说得对,我就佩服你们这样靠自己的勤劳发家致富的人,我应该靠自己的智慧发财。"

云霞看着小二说:"我在社会上走南闯北的,见过的人不少,我看出来了,你是一个有脑子的人,的确是好大学生,我哥哥也是这样认为,要不我们不会留下你。可是,你还是不切合实际,尽想高的远的大的,都是我们这些小个体户无法承受的和办不了的。"

小二承认,笑着:"我啊,也是想显示我的档次高啊,也是想在老板面前露一手啊。"

云霞笑得前仰后合的,酒店的人们都扭头看云霞。

云霞斜睨了看他的人们一眼,说:"我走南闯北的,连俄罗斯都去过,倒卖过风油精、清凉油。内蒙、新疆,我哪里没去过?我敢跟牧民喝酒,人家那里的人啊,真是淳朴正直啊,我喝醉了,躺在他们的蒙古包里,就没有一个男人占我便宜。哈哈……咯咯……"

小二敬佩地看着女孩说:"云霞,我敬佩你,你是女中豪杰。"

云霞高兴了,兀自把酒杯中的酒喝干。

没想到,这云霞也就是喝了几杯自己就醉了,眯缝着眼睛说:"小二,我迷糊了……我……"

云霞靠在小二的肩上。众多男人看着小二的下一步动作。

小二把桌子上的白酒和饭菜全都吃干净,酒足饭饱以后,背上云霞就走出了酒店。

老板追出来:“哎呀,酒菜钱……”

小二无奈地掏出云霞的钱包,付了钱。

有人羡慕地说:“行啊,要人还要钱,这个女孩是陪了人再赔钱啊。哈哈……”

小二不理睬他们,兀自背着云霞在街头走着。

一个出租汽车停下来,司机问道:“要不要车?”

小二小心翼翼地把云霞放进汽车里,自己也坐上了汽车。

小二想着心事,想着自己如何发财,如何依靠自己的智慧,尽快在城市立足。

到了那间小房子,小二把云霞背下车,还是用她的钱付了车费,然后把云霞放在了自己的床上。

小二不知道云霞的家庭住址。

认识这么长时间了,云霞总是不说自己在哪里居住,云霞说这是老板的规矩,几乎所有的老板都不会对打工的伙计说出自己的家庭住址。也许是担心自己算计伙计对不起伙计,遭到伙计的报复吧。老板总是让伙计暴露在明处,让自己隐藏在暗处。妈的,老板都这么狠毒。

小二想着,就端详着云霞。云霞的脸颊两边如盛开的桃花一般,艳丽,红润,鲜嫩,让他不由得心动。

小二感觉自己的心澎湃起来,血液沸腾起来。啊,自己好热啊,自己要流汗了。

脱下了外衣,但是,没有马上冲上去,他不敢,他想起了云霞刚才的话,说她在蒙古包里喝醉了睡觉,可是没有一个蒙古男人占她便宜,谁知她说的是真的还是假的呢?

想着,在那狭窄的房间里站着,向外面看了一眼。

外面的行人稀少,几乎看不见什么人了。

这个城市的人们就是这样的生活习惯,冬天的时候,一到天黑,人们就睡觉,就像农村人一样。也许是这个城市的夜生活太少吧,酒吧,夜总会,舞厅,都属于富人,普通百姓是不敢涉足的,他们也就在屋子里看看电视而已。

忽然,云霞翻身了,她把脸朝向了里面。

他的心再次动了一下。

自己怎么办?是马上上去,还是像现在这样等到天亮?

按照他的现在的欲望,自己是想马上扑向女孩的,向恶狼一样,猛扑到女孩的身上,可是他不敢那样做,他想到自己是大学生,是女孩的下属,雇员,自己极力克制着自己,他相信自己有能力克制自己的欲望,用理智战胜那贪婪的本性。他这样想着,就把自己的外衣盖在了云霞的身上。

就这样,小二在滴答的钟表声中等待着守护着云霞。

半夜的时候,小二也困倦了,就趴在桌上睡着了。

忽然,一阵尖厉的声音把小二惊醒。

他揉了揉眼睛,看见云霞已经醒来了。

云霞问小二:"干什么呢?"

小二回答:"我没有干什么呀。"

云霞不相信地检查着自己的裤子和上衣,发现没有什么异常,这才站起来说:"我要上厕所。"

小二笑着说:"冬天这么冷,上外面去……"

云霞也笑着说:"你小子真坏,我在这地方当厕所行吗?"

云霞说着,就走出了门。她的样子的确像农村女孩那样泼辣。

小二只好跟着。

在十字路口,有一个收费厕所。晚上,这里就关闭,用锁锁上,唯恐别人用。

云霞围着厕所绕着,快要哭了:"真不像话,怎么关上了,要钱,我给,为什么关上了?"

小二也骂着:"是啊,这什么事啊,厕所全都要钱,老百姓交的税不包括修厕所的钱吗?"

云霞喊叫着:"别说废话了,快帮我想想办法。"

小二无奈地在厕所前边转悠着:"除非是砸了厕所,可因为砸厕所进扣留所也不值得啊。"

云霞笑了起来:"你啊,现在还幽默,我都想哭了。"

小二讥讽地说："云霞，你说你在新疆闯荡过，那里有厕所吗？"

云霞说："那里随便的，可是这里是城市，怎么办啊，不能把城市的街道弄得像厕所吧？"

云霞说着，就跑回那个小房间，门口停着她的小摩托车。

云霞开了锁，骑着摩托飞走了。

一会儿，云霞又回来了。她打着哈欠，问道："几点了？"

小二说："半夜3点。"

云霞摇头说："我怎么躺在这里，这么脏，真恶心。"

小二笑了起来："你啊，真过分，占了我的床铺，还说我恶心。"

云霞问道："你真没有对我干什么吗？"

小二问道："干什么啊？"

云霞说："装什么糊涂？"

小二说："没装糊涂，我真的不知道你说的是什么意思。"

云霞回忆着："我明白了，你小子故意灌我，让我喝醉，是不是？"

小二委屈地说："是你见了酒就不要命的。"

云霞叹息说："我什么不要命，我才不喜欢喝醉了呢。"

小二不相信地问道："那你为什么喝醉？"

云霞说："我啊，心里苦闷。"

小二笑了起来："真是可笑，你什么都有，美丽、青春、金钱、实业，还苦闷什么呢？"

云霞羞涩地说："我好像是个开心的单纯的女孩，其实我的心挺重的。"

小二继续问道："到底苦闷什么？"

云霞直截了当地回答："我羡慕你们这些读书的大学生，我没有考上大学，我后悔为什么没有继续学习。"

小二扑哧一声笑道："我这样的大学毕业了又有什么用处？早知道这样，我还不如也上俄罗斯、新疆、内蒙古呢。"

云霞摇头："我那是被逼的，我不做生意，就没有钱。"

小二说："是啊，你追求的是金钱，已经得到了，可是我呢，也想追求金钱，但就是得不到。"

云霞羡慕地说："可是你得到了知识，还有大学文凭。"

云霞打了个哈欠，接着又说："我怎么就躺在这么脏的被褥上睡觉呢，真是的。"

小二自我解嘲说："看，这就是我上大学的被褥，我如果把四年的读书时间用在生意上，也许早就换被褥了。"

云霞说："不是说你穷，是说你小子太脏了，明白吗？人家有穷的，可是干净，不让人恶心，明白吗？"

云霞说着，就要离开这里。

小二问道："这么黑的天，你就敢走？"

云霞笑着说："这个城市的黑社会，哪个敢动我？"

小二身上打了一个冷战："你是黑社会？"

云霞看着他："看你吓的，至于吗，我要是黑社会，还用得着在这里看着这小房子，我不是早就坐等分赃了？还用推销这个吗？"

小二敬畏地看着云霞："你真让人摸不着头脑。"

云霞嘻嘻地笑着："干什么要摸清楚别人呢？这不是好毛病吧？"

小二也嘿嘿地笑了起来："这叫做窥视欲，就是特别想知道别人的隐私，包括一切，包括你的爱人，你结婚没有，你恋爱几次，你……"

云霞再次笑了起来："我凭什么让你知道啊？"

小二理直气壮地说："我要追求你啊。"

云霞哼了一声，斜睨着小二："就你啊，这么脏，让我恶心，真的。"

小二没有生气，只是嘿嘿地笑着："我早晚会干净的。其实，我现在就比过去干净多了，再说了，干净是一种条件，如果我有个房子，有水，我会让自己这么脏吗？我因为没有地方居住，才变成这样的啊。别要求乞丐讲究卫生啊。"

云霞看了小二一眼，说："别强词夺理了，明天就到自来水边洗自己的被褥去，听见了吗？"

小二摇头："真是富人从来不替穷人考虑，我洗了被褥，明天就没法睡觉了，我会冻成冰坨子。"

云霞掏出一把钱来放在床上说："这里有钱，明天买一套新被褥去，我看着恶心,真的。别在这里摆这样的被褥了,让人看见会给咱们公司抹黑的。"

小二看着钱说:"我才不要你的钱呢。"

云霞说:"哎呀,装什么装呀,不是向我要吃饭钱了,你小子还知道自尊了,是不是?"

小二嘿嘿地笑着:"我是要过小钱,不要大钱,要大钱,我还不起的。"

云霞拿出自己的笔记本说:"我啊,早就记清楚了,我跟你说过,你又不是不知道,干什么不要呢?是我借给你的,贷款,明白吗?"

云霞穿着红色的高鞘儿皮鞋向小二踢了一下:"这是给你的投资,明白吗?好好干吧,我们小个体需要你这样的大学生的智慧,我知道你会加倍还给我的,是不是?"

云霞说完就向门外走去,一会儿,摩托就响了起来,"嘟……"摩托车远去了。

小二走出门,望着云霞的背影,眼泪流了出来。

小二忽然关上门,趴在床上,号啕起来:"呜呜……"就这样,小二在号啕中睡着了。

小二醒来的时候,天已经大亮了。

外面的汽车和行人络绎不绝,熙熙攘攘。

小二爬起来,开始写自己的销售计划。

他写了几行字,看看,不行,撕了,然后再写。

一会儿,云霞就来了,她拿着一包包子,小二抓起包子就吃。

云霞看着桌上的销售计划,点头说:"我就知道,你小子有智慧。"

小二贪婪地吃着包子说:"我一定会报答你的,云霞,我昨夜哭了。"

云霞看着小二发黑发肿的眼睛问:"为什么哭啊?"

小二不好意思地说:"你待我太好了。虽然有时候也挺苛刻的,可是你真的是一个好心的女孩,我要是不好好干,对不起我自己,更对不起你。"

云霞笑着说:"你害怕我们开除你吧?"

小二说:"是害怕你们开除我。可是我更害怕对不起你,真的。所以我搜肠刮肚煞费苦心地想了这么个销售计划。"

云霞认真地看着:“是比第一次贴近实际了,咱们现在没有钱做广告,再说了,我哥哥和我赚的几个钱,全都是冒险吃苦受罪得来的,我们不想再冒险了,就想稳一些,干小一点,明白吗?”

小二说:“我知道,你们都是小市民意识,跟我们山民、农民的意识差不多,光想着赚钱,不想投资。”

云霞笑了起来。

第十八章 曹雪芹是谁啊

石垒感慨地说："我爸爸妈妈就好像是文盲。说是初中毕业，可是连曹雪芹是谁都不知道，还非说跟他们是同学，是一块撕大字报卖的黑丫头。"

四月哈哈地笑了起来："你这孩子啊，可真有意思。"

石垒也笑了起来："我给他们买了计算机，可是他们就是不会用，经常算错账，多找给人家钱。所以他们才希望我多读书，可现在读书真没劲，天天排名次，要是不排名次，我就显不出傻来了。"

四月终于有了份工作了，尽管是暂时的家庭教师，可她还是非常满足和珍惜。

四月环顾着自己的小屋子，非常满意地笑了一下。

石垒的父亲虽然邋遢，可四月住的房间还算干净，好像是没有人住过。

四月坐在床上，慨叹着："唉，竟然还是没能逃脱寄人篱下的命运，还是依靠别人活着。"

石垒的父亲走进来，拉着儿子坐下。

四月紧张地注视着他们父子。

石垒的父亲打量了四月一会儿说："大学生，我先给你讲明白，我这孩子想上重点高中，可是现在呢，这孩子的学习成绩特别差，我无论如何也要把他培养成大学生，像你们一样，这是他妈妈的遗愿。"

石垒的父亲说着，眼睛里似乎有泪花滚动。

石垒也流出了眼泪。

四月惊愕地问道："怎么，孩子他妈妈……"

石垒的爸爸叹息着："活活地累死了。"

四月对这个家庭立刻充满了同情:“累死……”

石垒的父亲说:“我们夫妻都没什么文化,说是初中毕业,可是我们那个时代学过什么文化啊,我小学二年级就开始‘文化大革命’了,学生都闹革命去了,老师也被批斗,根本没法上课。后来,好不容易混到毕业,进了工厂,原以为一辈子就这样下去了,不料工厂倒闭了,不得已我们夫妻开了一家鱼店,没想到生意特别红火,就因为红火,把他妈妈累死了。他妈妈临死前留下遗嘱,就是现在有钱了,赶上了允许念书的好时候,千万要让孩子上大学。我和我老婆都希望我们的儿子能成为知识分子。”

四月赞赏地看着石垒的父亲说:“您就放心吧,我虽然不是名牌大学的毕业生,可是我各科的高中成绩都不错,数学、物理、化学,还有语文、外语,我都可以辅导。”

石垒的父亲竟然来和四月握手:“太好了,我就喜欢你这样的,我讨厌那些老娘们,到我这里来就是敷衍,是来混钱的,你可不像那样的人。”

四月急忙抽出自己的手:“您就放心吧,我保证对得起您和石垒。”

石垒的父亲依然没有走出这房间的意思:“如果我儿子的名次有上升,上升一个,我就奖励你10元钱。”

四月茫然地问道:“什么叫上升一个呢?”

石垒回答:“就是名次上升一个。”

四月明白了:“你现在名次是多少?”

石垒不好意思地回答:“70名。”

四月问道:“在年级里?”

石垒的父亲笑了起来:“在年级里面70,我还用找家教啊。”

四月惊讶地问道:“在班里?”

石垒无奈地点头。

四月问道:“就是说,是最后一名吧?”

石垒羞赧地点了点头。

石垒不像坏孩子,一副腼腆的样子。

四月好像不敢太理直气壮地保证让孩子考上重点高中了。

石垒的父亲问道:“怎么,没有可能上重点高中?”

四月问道:“现在是初中三年级吧?”

石垒说:“是。”

四月心想,既然来到这里,还是在这里安心地住下去,以后的事情怎么样就以后再说吧。她说:“我保证尽力,让孩子上名次,一个月内就超过倒数第二的好吗?”

石垒父子都高兴起来。

石垒说:“现在,他们全都叫我弱智、傻瓜,要是我能超过倒数第二的了,我这傻瓜、弱智的外号,就到他的脑袋上了。”

四月惊骇地战栗了一下,她想起了自己的丈夫,外号叫做傻瓜胡同。

石垒的父亲问道:“怎么了?”

四月慌乱地说:“没什么,没什么。”

石垒的父亲这才站起来说:“今天是星期天,买鱼的人多,我要到鱼店卖鱼去了。”

石垒的父亲走了。

四月对石垒说:“咱们也开始吧。”

石垒伸了一个懒腰:“不着急。”

四月笑着说:“我看你爸爸走了,你马上就变轻松了。”

石垒说:“其实,我们家是我当家。”

四月相信地点了点头:“我看出来了,你说留下我,你爸爸就留下我了。”

石垒感慨地说:“我爸爸妈妈就像是文盲,说是初中毕业,可是连曹雪芹是谁都不知道,非要说是他们同学,是一块撕大字报卖的黑丫头。”

四月哈哈地笑了起来:“你这孩子啊,可真有意思。”

石垒也笑了起来:“我给他们买了计算机,可是他们就是不会用,经常算错账,多找给人家钱。所以他们才希望我多读书,可是现在读书真没劲,天天排名次,要是不排名次,我就显不出傻来了。”

四月说:“你啊,一点也不傻,我保证。”

石垒问道:“我真的不是傻瓜吗?”

四月肯定地说:“当然不是。”

石垒来了精神："那我就有活头了，大家都叫我傻瓜、弱智的，叫得都想自杀了。"

四月慌忙说："哎呀，这么小的年纪，千万别这么想啊。"

石垒高兴起来："既然你这个大学生都说我不是傻瓜，我当然就不是傻瓜了。"

石垒这时走到电脑前边，开了电脑，玩了起来。

四月走到他身边，催促他说："石垒，咱们学习吧。"

石垒说："说实话，就是累死你我也考不上重点高中，我们学校每年就有几个考上重点高中的，我们年级8个班，也就是说，班里第一的都不一定能考上。"

四月手足无措地说："那我岂不是白来了？"

石垒说："您就讲课吧，我在这里听着。"

四月问道："这，效果会好吗？"

石垒说："我听课，就像听皮鞭子抽人的声音一样难受、恐惧。"

四月笑了起来："你这孩子啊，真会说，这是第末位综合征。凡是经常考第末位的，都有这样的症状，就是害怕读书，害怕考试。"

石垒说："我就是考试综合征。"

忽然，石垒操作的电脑里面，出现了四月。

石垒大喊起来："哎呀，老师，这怎么这么像你啊？"

四月也惊讶起来，走近电脑："怎么，上网了？"

石垒说："是啊，我就喜欢看那些通缉犯人的，喜欢抓人的网站，公安网站。"

四月急忙说："不，不可能是我，我怎么会被通缉呢？"

石垒说："不是被通缉，说你被拐骗了。"

四月慌乱起来："胡说，我一个大学生，怎么会让人拐骗呢？"

石垒仔细地念着电脑上的文字："焦四月，大学毕业，已婚，毕业后被拐卖，失踪。请各公安部门寻找，她的丈夫非常焦急。"

四月要逃跑。

石垒说："干什么逃跑？我不会检举的，我在班里是最讲义气的了。"

四月惊慌失措地说:“不,那个人根本就不是我。”

石垒说:“没错,我看了你的大学文凭,你忘记了?你就是焦四月。你为什么逃跑啊?”

四月慌忙说:“我……好多事情,你不会明白的,你还太小。”

石垒说:“如果需要我的帮助,千万说话,我是最喜欢帮助女孩子的人了。”

四月瘫了似的坐了下来,梳理着凌乱的头发,一脸的恐惧和惊慌。

忽然,门响了起来。咚咚……咚咚……

石垒急忙把四月塞到床底下:“别是来抓你的。”

四月躲在了床底下。

石垒打开门,进来的是占山。他问道:“四月呢?”

石垒看见占山就不高兴,说:“四月不在。”

占山不相信,径直奔向里面的房间。

石垒喊叫着:“哎……你是要抢劫啊?”

占山边寻找着四月边说:“胡说,抢劫的全都是先打昏主人,我像抢劫的吗?”

四月从床底下钻了出来。

占山笑了起来:“你啊……哈哈……怎么钻到这个地方去了?跟我玩捉迷藏吗?”

四月不好意思地笑着,拍打着身上的灰尘。

石垒打量着占山,问:“老师,这个人就是拐骗你的坏人吧?”

四月急忙向石垒打手势,示意他不要说了。

石垒却拿出一把明晃晃的刀:“说,没事,我石垒虽然学习不是,可是打架我不怕谁。”

四月依然摇头摆手,让石垒不要再说下去了。

石垒挥舞着刀说:“别害怕,这年头坏人就怕硬的,你要害怕他,他就不怕你了,道理就是这么简单。别害怕,说,这个人是不是拐骗你的坏人?”

占山一副懵懂的样子:“怎么了,四月,出什么事了?讲故事呢?怎么出现拐骗的词汇了,这个孩子可够愣的。”

四月叹息着,两行眼泪流了下来。

石垒看着占山,满腹疑问的样子:“别这个口气,我知道事情的原因,这网络上没有秘密,你要是办了什么事,人家当地公安局一上网,你就再也跑不掉了。”

占山这时转向了电脑。

占山惊讶地喊叫着:“四月,四月,你……”

四月捂住脸跑了出去。

占山也跟着跑了出去。

石垒拿着刀边跑边喊:“老师……别害怕……有我呢!”

第十九章　竟然已经结婚四年了

占山的手和身体正慢慢地丧失着热情。

占山想不到自己喜爱的四月竟然是已经结婚四年的女人了。

占山终于放弃了拥抱四月的欲望，垂头丧气地坐了下来。

四月端详着占山："我知道，我不应该欺骗你，可是我没有勇气说这些话啊。真的没有勇气说啊！几次想说，我都不敢说，我怕你不理解我！"

四月跑出了石垒家，在人行路上跑着。

四月不知自己要跑到哪里，自己根本就没有地方可去，茫茫人海，自己没有可以投奔的人。

占山在四月的后面追逐着四月，喊着："四月……停下……慢慢说……别这样……四月……咱们慢慢谈谈……别这样啊……"

四月跑得气喘吁吁的，再也跑不动了，只好停下来，喘息着。

占山也追了上来，抓住了四月的手问道："四月，到底是怎么回事，你已经结婚了？"

四月一下就扑在了占山的身上，大声号啕起来。

石垒看见两个人这样的亲昵，也就没有走近，站在不远处望着他们。

占山急切地想知道四月的身世，问道："四月，说吧，我不会……不会……"

占山说不出来了，因为自己和四月没有任何契约，不是恋人，没有定过终身，不过是同学而已，自己不会对她怎样。

四月哭着说："就是为了上学，我把自己给卖了，我后悔啊……"

占山问道："那个人是谁啊？"

四月擦了泪，然后喃喃地说："我们也是同学，高中的同学，也是我们村子的。他们供我读书，我就……我不结婚，他们就不拿钱给我交学费，就为了这个，我把自己给卖了。"四月哭得伤心欲绝，撕心裂肺。

石垒在不远处听见了他们的谈话，这才放心地走远了，他知道这个占山并不是人贩子。

四月把占山抱得更紧了，唯恐占山跑掉，似乎占山现在就是自己的救命稻草，如果放弃了占山，自己好像就没有任何生存的希望和信心了。

占山的手和身体正慢慢地丧失了热情。

占山想不到自己喜爱的四月竟然是已经结婚四年的女人了。

占山终于放弃了拥抱四月的欲望，垂头丧气地坐了下来。

四月端详着占山："我知道我不应该欺骗你，可是我没有勇气说这些话啊。真的没有勇气说啊。几次想说，我都不敢说，我怕你不理解我啊！"

占山捂住脸，一副痛不欲生的样子。

四月坐在了占山的身边："求你原谅我好吗，你可以不再理我，可以狠狠地给我几个耳光，可是千万别不说话，我现在本来就害怕，看见你这个样子，我更害怕了，我……"

四月继续哭着，不过，现在哭泣声比刚才小了许多。

占山狠狠地砸着自己的脑袋："没有想到啊，我爱了几年的姑娘，竟然是人家的媳妇，跟别人结婚四年的女人。"

占山说话的表情显得特别憎恨，让四月越发难过。

四月哭着，悲哀地哭泣着："占山，我走了，我对不起你，不过我也是没有办法啊。在学校的时候不敢说自己结婚了，怕被学校开除；毕业了，发现你爱我，我就更不敢说了，怕你离开我，我现在没有什么可怕的，我走了。"

占山问道："走，上哪儿去啊？"

四月摇头："不知道。"

占山问道："你不会再回去吧，真的要回去，找你的丈夫去？"

四月凄惨地说："早晚要让公安局抓回去，不如自己回去。"

占山激动地抓住四月的手："你为什么这么傻啊，错一次还要错第二次吗？"

四月说："我想跟他离婚，可是，我没有钱还给他们，我……"

占山动情地说："那就继续陪他睡觉是吗？"

四月无奈地点头。

占山愤然说："如果你是一个只有小学文化的农村妇女，这样做我就同情你，可你是一个大学毕业生啊，为什么这样糟蹋自己呢？"

四月说："大学毕业生有什么，我能够支配自己的命运吗？"

占山说："当然能，现在是什么时候了？不是20年代了。"

四月苦涩地说："可是，我还能怎么样呢？"

占山拉着四月的手说："走，咱们主动到公安局，说明情况，然后离婚。"

四月畏缩着："不，不能去。"

占山不满地问道："为什么不能去啊？"

四月解释说："那网上的事情，肯定是我们乡的警察向县公安局汇报的，我丈夫的父亲是全乡最富有的人，所以他说话也管点用。县公安局网上发的内容，公安局的人一定就相信的，咱们去找公安局，不是等于是自投罗网吗?！那样我会被他们强行送回去的，到了我们村子，我还能再出来吗？他们一定是到学校找我了，没有找到，才决定报案的。用这样方式报案，目的就是要找到我。"

占山挠着脑袋："那咱们怎么办？"

四月看着占山："我不知道。"

占山摇头叹息着："唉，命运对我们太不公了。开始我们以为自己考上了大学就成了幸运儿，现在才知道，咱们距离幸运还非常遥远。"

四月擦着自己的脸说："我现在特别恨自己，自己真是傻瓜，为什么要卖自己呢？为什么要采取那样荒唐可笑愚蠢的办法达到上学的目的呢？"

占山理解四月了："别说了，我也来自农村，也是一个贫困生，我知道四年前筹钱是多么困难的事，如果不是姑姑把钱借给了我，恐怕也不会来这里上学了。"

四月说："是啊，现在多好啊。"

这时，石垒慌张地跑来："老师……老师……"

石垒的脸色苍白，像是遇到了危险似的，抓住四月的胳膊焦急地说：

“老师,快逃跑吧……一会儿公安局就该来抓你了,快逃跑吧。”

石垒气喘吁吁地说着,脸上一副难过的神情。

四月焦虑地问道:“怎么,公安局知道了我的住址了?知道我在你们家呢?”

石垒不好意思地说:“啊,我爸爸回来了,我把你的情况告诉他,他害怕了,说公安局要是找上门来,还不说是他拐骗的妇女吗?他说要把自己摘出去,不能这样让公安局随便怀疑自己,所以他就到公安局报案去了。”

四月的脸色蜡黄,看着占山,声音颤抖着说:“他们一定不问青红皂白就要把我送回老家,我再也出不了那个村子了。”

四月焦虑万分地哭着,乞求着占山:“马上想想办法啊?”

占山说:“唯一的办法就是咱们自投罗网,上公安局解释清楚,他们也会同情你的。你本身就不是被拐的,是自己主动失踪的,不,也没失踪,现在不是知道下落吗?就是说,是自己要离婚,才离开你丈夫的是吗?”

四月点头。

石垒在一旁说着:“是这么一回事啊,我还以为这个大哥拐骗了你呢。”

石垒不知深浅地兀自笑着。

四月摇晃着占山的胳膊说:“不,我还是不敢相信他们。我们乡派出所的警察,全都是个体户的朋友,市公安局一定会与他们联系的,我们乡派出所一定会偏袒他们的。”

占山说:“哎呀,你可真糊涂,公安局会相信当事人的话的。走,咱们自己解释去。”

四月犹豫着说:“我不敢去。”

占山说:“走吧,没有地方藏身的,网络时代,哪里都有眼睛,信息这么发达,到哪里隐藏呢?早晚都要走这步棋,就是离婚。”

石垒也说:“这个大哥说得对,还是上公安局吧。”

占山对石垒说:“小兄弟,领我们上派出所。”

石垒答应着:“哎,走。”

几个人到了派出所。

石垒的父亲正在那里,和派出所的警察说着什么。

派出所的警察打开了电脑，找出四月的网页，指着四月的照片问道："就是这个人吗？"

石垒的父亲点头哈腰说："对，就是这个。不过，我先申明，真的不是我拐骗的她，有个黑黑的小子，像是拐骗人口的主，一看那小子就不是好人，就像拐骗的骗子。"

石垒的父亲看见四月和占山，惊慌地喊着："就是这个……"

警察站起来，要掏出手枪。

占山慌忙摆手说："别，我们是来报案的。"

警察这才怀疑地打量着四月。

此时的四月已经泪流满面，泣不成声了。

警察问占山道："是自首的吧？"

占山问道："自首？"

警察严肃地说："不是人家来报案，不是有网络，不是法网恢恢，你会来自首吗？"

占山笑了起来："你们误会了吧，我们是来解释的。"

警察板起脸："马上拿出证件来。"

占山掏出自己的文凭和身份证。

警察看着："还有假文凭啊？"

占山更正说："是真的，不相信你们可以马上到我们母校调查。"

警察说："我们没有时间。"

占山说："不是有网络吗，非常快，马上可以查出来。"

占山说着，走近电脑，敲了几下，电脑里就出现了市大学毕业生的名单和照片。

警察看着："现在高智商犯罪的事情不少，越来越多。"

占山气恼地说："我再次声明，不，是第一次声明，我不是罪犯，我是守法的公民，没有任何犯罪记录。"

石垒的父亲走近四月说："四月，人家警察说了，被拐妇女如果愿意留下来的，可以留下来，我儿子他妈妈死了一年了，我还没有续弦，就是为了找个好的，我看你不错，老实，有文化，要是愿意就做我的老婆吧？"

占山骂着:“想什么呢,老色鬼。”

石垒不满地对父亲说:“爸爸,怎么趁火打劫啊?”

石垒的父亲指着儿子训斥道:“小孩子,懂得什么,大人的事情,别插嘴。”

石垒气恼地跑出了派出所。

警察训斥道:“案件还没有查清楚是怎么回事呢,别胡说。”

石垒的父亲点头哈腰地退缩到一旁,注视着四月。

占山对四月说:“还是你自己说吧。”

四月点头,擦了一把眼泪,对警察说:“警察同志,是这样……”

四月说完,警察也被感动了,说:“无论如何,我怎么同情你,咱们也要和那发信息的一方见面,听听他们的意见,不然,他们这网页就永远不撤,你就永远是被拐的妇女,走到哪里都会有人解救你的。”

占山和四月的心情依然非常沉重,满腹辛酸。

只有那石垒的父亲附和着警察笑着说:“同志,如果她愿意离婚跟我,我愿意赔偿四月丈夫的损失,不就几万元吗,我卖一个月的鱼就够了。”

占山反驳他说:“别癞蛤蟆想吃天鹅肉了,四月会瞧得上你这样的没有文化的小商贩吗?她原来的丈夫比你有钱,也比你有文化,她何必要嫁给你呢?”

石垒的父亲斜睨了占山一眼说:“她怎么的也不会嫁给你吧?没有房子住,没有工作,没有钱,你说,你能养得起老婆吗?”

占山像是赌气似的说:“这些,我全都会有的。”

石垒的父亲反击说:“那是痴心妄想。”

占山还想说什么,警察训斥道:“别说了,人家四月同志是大学生,有自己的独立人格,要嫁给哪个,现在说那些为时过早吧?四月还是那个叫做什么胡同里的爱人呢,为了别人的老婆打架,可笑。”

这些话,深深地刺痛了占山,他毅然走出了派出所。

警察抓回了占山:“不许走,还没有调查清楚呢,怎么就可以离开呢?懂得法律程序吗,啊?”

警察把占山推到了墙旮旯:“谁再跑,就给谁戴上手铐。”

石垒的爸爸说："同志，我也不许回去吗？"

警察回答说："笑话，你回去还行？你也是当事的一方，是购买妇女的一方。"

石垒的父亲哭丧着脸说："我没有花钱啊。"

警察说："我自己也弄不清楚，我已经给那边发邮件了，最晚明天早晨，胡同里那边的人就来了。"

四月惊慌失措地乞求着："警察同志，我可不想见他们，我害怕他们，千万别让我见他们啊。"

警察冷漠地说："早晚要见，不见，怎么解决问题？你说的如果是真的，下面就应该核实你的话了。"

四月无可奈何地捂住脸又哭了起来："我不想见他们……"

警察观察着四月："你也是大学生，这个道理就不懂吗？必须见他们，否则你的问题永远得不到解决，明白吗？"

四月哭着，身上颤抖着。

警察无所谓地说："在派出所你害怕什么呢，他们敢打你吗，有我们呢，他们敢吗，别害怕，啊！"

警察说着，就在网上发信，在屏幕上写着："所谓的失踪的被拐卖的妇女焦四月已经找到，速来人，到市公安局路东区分局建国路派出所领人。"

警察刚打完字，急火攻心的四月就昏了过去。占山急忙抱起四月就向外面跑。

警察喊着："哎……我跟着你们，我这里有汽车。"

在医院的病床上，四月醒了过来。将近一年了，她第一次看见了傻瓜胡同。

傻瓜胡同越发地胖了，肚子撅着，见到四月醒来，嘿嘿地笑着："四月，你可醒了，嘿嘿……嘿嘿……"

四月扭过脸，憔悴黑瘦的脸上挂满了泪花。

傻瓜胡同抱着四月的脑袋问道："四月，别哭了，见到我，以后就安全了，到底谁把你拐走了，告诉我，我揍他去。"

四月不说话，只是望着窗外。

听说四月醒了,护士急忙给四月量血压。

护士叫唤着:"好了,稳定了,120,80,刚才血压低,好可怕啊,怎么弄的,这么年轻就这样啊?"

四月问道:"我可以出院吗?"

护士说:"可以了,走吧。没有其他病,不过要带些药,医生嘱咐过了,要吃营养食品,说你的体质太差了,大风都可以刮走,怎么这么瘦弱啊?"

傻瓜胡同摇头说:"都是上学累的,还有就是被拐骗。"

护士惊愕地问道:"被拐骗,谁拐骗的?"

四月摇头说:"不,我没有被拐骗。"

傻瓜胡同问道:"没有被拐骗?"

四月回答:"没有。"

傻瓜胡同挠着肥胖的脑袋说:"那……毕业了,为什么不回家啊?"

四月挣扎着站起来要走出病房。

护士追着四月:"哎,先办手续,交钱再走……几千元钱;不交就想逃跑啊?"

四月看着傻瓜胡同:"马上交钱去。"

傻瓜胡同答应着,跑出了病房。

四月坐在病床上。

几个警察和占山,石垒的父亲,傻瓜胡同的父亲,都走了进来。

傻瓜胡同的父亲看着四月,问道:"四月,毕业了?"

四月点了点头。

傻瓜胡同的父亲继续问道:"刚才,我听说你不愿回去是吗?"

四月低下头,轻轻地点了一下。

傻瓜胡同变了脸色:"我们,哪里对不起你啊?"

四月抬起头来:"我……感谢你们。"

傻瓜胡同的父亲愤怒地说:"感谢我们,就应该马上回去,报答我们,报答你男人,给你男人生儿育女。你可好,利用我们家的钱毕业了,却要变心,逃跑,呸,真是女陈世美啊。"

四月流出了眼泪,说:"我的心,你不能理解。"

傻瓜胡同的父亲骂着:“我当然不能理解,你是个大学生了,我哪能理解你的心呢,我知道你在四年前多下贱,多可怜。”

占山这时插话说:“这位老伯,别发火,慢慢说。”

傻瓜胡同的父亲打量着占山:“你说,你是谁,凭什么管我们家的事呀?”

占山回答:“我是四月的大学同学。”

傻瓜胡同问道:“这么说,你就是拐骗四月的那个骗子了?”

占山回答说:“怎么是拐骗,我可从来就没拐骗过谁。”

胡同里的父亲指着占山对乡里的警察说:“你们所长说了,到了这里,你们就听我的,我让你们马上逮捕这个拐骗妇女的家伙。”

四月喊着:“别……那个派出所的警察呢,怎么都是我们乡警察了呢?”

乡里的警察说:“我们来就是接管这个案子的,人家已经移交给我们了,就跟我们回去吧,把这个大学生也带着。”

四月说:“不,我不跟你们回去。”

占山也说:“不,你们没有权力逮捕我,我没有犯罪。”

乡里的警察说:“没有人说你们犯罪,我们不过要调查清楚,人家丈夫来报案,说自己的媳妇失踪了,被拐骗了,我们当然要立案了,遇到你,还有你。”警察指着石垒的父亲说:“全都要跟着我们去接受调查,接受询问,明白吗,走吧。”

石垒的父亲跪在地上说:“警察爷爷,饶了我吧,别让我跟着去了,我这一天就是几百元的收入啊,我儿子和我,全都指望我卖鱼活着呢。”

占山轻蔑地看着石垒的父亲。

石垒的父亲再次乞求着:“爷爷们,是我先报案的,我是立功人员啊,这拐骗的人也是我发现的,被拐骗的妇女,也是我发现的,你们就饶了我吧,看在我揭发了他们的份上,就饶了我吧,我还要赚钱去呢。”

傻瓜胡同这时气喘吁吁地走来,拿着票据说:“妈的,就一夜,就要3000多元,干什么呢?”

胡同里的父亲愤怒地骂着四月:“这个娘们,败家的娘们,四年下来,花了我们家几万元啊。我算败在这个娘们的手上了。”

一个警察接过医院的票据对石垒的父亲说:“这个钱,你掏了吧,再把我们路上的费用、吃饭的费用也掏了,你就不必跟我们去了。”

石垒的父亲哭丧着脸说:“我凭什么花钱啊,3000多,我要卖多少鱼啊?”

警察说:“这个四月在你们家发生的危险,你当然要负责了。”

石垒的父亲说:“冤枉啊,是在派出所出的危险啊。”

警察说:“现在四月还没有移交到胡家,还在你们家当家教,当然要你负责了。”

石垒的父亲赌气说:“我才没那么傻呢。”

傻瓜胡同抱起四月:“四月,咱们走吧。”

四月挣扎着:“别抱着我……我不跟着你们回去……”

傻瓜胡同的父亲叹息着:“我这个儿子啊,就是喜欢这个女人,要按我的主意啊,早就不给她花钱了。哎,你们看看,我这个儿子,多没出息啊,就这么喜欢自己的媳妇。”

护士和警察全都笑了起来。

石垒的父亲要趁机逃跑,被一个警察抓住:“别跑,还有事等着你作证呢。”

石垒的父亲挣扎着:“没我什么事,真的没我什么事啊。”

警察强行拉着占山走。

占山也喊叫着:“你们凭什么带我走,凭什么强制我?”

警察说:“不过是要你作证。”

四月在傻瓜胡同的怀抱里挣扎着:“别带着我走……别带着我走……我不跟你们回去……”

傻瓜胡同强行抱着她走出了医院。

第二十章　少女，有身价吗

占山说："别提钱，四月还要让你赔偿精神损失和身体损失呢，至少也要几万元。"

傻瓜胡同惊慌失措地看着四月："什么，那么多钱？"

占山说："当然。人的身体值多少钱，人的精神值多少钱？像四月这样的大学生，至少也要值几百万元吧？不相信，咱们就到城市估价所估一下，看看四月到底值多少钱？"

傻瓜胡同的家变化也是很大的，变成了二层楼，家具都是新的，仿紫檀木的，发出阵阵刺鼻的味道。还有那液晶电视机里正在播放着一部电视剧。一张桌子上，是四月的照片。看来，家乡的变化也是很大的。

四月被傻瓜胡同扔在了床上，四月要挣扎着坐起来。

外面，父亲在敲门。

傻瓜胡同说："爸，别打搅我们……"

父亲无奈地走了。

四月不好意思喊叫、反抗，她流出了眼泪，无奈地等待着法律丈夫的蹂躏。

傻瓜胡同趁机把四月抱紧，四月闭上了眼睛。

傻瓜胡同嬉戏地挠四月的肚子："笑，笑，嘿嘿……"

四月哭了。

傻瓜胡同也收敛起笑容："四月，你为什么总这样看不起我？为什么跟我结婚呢？欺骗我吗？"

四月止住哭泣，抹了一把眼泪，默默地穿着自己的衣服。

傻瓜胡同坐在床上,默默地吸烟。

傻瓜胡同的父亲再次敲门,四月开了门。

傻瓜胡同的父亲看着四月:"四月,你到底想怎样?"

四月斩钉截铁地说:"我想离婚。"

父亲命令儿子:"打,狠狠地打这个下贱的女人。狠狠地打,乡里派出所,我担着。打,打……"

傻瓜胡同无动于衷地继续吸烟,脸上没有任何表情。

父亲叹息着:"唉,你这没用的东西,就这样的媳妇有什么可心疼的?"

傻瓜胡同狠狠地把烟扔到地上,拉着四月:"走,咱们到河岸转悠转悠去。"

四月不说话,傻瓜胡同就拉起四月,走出了门。

父亲骂着:"没有出息的东西……没有志气的东西啊……"

河岸,一片萧瑟,天已经寒冷了。绿色的植物,树木,草,全都脱下了绿装。

只有没有上冻的河水中的一个大月亮如旧,和以前的月亮一模一样。

傻瓜胡同把四月按在了河边过去曾经坐过的地方,像是动情地说:"四月,我等了四年,四年了,别以为我是傻瓜,我高中毕业,就算走了后门,也是高中毕业啊,我什么不懂啊,我什么都懂。我天天在这个地方盼你想你,我为什么这样啊? 我爱你啊,明白吗? 你临走的时候,我不是说过吗? 我爱你啊。我爱你,那个时候已经是20年了,现在又过了4年,已经是24年了,快25年了啊。从小我就喜欢你,四月,我为了你,什么都可以牺牲,你为什么这样对待我啊?"

傻瓜胡同号啕大哭起来。

他蹲在河边,大声号啕着,一副凄惨悲伤的模样。

四月冷静地看着那个月亮,看着那似乎已经不太熟悉的河岸上的一切,脸上挂满了泪花。

傻瓜胡同突然跪在在四月面前,抓住四月的手乞求似的喊叫着:"四月,我不能没有你啊,千万别离开。四月,四月……"

四月叹息着,望着远处说:"胡同里,咱们的确没有感情,没有共同语言啊,在一起,咱们都不幸福啊。"

傻瓜胡同站起来说："胡说，胡说，我不相信，我不相信……"

他朝河里喊着，喊叫了一通，说："四月，过去咱们有感情，要不为什么结婚呢？没有一点感情，哪会结婚呢？不可能结婚啊。我知道，现在你大学毕业了，就瞧不起我了，就嫌弃我了，嫌弃我没上大学，没有文化，是个农民，是吧？"

四月摇头否认了傻瓜胡同的看法："不是，我不是嫌弃你是农民，我是……"

傻瓜胡同逼问道："嫌弃我什么呢，你说。"

四月不知如何表达好："我……只是……觉得咱们在一起，没有什么可谈的，真的，没有共同语言。"

傻瓜胡同说："我可以学啊，你教我啊，我也可以上学。这几年咱们家的蝎子养大发了，好多药厂、大宾馆都要咱们家的蝎子呢，咱们有钱了，我可以上大学，咱们可以搬家，搬到城市居住。现在的城市户口不是可以买吗，我爸爸说了，只要你生一个儿子，就给我一百万，咱们就到城里买一处房子，买一个户口去，到时咱们就是城市人了，你就不用嫌弃我了，就不必为我是农民难过了，感到丢脸了。"

四月好像根本就没有听见丈夫在说什么，只是若有所思地望着远处的河流，望着河水里的月亮。

傻瓜胡同见四月不说话，就问道："四月，你是想通了吧？"

四月依然没有说话，依然心不在焉地想着什么。

傻瓜胡同着急地问道："四月，说话啊，还想着离婚的事情吗？"

四月叹息着，说："胡同里，你觉得，有了城市户口，有了城市住房，咱们就可以幸福吗？"

傻瓜胡同被四月问住了："你……还需要什么呢？"

四月说："需要……需要……"

四月回答不出。

傻瓜胡同喊叫着："四月，别以为我不知道你的事情，你的事情我全都知道了。你在城里有奸夫是不是？就是那个黑男人，别想着和我离婚跟那个男人结婚，我绝对不会让你达到目的的。"

四月否定了丈夫："不，我们什么都没有做过，我们不是你想的那样，我们不过是大学同学。"

傻瓜胡同问道："那你为什么非要离婚呢，不是为了那个男人吗？"

四月说："就是没有他，我也会和你离婚的。"

傻瓜胡同气恼地说："好吧，离婚吧，还我10万元，他拿得出来，我就离婚。我拿着这10万元，可以买一个比你漂亮10倍的姑娘。"

四月鄙夷地说："傻瓜胡同，你让我恶心。"

傻瓜胡同气急败坏地狠狠地打着四月。

四月被他打得鼻子和嘴全都流出了鲜血。

傻瓜胡同边打边骂着："你欺骗我，害了我，还瞧不起我，侮辱我，我要打死你……我要要回我的自尊……"

突然，虚弱的四月再次昏了过去。

傻瓜胡同惊恐地看着四月："四月，四月，你可千万别死啊，我可不想蹲监狱啊，四月，四月……"

四月依然昏迷着，没有一点反应。

傻瓜胡同急忙抱起四月跑回家。

傻瓜胡同把四月放在自己家的汽车上。

爸爸从房间里走出来问："怎么了？"

傻瓜胡同气喘吁吁地回答："上医院，她让我打死了。"

父亲惊愕地说："那……别……死就死了吧，咱再娶一个年轻漂亮的……别再花钱给这个败家娘们了啊……"

傻瓜胡同说："还有救，还有气呢。"

父亲走过来，摸着四月的脉搏说："哎呀，那就别花钱去了，这败家女人花了咱们家多少钱了？咱们家的蝎子白养活了，全都让这败家女人给花了，上医院又要几千元。"

傻瓜胡同已经把那双排坐汽车开出了院子。

占山向这边走着，边走边喊着："四月……四月……你在哪里啊……四月……我是占山……四月……"

傻瓜胡同的汽车狠狠地撞向占山。占山躲闪着，躲到了一棵大树后面。

傻瓜胡同把汽车开出了村子。

占山发现了四月："四月，怎么了，四月？"

占山爬上了汽车。

傻瓜胡同骂着："滚……别上我们家的汽车……"占山抱着四月，摇晃着："四月……四月……四月……"

占山哭了起来。

傻瓜胡同回头看着："别挨我的四月……别动我的四月……"

占山骂着："她要死了……快开车……你这傻瓜王八蛋……"

傻瓜胡同惊愕地问："她……真的要死……"

占山狠狠地骂着："四月要是死了，我就杀死你……"

傻瓜胡同惊恐万状地开着汽车。

汽车停在县城的一所医院门前。

占山和傻瓜胡同抬着四月向医院里跑着。

四月被送到了急救室。两个男人被急救人员赶出了门外。

傻瓜胡同叹息着，不知所措地走来走去，占山坐在了椅子上。

楼道墙上的钟表滴答响着，已经是深夜了。

占山焦虑万分地走到了急救室门前，向里面窥视着。

什么也看不清楚，占山只好作罢，重新回到椅子上。

傻瓜胡同小心翼翼地问道："你说，她会死吗？"

占山怒不可遏地站起来，问道："你为什么那样打她，她是你们家的畜生吗？你有什么权利这样打她？她是受过高等教育的女性，可她在你们眼睛里是什么，就是生儿子的工具吗？"

傻瓜胡同微微地动了一下嘴，无奈地又闭上了。

占山继续指责他说："你懂得尊重四月吗？就算她是你的妻子，你也不应该这样打她啊！就因为她花了你家的钱，当了你的媳妇，你就可以肆无忌惮地打她，侮辱他，欺负她，蹂躏她吗？她是人，而且是受过高等教育的人，她完全有能力把你送上法庭，让你在监狱度过10年的光阴。"

傻瓜胡同惊恐地说："我……我……我们家的事情，轮不着你管。"

占山斜睨了他一眼："就凭你，一个无知的文盲，一个粗鲁的让人吃惊的农民,就想永远霸占一个大学本科生,妄想。”

傻瓜胡同喃喃地说:“是……是四月主动嫁给我的……是她……”

占山训斥他说:“那你也没有权利打她,凌辱她,永远占有她。”

傻瓜胡同说:“这是我们家的事情,我们家的事情,我们家的事情……”

占山问道:“敢和我到法院打官司吗?”

傻瓜胡同问道:“哎,你不是让我们乡派出所给抓起来了吗? 怎么又出来了? 打官司,咱们到乡派出所去打啊。”

占山哼了一声:“我告诉你,对我这样的有文化的不是法盲的大学毕业生,我料定他们不敢随便抓我。”

傻瓜胡同悄悄地退到一旁,畏缩在一个旮旯,睡觉去了。

占山骂着:“一具行尸走肉,四月为什么要嫁给他呢? 惹出了多少麻烦?”

四月被从急救室推了出来。

占山急忙上前,问道:“大夫,怎么样?”

护士回答:“就是血压低,没事,缺乏营养,血压血糖全都低。”

傻瓜胡同惊醒,走近四月:“四月,四月,我对不起你啊,四月……我再也不这样对你了,四月……”

四月醒来,看着傻瓜胡同,只是流泪。

护士喊着:“马上交钱去,要不,不许出医院啊。”

傻瓜胡同点头:“哎,有钱,有钱。”

傻瓜胡同走了。

占山跟着四月来到了病床边。

四月问道:“他没打你吗?”

占山摇头。

四月继续关切地问:“派出所没有难为你吗?”

占山说:“没有。”

四月放心地微笑着。

占山抓住四月的手问道:“四月,还疼吗?”

四月摇头。

傻瓜胡同把占山的手掰开,说:“她是我老婆,你凭什么摸啊?”

占山苦笑着对四月说:“四月,现在你打算怎么办?”

四月说:“我要跟你走,咱们还是到城里闯天下去。”

占山点头,露出满意的微笑。

傻瓜胡同数着钱,说:“又是2000多元。”

占山说:“别提钱,四月还要让你赔偿精神损失和身体损失呢,至少也要几万元。”

傻瓜胡同惊慌失措地看着四月:“什么,那么多钱?”

占山说:“当然。人的身体值多少钱,人的精神值多少钱?像四月这样的大学生,至少也要值几百万元吧?不相信,咱们就到城市的价值估价所估一下,看看四月到底值多少钱?”

傻瓜胡同犹豫着,不知说什么好。

四月走下床说:“算了,我们不住医院了,我跟你走。”

傻瓜胡同急切地拉着四月:“四月,你就这样走了?”

四月看着他说:“胡同里,我感谢你对我的帮助,我在一年之内就会还你的钱,还有利息,按照银行过去四年的利息计算。”

傻瓜胡同拉着四月:“不,四月,我不让你走,我不让你走。”

占山说:“带着他,咱们一块上法院,一是控告他打你,差点把你打死,二是办理离婚手续。”

傻瓜胡同不敢走了,看着占山和四月走远。

傻瓜胡同骂着:“操你祖宗……你们欺负我……”

然后坐在地上,大声号啕起来。

占山和四月拉着手走着。

黑夜的县城格外寂静。

四月回头看着傻瓜胡同,傻瓜胡同依然坐在那里哭喊着。

四月叹息着说:“我好像觉得对不起他似的。”

占山也跟着叹息:“没有办法,只要是舍弃,就必然难过啊。”

四月倚靠着占山的肩膀,慢慢地走着:“我现在的感觉是幸福,轻松,愉快。”

占山也说:“我也是轻松,愉快,幸福。”

第二十一章　破涕为笑

陶兰狠狠地拍打着辛汉的后背，发泄着自己的失望，痛苦，悲伤，还有感动。

辛汉等待着，笑着说："我啊，真体会到了当这个男子汉多么不容易，总是要饱受你的折磨。"

陶兰破涕为笑，之后又把打变成了紧紧的搂抱。

陶兰被工厂的工人们已经包围一天了。

夜，已经深了。冰冷的月亮爬上了寒冷的天空。

陶兰望着那冰冷的月亮，不禁流下眼泪说："我真后悔，当初我说建一个新工厂，可我爸爸妈妈说，这个工厂是他们的老家，一上班就在这个工厂。还说大家都是他们的朋友，他们不愿看着工友们挨饿，一定要我把这个厂包下来。现在我遇到一点困难，这些工友们就这样不谅解我们，我……"陶兰号啕大哭。

陶兰的妈妈也难过地哭了起来。

陶兰的爸爸劝说着工友们："师傅们，你们就相信我们陶兰吧，她有能力让工厂转危为安的，这孩子有能力，从小就当班干部。"

人们耻笑着陶兰的爸爸："怎么不说她从幼儿园当班长呢，那跟咱们这个工厂有什么关系？"

有人说："哼，凡是有钱就变质，我们早就看透了。原来那个厂长过去也是好人，可是一看亏损，就带着小蜜逃走了，把工厂的钱全都卷走了。"

陶兰申辩说："我可不是那样的人。"

有人起哄着："马上把工资还给我们……我们不想在这个工厂干了……"

陶兰看着妈妈爸爸:“妈妈爸爸,别再拖了,马上把咱们的房产证拿来,马上到拍卖行拍卖啊。”

辛汉插嘴说:“天这么晚了,就是拍卖也要等到明天啊!”

陶兰的爸爸妈妈都说:“是啊,我们保证,我们不会逃跑的,我们保证明天就拍卖房子。”

一个人说:“我们不相信你们。”

陶兰的妈妈伤心地说:“我和陶兰的爸爸在这个工厂30年了,我们欺骗过人吗?”

人们说:“那是过去,那个时候你们当工人,不敢欺骗人,现在你们当老板了,就是欺骗我们,我们也没办法。”

陶兰对辛汉说:“辛汉,马上带着我爸爸到我们家,拿房产证来。”

辛汉只好和未来的岳父,到工厂外面打了一辆出租车,回家拿来了房产证。

陶兰把房产证交给了前边的工人,说:“你们就把房子卖了吧,把这个钱分了,当工资发了吧。我对不起你们,没有给你们发多少钱,可是我做人是讲究信誉的,我一定兑现我的誓言,就是我不干了,也要把工资给你们。”陶兰说完给大家深深地鞠了一躬。

陶兰这样一动情,师傅们反倒不好意思起来。

有人谴责那挑拨闹事的:“人家陶兰一家多好啊,没有人家,咱们现在还下岗呢。就这么点危机,就不能对付了,在家呆了几年了,也没办法,好不容易重新有了工作,人家陶兰把工厂救了,咱们这样做实在对不起陶兰一家啊。”

有人喊着:“是啊,咱们是人吗,要人家的房子干什么?人家到哪里去住呢?”

陶兰的妈妈感动地说:“我就知道你们都是好人,都是刀子嘴、豆腐心。”

拿着房产证的一个老工人又把房产证交给了陶兰的爸爸:“老陶啊,我们就是要饭,也不能要你们家的房子啊!把你们的房子拍卖了,那不是人做的事啊,这样的事情,咱们服装工人做不出来的。”

大家好像都同意这个看法，说："陶兰这个丫头厚道，说拿房产证就拿房产证，不欺骗咱们，还是相信这丫头吧。"

人们不再围拢陶兰了，慢慢地散去了。

陶兰突然扑到辛汉的肩膀上，大声号啕起来："呜呜……呜呜……"

陶兰狠狠地拍打着辛汉的后背，发泄着自己的失望，痛苦，悲伤，还有感动。

辛汉等待着，笑着说："我啊，真体会到了当这个男子汉多么不容易，总是要饱受你的折磨。"

陶兰破涕为笑。之后又把打变成了紧紧的搂抱。

陶兰的爸爸妈妈不好意思看这样的场面，先走出了车间。

陶兰和辛汉在街头慢慢地走着。

辛汉突然说："我突然想到了一个人，这个人肯定能够帮助咱们，不过我不想找他，可是不找他咱们又实在没有别的办法，我已经想了几天了。"

陶兰问道："谁啊，这么神秘兮兮的？"

辛汉忧心忡忡地说："许优。"

陶兰站住，怒不可遏地看着辛汉："混蛋，为什么还提那个混账的名字啊？"

辛汉解释说："我知道你特别恨他，我也是，我比你更憎恨那个王八蛋。不过没有办法啊，我们有别的办法吗？现在街头到处是假冒的兰菊服装，就是没有人管，或者说根本就管不了，我们不认识那些有权的人，不求助许优，还求助谁呢？你真的愿意工厂完了吗？"

陶兰鄙夷的神情浮现在脸上："我最瞧不起的就是许优那样的人。我不想借助那样的力量，我就想靠自己，还有咱们工厂的那些师傅们。"

辛汉无可奈何地说："可是现在，咱们好像已经是山穷水尽了，库房里都是服装，没有流动资金，没有客户订单，没有……"

陶兰慢慢地走着说："我过去当班长的时候，老师曾说过一句话，千万别一个人干班里的工作，这样就是累死，也不会干好，是费力不讨好，要发动大家一起干。"

辛汉笑着:“这跟咱们的工厂有关系吗?”

陶兰意味深长地说:“我想我犯了一个重大的错误。”

辛汉问道:“错误?”

陶兰长长地吸了一口冰冷的空气,说:“明天,咱们就发动师傅们到街头侦察,凡是找到一个假冒兰菊服装的销售点,奖励200元,发现一个假冒兰菊服装加工点,奖励500元。”

辛汉说:“天,哪里有那么多钱啊?”

陶兰坚定地说:“借贷。”

辛汉说:“银行已经不借贷给咱们工厂了,说咱们亏损。”

陶兰说:“向我妹妹借贷,那个丫头有办法,鬼精灵。”

陶菊接到姐姐的电话,就开着汽车进了服装厂的院子。

陶菊从汽车里走了出来。

那奔驰汽车的气派,还有陶菊那前卫的时装,让服装厂的师傅们惊愕不已,她们纷纷围拢到陶菊和那汽车的周围,问陶菊是哪里来的。

陶菊还是嬉皮士似的笑着:“哎呀,阿姨们,你们忘记了,我就是那个调皮的丫头陶菊啊,你们兰菊牌的服装,还有我一半的股份呢。”

人们惊骇地议论起来:“哎呀,这个丫头,比陶兰还有钱,比陶兰还漂亮。”

陶兰听见了人们的议论声,从办公室里向外面看。

陶菊的妈妈爸爸也跑出车间,来看女儿。

陶菊和妈妈爸爸拥抱着。

妈妈流出了眼泪:“哎呀,闺女,救命来了?”

爸爸说:“别说这样的话,陶菊一个小丫头,有多少钱,有多大的本事?你们别把希望都寄托在她的身上。”

陶菊故意撅起嘴来,做着鬼脸:“爸爸啊,还是那样瞧不起我。我现在别的不敢说,买下你们工厂是没有问题的。”

师傅们全都惊骇不已:“哎呀,陶菊,来买我们工厂啊?”

陶菊嘿嘿地笑着:“我才不会买呢。现在这样的传统产业,除了服装设计者、爱好者,谁还买啊?”

师傅们尴尬地不再说话。

陶菊唯恐伤害了大家,拿出自己的礼品,分给每个人一张软件:“这是我新做的游戏软件,孙武兵法。每个师傅一张,在市场上还没有上市呢,价值500元呢。”

陶兰的爸爸和妈妈全都欣慰地骄傲地看着小女儿。

师傅们几乎全都不想接受这个礼物,她们把软件还给了陶菊:“这没有用处,我们不让孩子玩游戏的,再说我们家也没电脑,买不起那个玩意。”陶菊尴尬地看着大家。

这时,一个年老的师傅说:“陶菊,要是孝敬我们这些老阿姨,就把这游戏换成钱给我们吧,我们现在就需要钱啊。”

陶菊尴尬了一下,还是把手伸向了自己的皮箱子。

这时,姐姐陶兰和辛汉走了出来。

陶兰打断了妹妹的动作:“慢。”

陶兰转向大家:“师傅们,我昨天已经说了,保证会给大家发钱的,不过,现在还不能发。”

大家纷纷议论起来。

陶兰说:“我们工厂现在最大的敌人就是假冒的兰菊牌服装,那些假冒服装占领了市场,让咱们的真服装失去了市场,同时,败坏了咱们的声誉。他们这些不法商贩是夺走咱们饭碗的人。昨晚我向我妹妹陶菊求救,向她借一些钱。我现在给大家的工作是,把那些假冒兰菊服装的商贩全都找到,找到一个销售点,我就给200元钱,找到一个制造点,我就奖励500元钱。”

大家兴奋起来,议论着。

陶兰的爸爸阻止道:“不能这样,不能这样。”

陶菊惊愕地看着爸爸:“爸爸,为什么不能这样?”

爸爸说:“咱们这些师傅们都是女的,我担心她们让人打了啊,咱们不能让工人师傅挨打啊。”

陶兰和辛汉全都笑了起来。

陶兰说："爸爸，我还没有说完呢，您就打岔，听我说完嘛。我是这样想的，大家找到那假冒的兰菊服装，千万别暴露自己，说自己是兰菊服装厂的，就说自己要买，这样就一举两得，一石二鸟。既可以给市场这样一个信息，就是需要兰菊服装的人特别的多，另外就是找到了那些假冒的兰菊服装的制造者和销售者，然后，咱们就借助官方的力量，查抄他们。"

妈妈怀疑地说："人家工商局会听咱们的，要是想查抄，早就查抄了。"

陶兰看着妹妹："陶菊，你说说吧，咱们这个工厂，你也是股东之一啊。"

陶菊笑了起来："嘿嘿……嘿嘿……"

妈妈说："这孩子，还是不会正经说话。"

陶兰说："妈妈，人家陶菊现在的公司价值上千万了，人家怎么不会正经说话啊，她就是这样的人，叫做开朗，大方，外向。"

陶菊继续笑着，笑了一会儿，说："好吧，各位阿姨，我说几句吧，我听说了咱们工厂的状况，现在凡是有名的商标，全都被假冒过，这是现在的顽症，各大企业都为这样的事情发愁呢，何况咱们这样的小工厂呢。我是这样想的，对于那些阴暗的东西，最好的办法就是给他们曝光，我昨晚已经在我的网站发了信息，就是咱们这个城市假冒兰菊服装的现状严重，工商局打击不到位。"

爸爸惊慌地拉着小女儿说："孩子，怎么伤工商局的人呢？咱们这回完了，保证让工商局给封门。"

妈妈也是哭丧着脸说："是啊，孩子，怎么敢指责工商局的人呢？这不是胆大包天吗？是耗子招惹猫，找死啊。"

陶菊让妈妈逗得笑了起来："嘿嘿……"

爸爸叹息着："这孩子真是不知天高地厚了，敢跟工商局的人对着干，咱们工厂算完了，俗话说，民不跟官斗。你这样跟官斗，还不失败吗？"

陶兰说："爸爸妈妈，你们听陶菊说，别打岔了。"

爸爸摇头，深深地吸了口烟说："唉，我是害怕啊。"

妈妈也说："是害怕啊，咱们这些人，就是靠人家工商局保护的，惹恼了人家，咱们就该倒霉了。"

大家也纷纷议论着，担心工厂的命运："是啊，工商局别把咱们工厂封门啊,我们是担心啊!"

陶菊说:"我已经邀请了省会的14家新闻媒体来咱们市了,他们已经先到街头暗访了,所以就不必麻烦大家到外面找假冒的兰菊服装了。"

陶兰坚持说:"还是去为好,这样,让大家也看看现在的严峻形势,让大家来关心工厂的命运。再说那几个新闻媒体能够发现多少,还不是蜻蜓点水,人家能够曝光就可以了,咱们呢,要趁机把所有的假冒窝点全都查出来,然后到工商局举报去。"

爸爸不无担忧地说:"陶菊惹恼了工商局,人家一定不会管咱们的事情了。"

陶菊笑着说:"爸爸,这个世界不像您想象的那样,特别是有了媒体,有了网络,信息格外发达,哪个人不负责,不认真干工作,或者是徇私枉法,给他一曝光,他就完了。所以咱们还是不应该总是盲目地害怕恐惧,这也是中国百姓的通病。"

陶兰批评妹妹:"好像你不是中国的百姓似的。"

妹妹嬉戏地笑着:"我当然是了,我刚才是批评我自己嘛,这样可以了吧?!"

妹妹说完,还是拿出一些钱来,给了每人200元:"各位阿姨,刚才的礼品软件既然不要,我就给大家两张票,感谢过去阿姨们给我的帮助。"

陶兰开玩笑说:"啊,原来是来讨好大家的啊。"

陶菊马上说:"还有,就是感谢大家对我爸爸妈妈和姐姐的照顾。"

工人们接过钱,兴奋不已,问道:"陶菊,你到底在哪里发财啊?"

陶菊回答:"在省会。"

工人们问道:"省会,大城市啊。公司有上万人吧?"

陶菊回答:"就十几个人。"

众人全都惊愕了:"就那么点人,能干什么呀?"

陶菊再次笑弯了腰。

妈妈对陶兰说:"你看这孩子,到哪里都讨人喜欢。"

陶兰说:"我如果有钱给大家发,也会讨人喜欢的。"

陶菊和陶兰走进了办公室。

工人们追着陶兰问道："陶兰，我们找到那些假冒的地方，还奖励吗？"

陶兰说："奖励啊。"

有人怀疑："陶菊给钱了，就算白给了？"

陶兰说："是啊，那是陶菊的钱，不是咱们工厂的。"

陶菊回头说："阿姨们，我陶菊也是这个工厂的股东，你们千万别把我当成外人啊。"

大家都夸陶菊心眼好。

陶兰低声说："昨晚他们还围攻我呢，说人有钱了就变坏。"

陶菊说："唉，工人们太苦了，多原谅他们吧。"

陶兰不满地说："好像我不原谅工人们，不理解工人们，我是苛刻的残酷的资本家，你是善良的慈善家，是吗？"

陶菊笑了起来："姐姐，说实话，你从小到大一直是强迫别人欺辱别人的角色，我一直是关照别人理解别人的角色。"

陶兰骂着："胡说，混账丫头，怎么敢这么说姐姐呢？"

陶菊说："当然是啊，比如说，同学累了，不想做值日，我就理解他，你呢，就会强迫他继续做，或者到老师那里告密去，是不是？"

陶兰无奈地对妹妹说："如果没有我这样的人，班里就没秩序了，明白吗？我就是教室里的宪兵、警察、法官，明白吗？你呢，是捣蛋者、违法者。"

妹妹说："我也是革命者、起义者、造反者。"

妈妈和爸爸在后门跟着她们："你们这姐妹俩啊，怎么到一块就吵呢！"

陶菊说："斗嘴，也是一种休闲、健身，要不电视台怎么有辩论大赛呢！"

走进办公室，一家四口全都坐了下来。

妈妈发现没有辛汉，就对陶兰说："怎么没见辛汉呢？"

爸爸急忙说："哎呀，那可不好，应该让陶菊见见辛汉。"

陶菊开玩笑说："就是我姐姐的如意郎君啊？"

爸爸回答说："就是啊，我们全都喜欢他。"

陶菊回头，看着办公室外面的辛汉说："像个小男孩，单纯幼稚无知的样子，根本就没有男子汉的气概。"

陶兰的脸红了，一副不高兴的样子。

妈妈说："你啊，要是能找到辛汉这样的，我们就放心了。"

陶菊大声笑了起来。

妈妈问道："笑什么，我们委屈你了？"

陶菊调侃说："我的后面排队已经排了10公里了，各个全都超过辛汉。"

姐姐不满地掐了妹妹一下："得了，妹妹，我的心情刚好一点，你就别让我痛苦了。"

陶菊再次笑了起来，边笑边说："姐姐啊，我那全都是玩笑话，你别当真。我觉得爱人应由自己选择，千万别听别人的，特别是不能和别人攀比，那样得来的爱人，保证不会幸福的。"

这时辛汉已经走进了办公室。

妈妈介绍着："辛汉，这是陶兰的妹妹陶菊。"

辛汉羞涩地点头，说："我上大学的时候见过陶菊，那时候，陶菊还是小丫头呢，转眼就变成了大姑娘了。"

陶菊故意沉下脸说："好像你比我大很多似的，大多少？20？30？要是真那么大，我姐姐也不会接受你啊。其实你们就比我大2岁，知道吗？故作成熟，这是你们的老毛病。"

陶菊的一顿抢白，让辛汉的脸上红一阵，白一阵，格外尴尬。

陶兰对辛汉说："我妹妹这招叫打闷棍，就是见面先把你打老实，让你以后永远怕她，这也是她的老毛病。"陶兰的话，让气氛重新轻松起来。

辛汉笑了起来。

陶菊让大家坐下，俨然一副救世主的样子："姐姐，还有妈妈爸爸，干脆，你们就停了吧，跟我到省会生活吧。"

妈妈先拒绝了她："我们才不会听你的话呢。"

爸爸说："是啊，好不容易有了转机，我们不能听你的。"

陶菊说："现在咱们这个城市，没有任何文化生活，多寂寞啊？再说了，这样的服装企业，传统产业，赢利少，费力大，属于夕阳产业，早晚要关门的。我从事的那个网络业，还有软件业，属于朝阳产业，早晚要大发展的，多有前途啊！"

陶兰问道:“听说现在的网站没有赚钱的,是吗?”

陶菊毫不回避地说:“是啊,美国的网站也大都不赚钱啊!”

陶兰问道:“那你还干什么啊?”

陶菊说:“早晚要赚钱的,上市了,吸引了资金,也就好干了。”

爸爸焦虑地问道:“不赚钱,你为什么还干啊?靠什么活着?你现在有那么多钱,是怎么来的啊?”

陶菊一副哭笑不得的样子:“哎呀,你们又来审讯我了。告诉你们,我那个网站一是投资人的投资还没有赔光,二是我们网站从事的广告还赚钱,三是我还从事软件开发,几个小毛丫头和小子都是开发软件的精灵,特别是游戏软件,特别棒,卖得火着呢,全国的软件商店,全都愿意经营我们的软件。”

辛汉说:“那很有意思吧?”

陶菊说:“是的。不过像你和我姐姐这样的缺乏想像力的人,是不宜从事这个行业的。这个行业依靠的就是想像力,就是幻想,能够把天下所有的故事,所有的人,全都想象成精灵,想象成游戏中的故事和人。”

陶兰反击说:“陶菊,又挑衅了,是不是?你怎么就知道我干不了那个行业呢?在大学的时候,我们的计算机课程都不错呢。”

陶菊果然挑衅似的看着姐姐:“姐姐,既然不怕挑战,就下定决心,跟我干网络吧,那才有前途呢。”

爸爸说:“你这孩子啊,千万别拉走你姐姐,我们这个工厂就指望她呢。”

陶菊说:“这个工厂多麻烦啊,一年赚的钱,不如我们一天赚的多。”

妈妈和爸爸全都惊愕地看着陶菊:“真的吗?”

陶菊骄傲地回答说:“你们不相信啊,我们的软件开发有时一天就卖几万元。你们想想啊,全国多少学生,几亿啊,他们需要多少软件,一年就是几百亿的软件啊。姐姐,几百亿元啊,多诱惑人啊。”

陶兰反驳说:“衣服呢,一年需要的衣服也是几百亿,再说了,不单纯是孩子,就是老人也需要衣服穿啊。”

陶菊摇头说:“你啊,真是死脑子。软件需要多少成本?就是我们几个人的脑子,几个电脑,我们出卖的是我们的点子、知识、想像力。做衣服就不同了,需要金钱、人力、物力,太多了啊。"

姐姐犹豫着:"如果我这次不能成功,我就跟你干。"

陶菊嬉戏地说:"那这位先生呢,怎么决定呢?"

辛汉说:"我当然跟陶兰一起干了。"

陶兰说:"辛汉就是跟我干心里才踏实,是吗?"

辛汉笑了起来。

陶菊羡慕地说:"哎,我真羡慕我姐姐,找了这样一个跟屁虫。我呢,身边的人,都有主意,都比我自以为是,自我欣赏呢。"

姐姐反击说:"刚才,还说后面跟着10公里的追求者呢。"

陶菊申明说:"的确是那样。可我好像不喜欢追我的人,我要自己去追求别人,如果有大师那样的让我佩服的人,我就牺牲我的自尊,去追求他。"

姐姐说:"不考虑年龄、工作、爱好等条件吗?"

陶菊说:"当然不需要,只要我爱他,就是60岁也可以。"

爸爸说:"那就是我爸爸了。"

大家全都笑了起来。

陶菊笑着说:"开个玩笑吗,我才不会找个老头呢,我需要的是年轻有活力的,健壮的。"

妈妈说:"你啊,女孩子家,不知道害羞。"

陶菊说:"妈妈,现在都什么年代了,还害羞啊?"

陶兰问道:"现在,到底有没有可以确定的爱人呢?"

陶菊毫不掩饰地说:"有了啊。"

大家都兴奋起来:"真的,干什么的?也是从事电脑行业的?"

陶菊嬉戏地说:"有100多呢。"

妈妈训斥道:"胡说,怎么可以同时跟那么多人谈恋爱呢?"

爸爸也训斥道:"是啊,太不自重了。"

陶菊说:"我告诉你们,在网络上恋爱的,有几十个,现实中呢,又有几十个,我实在说不清楚啊。"

这时,陶菊的手机响了起来。

陶菊拿起手机："哎，我是陶菊，都市报的小梁啊，发现了几个？大街上到处都是，分不清哪些是真的，哪些是假冒的？"

陶兰插话说："真的，全都有防伪标志，另外，商店全都有兰菊服装的销售牌子。"

陶菊重复着陶兰的话："防伪标志，兰菊服装厂授予的牌子，对，全都给他们曝光，拍下来。"

陶菊放下手机。

手机再次响起。

陶菊再次拿起手机，重复着陶兰的话："对，有防伪标志，有兰菊厂授予的牌子，对，就是这样。"

陶菊放下手机，对姐姐说："姐姐，干脆，咱们把那些假冒伪劣的商店，全都改造成真的，这个创意怎么样？"

姐姐问道："怎么改造？"

陶菊说："那还不好办啊，就告诉他们，以后凡是销售兰菊服装的呢，要到这里来上服装，我们可以让利。不然我们就在媒体上给他们曝光，催促工商局、技术监督局整治你们，让你们在街头消逝。哪个商贩愿意消逝啊，他们不就是为了赚钱吗？另外，谁要是违法受惩处，就不敢违法了，要是违法不受惩处，那谁不违法啊！违法快乐、好玩还赚钱，一举三得，我也要违法。"

妈妈急忙纠正女儿："千万别这样想啊，闺女，还是老实人活着踏实。"

爸爸也说："是啊，千万别羡慕违法的，那不能长久。"

陶菊笑了起来："我啊，就是开一个玩笑，我这么精明，为什么要违法赚钱呢？"

第二十二章　你是我的女皇

陶兰和辛汉慢慢地在街头踱步。

陶兰紧紧地靠着辛汉，说："辛汉，人家已经说了，说我是女皇，我真的像女皇吗？"

辛汉说："至少在我面前是女皇啊。"

陶兰看着辛汉："胡说，在你面前我总是听你的。"

办公室里，拥挤着无数假冒兰菊服装的销售者和制造者。

他们在一起议论着站在他们前边的陶兰和辛汉。

陶兰清了一下嗓子，介绍着身边的辛汉："这位是我的男朋友，也是我们公司的副总裁。我是这个公司的总裁，我叫陶兰，我男朋友叫辛汉。"

辛汉向各位点头，谦虚地说："请各位指教。"

陶兰低声对他说："别跟他们客气，他们都是咱们的对手。"

辛汉不以为然地说："对手，为什么要请他们来？不就是要化干戈为玉帛吗？"

陶兰笑着对大家说："大家不要紧张，我今天请大家来，目的就是要和大家认识认识。"

一个留小胡子的年轻人问道："这位小姐，干脆打开天窗说亮话，你要怎么办吧？我们假冒了你的服装商标，为的就是赚钱。你就说实话吧，是不是要在这里收拾我们？"

一个女人问道："是啊，怎么办吧，请我们来，我们知道是鸿门宴，可是我们也想看看你的工厂，看看你这个传奇的女人。再说了，法不责众啊，这么多人假冒了你的商标，你能把我们怎么办呢？"

一个大肚子的男人把一个匕首放在了桌上："怎么，要围剿我们啊，我已经做好准备了，谁想收拾我，我就跟他拼命。"

辛汉惊慌失措地对陶兰说："马上打110报警吧。"

陶兰训斥他道："怕什么，这是在咱们工厂。"

这时，门外涌进无数服装厂的女工，她们在陶兰父母的带领下，拿着棍子，守护着门口。

那个大肚子看着那些女工，嘿嘿地嘲笑着："总裁小姐，干什么找这么一群老太太啊？干什么啊？没有钱看病了，要讹诈我们，说我们打了你们的老太太，让我们掏钱给她们看病，招术好狠毒啊。"

辛汉急忙解释说："没有那个意思，我们今天请大家来，是好意，真的没有恶意。"

小胡子问道："好意，是为表彰我们？感谢你们？还是请我们吃饭？吃喝嫖赌，我们可是样样内行。"小胡子兀自笑着。

其他人也跟着笑着："嘿嘿……咯咯……哈哈……"刹那间，办公室里一片嘲笑声。

陶兰拍了一下桌子："你们得意什么，以为我们客气，就认为我们无能软弱可欺吗？你们打错算盘了。我们服装厂虽然大都是女工，可是我们有法律，法律就是我们的靠山，明白吗？如果谁敢说自己不在法律的管辖之内，他就可以继续放肆，继续肆无忌惮地猖狂。"

办公室里安静了。

陶兰命令着："放录像。"

辛汉打开了录像机。

屏幕上，出现了诸位假冒兰菊商标的镜头。

那些假冒兰菊服装的销售者和制造者，全都安静下来，面面相觑。

陶兰问道："感觉如何，有什么好说的？"

大家依然那样安静。

陶兰指着大肚子说："这位大哥，说啊，怎么办？"

大肚子嘿嘿地笑着："我啊，不过卖了一件，还是别人给我的，我没有多少错误。"

陶兰指着小胡子说:“那位美髯公,说啊,有何感想?”

小胡子也是嘿嘿地笑着:“我啊,也是就卖了一件。”

陶兰指着那个女人:“那位大姐呢,不想说什么吗?”

女人不好意思地笑着。

陶兰说:“在座的不是制造假冒兰菊服装的,就是批发假冒兰菊服装的,凡是那些只卖了一件的商贩,我们这次没有邀请。”

小胡子突然问道:“你打算怎么办?”

陶兰说:“那要看你们以后打算怎么办了。”

大肚子说:“说吧,不就是要我们赔偿你们吗? 要钱没有,要命有一条,就在这里,拿走吧。”

大肚子说着,再次把匕首在手掌中颠了几下,然后把匕首甩了出去。

匕首从辛汉的脑袋旁边飞过去,辛汉吓得出了一头的冷汗。

辛汉擦着额头上的汗珠,惊慌地说:“陶兰,还是马上报警吧。”

陶兰说:“不报警,咱们自己解决。”

辛汉说:“这是一群社会渣滓,会揍咱们的。”

陶兰训斥道:“连一点男子汉的勇气都没有,真是无用无能。”

众人嘲笑着辛汉:“哈哈……真不如一个女人呢,哈哈……”

陶兰的爸爸走到辛汉身边,鼓励辛汉说:“别害怕孩子,邪不压正,他们不敢怎么样。”

辛汉点头:“我不害怕,我是担心陶兰。”

陶兰说:“我不要你担心。”

小胡子说:“说吧,想讹诈我们多少?”

陶兰冷静地说:“继续放录像。”

录像里出现了这些人制造假冒兰菊服装的镜头。

女人说:“你们……到底想怎么样? 说啊?”

陶兰慢慢地说:“这些录像,都是省里的记者拍摄的,是我们的证据,通过这些录像,我们就可以起诉你们,向你们要求赔偿。”

大肚子问道:“赔偿多少?”

陶兰说:“每户假冒的地下工厂,赔偿 100 万元,销售批发的,每户 10

万元。”

房子里立刻爆炸似的议论开了。

小胡子骂着：“没门，我一分也不赔，老子没这个习惯。”

大肚子也骂着：“老子就是死，也不会赔偿任何人，老子长这么大就是假冒别人的东西活着的，老子什么也不怕。”

女人叫唤着：“你们要的好狠啊，张口就是100万，凭什么啊？”

陶兰说：“凭什么，凭我们损失的数目。过去，我们工厂每个月的销售额都是100万元，自从你们假冒我们的服装牌子，我们就卖不出去了，几个月下来，我们就亏损了几百万。”

人们继续议论着：“有本领，你们也假冒啊，冒充世界名牌，你们为什么不假冒？为什么死守自己的牌子？”

陶兰说：“为什么不假冒，因为我们是守法的商人，守法的公民，我们不想靠假冒别人的品牌活着。”

辛汉对陶兰说：“还是让他们看看咱们的服装库吧，让他们看看咱们有多大的损失，他们也许会被感化的。”

陶兰冷笑道：“你想感化恶毒的狼和凶猛的狮子、老虎吗？”

辛汉说：“他们都是人，不是狼、老虎、狮子啊。”

陶兰说：“在商界，他们就是狼，就是老虎，就是狮子，他们是凶猛的恶毒的猛兽，绝对不是人。”

辛汉问道：“既然如此，我们为什么邀请他们来呢？为什么不马上到法院起诉他们呢？”

陶兰说：“咱们不是商量好了，听我妹妹的建议，把他们变敌为友嘛！”

辛汉说：“那就快说吧。”

陶兰摇头说：“别着急，还不到时候。”

陶兰接着对大家说：“各位，我准备起诉你们，凭我这几盘省会记者的录像带，我在法庭保证获胜。”

房间里安静极了。

陶兰走近小胡子：“我料定，这位美髯公，绝对不敢说，不怕法庭和法律。”

小胡子不敢说话了。

陶兰继续踱步，她又走到大肚子的身边说："这位大哥，你是不是还敢说上法庭你也不害怕呢？"

大肚子也不说话了，思考着。

陶兰继续踱步，踱到了女人的身边："大姐，您呢，说话吧。"

那个女人嘿嘿地赔着笑脸说："我们都是下岗职工，没有饭碗了，就是混一碗饭吃。小姐千万别跟我们一般见识啊，听说小姐是大学本科毕业，小姐的妹妹，还是本省的知名企业家，我们早就知道妹妹你啊，大人有大量，宰相肚里能撑船，千万原谅我们啊，千万别到法院起诉我们啊！"女人说着，号啕大哭起来："呜呜……呜呜……"

此时辛汉脸上的神情立刻轻松起来，对陶兰说："陶兰，你真是女中丈夫。"

陶兰低声说："别给我拍马屁，我不稀罕。"

那个小胡子急忙站起来，对陶兰说："是啊，这个大姐姐。"

陶兰更正说："叫小姐，礼貌一些。"

小胡子嘿嘿地赔着笑脸说："小姐，就像这位大姐说的，我们都是下岗职工，我们假冒名牌，就是为了混碗饭吃，我们上有爸爸妈妈等着养老，下有孩子等着上学，学费就是上千元啊，我们也是没有办法啊！您就原谅我们吧，千万别把我们送上法庭啊！"

大肚子把那匕首放进自己的口袋说："小姐，我就是有些逞强，其实我不是坏人，大家都知道。嘿嘿，说错了话，您千万别计较啊。"

大肚子说着，狠狠地打着自己的嘴巴。

众人露出开心的笑容："哈哈……哈哈……"

大肚子问道："小姐，这么说，您真的谅解我们了？"

陶兰在屋里踱步，不说话。

小胡子继续说："小姐，就原谅我们吧，我们不是坏人，真的不是。就是假冒别人的名牌，我们也不是坏人，别说假冒你们的兰菊牌，就是那些全国知名的品牌我们也没少假冒，真的。知道是违法，可就是想赚钱，是钱给大家折腾得全都发疯了啊。"

陶兰嗤之以鼻："君子爱财，取之有道。"

小胡子发誓说："我们以后再也不假冒兰菊了，我们发誓，要是再假冒兰菊，我们就不是人，就是狗娘养的，就是狼爸爸生的，就是……"

大家哄堂大笑。

大肚子也发誓说："我就是假冒谁的，也不假冒兰菊了，兰菊真厉害。"

大家再次哄堂大笑。陶兰也笑了起来。

那个号啕大哭的女人说："我们都是下层的百姓，小姐您呢，是上档次的知识分子，千万别跟我们一般见识啊。我们哪里懂得什么法律啊，我们就是想赚几个小钱啊，真的，一点法律也不懂啊。"

辛汉手舞足蹈地对陶兰说："陶兰，咱们大获全胜了。"

陶兰对辛汉说："说这样的话为时过早，我在市井胡同里生活多年，我知道这样的市井无赖的性格，他们可以叫你爸爸妈妈，转眼，就可以骂你是他儿子。他们说话毫无信用，完全看事情的发展，全都是市侩，是见利忘义的小人。"

辛汉否定了陶兰的看法："全面否定这些人，未免过分了吧。"

陶兰笑了起来："是有些过分，我让这些人欺负怕了。"

陶兰这时把一份合同拿出来，对大家说："各位，如果大家不想到法庭说明白，我看只有一种选择，就是以后别再卖假冒兰菊服装了。"

众人全都答应着："以后坚决不卖了。"

陶兰让辛汉给每人一份合同书，辛汉分发给每个人，大家看着合同，交谈着，议论着。

陶兰对大家说："大家马上填写合同书吧，这个合同规定如果再销售和制造假冒兰菊服装，就赔偿我们公司100万元，如果不再销售和制造假冒兰菊服装了，过去的旧账咱们一笔勾销。"

众人热烈地鼓掌。

陶兰继续说着："我还有一个建议，就是建议你们都做我们的子公司，销售和制造我们真的兰菊服装，怎么样？"

小胡子问道："真牌子的兰菊服装太贵了，我们没有利润啊。"

大肚子也说："是啊，我们没有利润啊。"

那个女人也说:“是啊,我们小门小户的,没有利润就活不下去啊。”

辛汉说:“我们兰菊服装做工讲究,面料也讲究,全都是高档服装,销售和制造这样的服装,必须改造你们的工厂和设备,提高工人素质,提高管理水平。”

人们不再说话了。

陶兰说:“如果你们愿意做我们的子公司,我们可以委派管理人员,帮助你们提高管理水平,提高技术水平。”

小胡子说:“我们的工厂,不愿让别人管理。”

大肚子说:“是啊,那样我们不就成了儿皇帝了吗?”

陶兰说:“你们的观念就是错误的。这工厂不提高档次,光依靠假冒伪劣产品,早晚要被淘汰的。再说了,办工厂,是为了当皇上吗?”

小胡子直言不讳地说:“是啊,我就是为了自己说话算数,为了有钱,发财,为了不受老板的欺负,所以我才自己当老板的。”

大肚子说:“我就是要自己当皇帝,过去,我给别人打工,别的工头欺负我,要我给他老婆做饭,看孩子,我顺便,把他老婆给睡了。”

大家再次哄堂大笑。

陶兰说:“这皇帝不能随便当的,当皇帝的时代已经结束了。”

小胡子质问陶兰:“小姐,你当总裁,不就是为了当女皇吗?”

陶兰否定了他:“当然不是了,我是为了创业。”

大肚子说:“小姐,如果不是想当女皇,为什么不让你的男朋友当总裁呢,为什么自己当总裁呢?”

辛汉尴尬地说:“这企业是人家陶兰投资的,我当然不能当总裁啊。”

大肚子说:“那有什么呢,小姐可以当董事长,先生可以当总裁,就是经理啊,为什么什么事都听太太的呢?这哪像个男人呢?”

陶兰警告说:“请你们不要挑拨我们的关系。”

大家再次哄堂大笑。

大肚子说:“好了,我们以后保证不制造你们兰菊服装了,我们假冒别的城市的名牌服装去。”

大肚子率先离开了。

小胡子也说："是啊，小姐，我们非常忙啊，我养活了12个小老婆，我的每一分钟都要掰开用啊，否则其中的11个小老婆就会跟别的男人约会啊。"

大家再次哄堂大笑着。

眨眼间，房间里的那些假冒兰菊服装的销售者和制造者已经走干净了。

房间里只剩下兰菊服装厂的工人们。

陶兰气恼地伏在桌上哭了起来。

辛汉劝说着陶兰："陶兰，别哭了，他们签订了不再假冒咱们牌子的合同，咱们已经达到目的了。"

爸爸狠狠地吸着香烟："陶兰，你斗不过他们的。这里面有好几个流氓，不是企业家，你要用企业家的要求来和他们谈话、合作，是不可能成功的。"

妈妈也说："是啊，他们没有在咱们工厂大打出手就说明陶兰有本领了，吓唬住他们了，已经不错了，还想干什么呢？"

陶兰抬起头来问道："这么说，咱们已经取得胜利了？"

在场的工人们都说："是啊，他们已经答应了，不再销售和制造假冒的兰菊服装了，咱们已经取得胜利了啊。下面咱们就应该马上开工了。"

陶兰问道："真的就那么简单吗？"

辛汉说："当然就那么简单了，咱们胜利了啊。"

爸爸摇头，说："不可能。这些流氓不可能听咱们的，国家的法律他们都不服从，何况咱们一个企业呢？"

陶兰问道："那咱们怎么办？"

大家安静下来，忧虑着工厂的前途。

陶兰问道："如果这合同不起作用，咱们只好到法院起诉他们了。"

爸爸说："这也没有用处，他们这些人，全都是租别人的场地，如果法院发出传票，他们就会换一个地方的，找不到他们的。"

陶兰忧虑地看着辛汉："辛汉，你说怎么办？"

辛汉说："我们只有看以后的发展再做决定了。"

街头的夜晚,虽然到处是霓虹灯,到处是彩色的广告,可因为天气寒冷,人特别稀少。

陶兰和辛汉慢慢地在街头踱步。

陶兰紧紧地靠着辛汉说:"辛汉,人家已经说了,说我是女皇,我真的像女皇吗?"

辛汉说:"至少在我的面前你是女皇。"

陶兰看着辛汉:"胡说,在你面前我总是听你的。"

辛汉说:"真不实事求是,你可从来没听过我的啊。"

陶兰说:"好吧,从现在起,我宣布我退位了,我当董事长,这总经理的位置就是你的了。"

辛汉笑着说:"我没有那个能力啊。"

陶兰说:"你看,不是我愿意当女皇,是没有我,你就不行,就六神无主,就没有主意,是不是?"

辛汉说:"就是啊,我就是因为敬佩你的能力、美丽、魄力,才爱你的啊。"

陶兰问道:"那么说,是你衷心拥护我当女皇,不是我想当女皇是不是?"

辛汉说:"就是啊,我实在没有治理一个大公司的能力啊。"

陶兰笑着说:"男人,不能说自己没有能力。"

辛汉说:"我不过是实事求是嘛,这有什么呢?"

陶兰低声说:"我不能当女皇,我不想当女强人,我要在你面前撒娇,要让你宠我,不是我宠你,那样,我才幸福啊。"

辛汉抱住陶兰,亲吻着:"这没关系啊,你就撒娇吧。"

陶兰任凭辛汉亲吻着。

可是,就在他们庆贺胜利的夜晚,一个黑影从窗口跳进了陶兰的办公室。

那个人打着手电桶寻找着什么。他打开了保险箱,从里面拿出了合同书和录像带,然后,跳出窗口逃跑了。

清晨,冬季的太阳照射在服装厂的院子里。

陶兰进了工厂，她快步走进了办公室。

跟着，辛汉也走进了办公室。

辛汉看着陶兰，要搂抱她。

陶兰推开他："在工厂，别像在外面似的，干什么啊，严肃点。"

辛汉说："那有什么啊，反正大家都知道咱们是恋人。"

陶兰打开保险箱，突然大声喊叫起来："哎呀……"

辛汉急忙凑近保险箱："怎么了？"

陶兰说："录像带不见了，还有那些合同书。"

辛汉惊愕地问道："莫非……让人盗走了？"

陶兰说："就是让人盗走了。"

辛汉问道："那是什么人干的呢？"

陶兰气恼地说："这还用问吗，就是那些流氓。"

辛汉仔细地检查着保险箱："你再想想，没有放在别的地方吗？"

陶兰摇头："保证没有。"

辛汉说："为什么不拷贝一份呢？"

陶兰没好气地说："是啊，你为什么不提醒我拷贝一份呢？"

辛汉叹息着："唉，让胜利冲昏了头脑。"

陶兰大声喊叫着："妈的，这群流氓……我根本就不该相信他们……"

辛汉也摇头说："也许，咱们根本就不该跟他们接触。"

陶兰说："是啊，也许咱们根本就不该创业，就该闲在家里。"

辛汉说："你看，凡是出现了问题，你总是拿我撒气。"

陶兰说："你应该帮助我，提醒我，可是你没有，总不能在关键的时刻起作用，让我难过……"

辛汉对外面喊着："大爷，看见人来过办公室吗？"

陶兰说："那个老人啊，老眼昏花的，什么也看不见啊。"

辛汉说："我早就提醒你，这个老头年纪大了，夜里就会睡觉，可是你呢，说他是孤寡老人，要可怜他，给他一碗饭吃，结果怎么样？出事了吧？我的话你不听，你不能怪我吧。"

陶兰尖声喊叫着："别吵了……"

辛汉捂住了耳朵:“天……啊……”

他们都笑了起来。

陶兰走近辛汉,依偎在辛汉的怀里:“不就是丢了录像带吗,有什么了不起的,咱们再录啊！跟那些假冒商品斗争,就要做好长期的准备。”

辛汉说:“妈的,这创业太难了。”

第二十三章　我有权想象

天气越来越冷了。

刁小二居住的小房子里的玻璃，已经结了冰。

正是早晨，小二裹挟着云霞给他买的新被，趴在窗前，轻轻地用手指划着玻璃上的冰花。

云霞推门走了进来，脚上的红色皮鞋和身上的红色皮衣以及脑袋上的红色钢盔就像红色的火焰一样滚进了那冬季寒冷的灰色的小房子里。

云霞看着小二，嘿嘿地笑着："像个孩子，怎么玩起冰花来了？"

小二叹息着："我小时候就喜欢在玻璃前玩冰花。"

云霞惊愕地问道："山里的房子也有玻璃啊？"

小二说："现在山里的房子比城里的并不差，电灯、玻璃全都有。"

云霞凑近冰花看着。

小二指着冰花说："这个，像林海雪原吧？这么多的大树，全都是参天大树，有松、柏，还有什么？槐树？"

云霞笑着："别胡扯了，林海雪原有槐树吗？槐树就咱们这地方有，5 月开花，白色的，小，可是特别的香是吧。"

小二继续指着玻璃说："云霞，看，这个像什么？像跳舞的女孩，是吧？还是裸体的呢，像吧？"

云霞斥责道："尽想着女人裸体吧，看玻璃都像裸体女人了，你小子简直是豁嘴喝粥——无齿下流。"

小二嘿嘿地笑着："看不见真的，可我有权想象，想象并不犯罪，是吧？没听说哪个国家有想象罪，即使我想象强奸了别人，我也不犯罪。"

云霞点头，摘下钢盔说："这天气真冷啊，要不我再给你买个火炉子？"

小二说："我不怕冷，真的。你要是觉得白天冷，想买就买吧，但别说是给我的。"

云霞骂着："你小子真没良心啊，我刚给你买了新被褥，就这么不客气了。好，不买炉子了，看你冷还是我冷。"

小二看着窗户上的冰花说："我不喜欢冰花消失。"

云霞哈哈地笑起来："啊，就为了这个啊，为了看冰花，就宁可饥寒交迫？"

小二说："我看着冰花，能够幻想不少的场面，童话，故事，你看，看啊。"

云霞凑近冰花看着。

小二指着冰花说："这个，像林海雪原吧？这么多的大树，全都是参天大树，有松、柏，还有什么？槐树？"

云霞笑着："别胡扯了，林海雪原有槐树吗？槐树就咱们这地方有，5 月开花，白色的，小，可是特别的香是吧。"

小二继续指着玻璃说："云霞，看，这个像什么？像跳舞的女孩，是吧？还是裸体的呢，像吧？"

云霞斥责道："尽想着女人裸体吧，看玻璃都像裸体女人了，你小子简直是豁嘴喝粥——无齿下流。"

小二嘿嘿地笑着："看不见真的，可我有权想象，想象并不犯罪，是吧？没听说哪个国家有想象罪，即使我想象强奸了别人，我也不犯罪。"

云霞气恼地狠狠地打着小二："你这卑鄙无耻的混账东西。"

小二捂住脑袋喊叫着："救命啊……救命啊……"

云霞不敢再打了："再喊叫，就来人了，你还盖着被子像什么？人家不说我的闲话吗？人言可畏，别忘记了，小市民的毛病。"

小二说："我就愿意大家猜疑我们。"

云霞质问道："猜疑我们什么？"

小二说："猜疑我们是夫妻啊。"

云霞继续狠狠地打着小二。

小二呜呜地假哭着："啊……呜呜……救命啊……"

云霞无可奈何地罢休:“你这无赖,我怎么雇用了你啊,到现在没有一点起色,就会耍贫嘴,胡说八道,整个一个无赖。”

小二委屈地说:“云霞,你说良心话,这销售没有起色,是我的责任吗?”

云霞快嘴说:“当然是了,你是销售经理啊,当然要对销售负责了。”

小二激动起来,穿好了衣服,下到地上说:“我到现在,起草了三份销售计划,全都交给你哥哥了,可是你哥哥呢,根本不理睬我,根本就不采纳我的销售计划,你说,这怨我吗?”

云霞无奈地说:“谁让你的计划脱离实际呢。”

小二反驳说:“脱离实际吗,如果给我资金,我马上就可以实施,并且保证见效。如果不相信我,我可以保证,亏损我负责。”

云霞解释说:“我哥哥不愿花钱。过去做小买卖出身的人,赚钱不容易,所以花钱也不愿意出手,只要说花钱,他就退缩了。”

小二嘲笑地说:“那要看花什么钱,对女人,吃喝嫖赌,我看他可敢花了,是不是?”

云霞尴尬地说:“胡说,你有什么证据这么说我哥哥啊?”

小二说:“云霞,这是你告诉我的。你哥哥养着几个小姘头,年龄都比你小呢,每个月要消费你们家上万元是不是?”

云霞支吾着:“我不过是说着玩的。”

小二愤愤不平地说:“现在的大款都这样,养小姘头肯花钱,一提起投资了,就不愿花钱了。”

云霞低声说:“小二,你忌妒人家了吧?”

小二直言不讳地说:“我当然忌妒了,他也是男人,占有几个女人,我呢,一个也没有。”

云霞叹息着:“你啊,总是这样,在你们同学面前,你也忌妒,因为人家有钱,女人多;在我哥哥面前,你也忌妒,还是为了他的钱多,女人多。你就会忌妒,没有出息,我就瞧不起你这样的人。”

小二乞求地看着女孩:“云霞,你最喜欢什么样子的,我保证做到。”

云霞望着窗户上的冰花,说:“我啊,喜欢那些敢于奋斗的男人,不喜欢坐而论道的男人,自己不奋斗,还自暴自弃,还忌妒人家成功者。”

小二诚恳地说："云霞，我知道你是恨铁不成钢，是不是？我保证成钢。其实我就是一块钢，不是，是一块金子。是金子，早晚要发光的，我现在就想发光，渴望发光，真的，给我机会吧。"

云霞拿出手机："我再找我哥哥谈谈，让他同意你的计划，这样，咱们全都有利。"

小二说："你呢，你同意我的计划吗？"

云霞点头："我当然同意了，我非常敬佩你的才能。"

小二激动了："真的。"

云霞点头："真的，要不，我早就赶走你了。"

云霞和哥哥通话了，让哥哥中午请客。

哥哥答应了。

云霞放下手机说："小二，中午咱们好好地吃他一顿。"

小二高兴地说："我早晨就不吃饭了，等着中午多吃点。"

云霞嘿嘿地笑起来："你啊，真没出息。"

小二为自己辩护说："别忘记了老祖宗的话，民以食为天。再说了，我在这里每天就吃方便面，饥寒交迫，当然渴望吃老板一顿好饭了。"

还是那家餐厅。

小二和云霞走进来的时候，还是那个女老板招呼他们："哎呀，怎么不经常来啊，我这里每天都给你们留着位子。"

小二玩笑说："是吗，留位子就不必付费了吧？"

女老板说："你们啊，不经常来，看你哥哥，经常来，人家这一辈子算活值了，什么都敢吃，什么都敢玩。"

小二低声对云霞说："就是不敢投资。"

云霞也气恼地说："这是他们这一群老板的通病。他们都没有文化，自己不知道什么可以投资，什么不可以投资，开始呢，就是依靠胆子大，钻政策的空子。那时候做生意的少，竞争对手也少，所以发财了。现在呢，格外珍惜那几个钱，唯恐钱没了，就不敢投资。"

小二责问道："那为什么愿意在女人和酒肉上投资呢？"

云霞笑道："那是因为……我们过去净受苦了，我们哥几个捡过垃圾，吃过树叶子，所以，就想把丢掉的幸福捡回来，夺回来，当然就敢享受不敢投资了。”

小二叹息着：“虽然我也饥寒交迫过，现在依然然饥寒交迫，可是我如果有钱了，我还是要投资的，把钱先用在投资上，我绝不会把钱用在吃喝嫖赌上，真的。”

云霞嗤之以鼻：“你啊，现在没钱才敢这么说，如果发财了，像我哥哥那样了，也会像大多数老板一样，忙碌一天，想想干什么了？原来，天天忙的是吃喝嫖赌，其他事情什么也没干。”

小二发誓似的说：“云霞，我向你保证，我是一个苦孩子，穷孩子，我一辈子也不会吃喝嫖赌的，真的。”

云霞的脸颊如桃花那样的绯红：“向我保证什么，笑话，我是你什么人？”

小二拿出赖皮的本领说：“别这么忙着拒绝我，我绝不轻易放弃追求你的。”

云霞羞涩地垂下头，看着手中的手机，把玩着。

小二逼问道：“听见了吗，我绝对不会轻易放弃的。”

云霞轻声地害羞地说：“除非你变得干净了，别那么脏了，让人恶心了。”

小二幸福地兴奋地抓住了云霞的手：“这么说，你答应我了？”

云霞急忙把手抽出来：“我还没有答应，现在你别想别的，将来如果水到渠成，我一定会答应你的。”

小二还想抓云霞的手，被云霞重重地打了一下。

云霞提醒他说：“我哥哥来了。”

老板来了，身边还带着一个女孩。

那女孩比云霞漂亮得多，打扮得妖艳，浓妆艳抹的，戴着假睫毛，化着黑黑的眼圈，口红是紫色的，大冬天的穿着超短裙，裸露着大腿。

她挽着老板的手，边走边嘻嘻地笑着。

小二低声对云霞说：“你哥哥就这个档次，找这样的女人。”

云霞训斥道：“千万别贬斥她的女人，他会开除你的，也别打她的女人的主意，听见了吗？”

小二低声说：“除了你，我谁也不想正眼看一眼，因为这些女人全都俗不可耐，全都……”

老板已经走近了小二。

小二急忙站起来，恭敬地给老板躬身施礼：“老板好。”

老板向那个妖艳的女人炫耀着：“谁说我这个老板没有档次？看，这是我聘请的大学生。没有档次的老板就懂得小打小闹，我呢，最懂得现代经济，最懂得人才的重要了，所以我宁可自己不先购置别墅，也要先发展实业，明白吗？”

那个女人点头奉承着：“我就敬佩你这样的老板了，有能力、有魄力。”

大家坐下。

老板介绍着那个妖艳的女人：“这位是化妆，不，现在叫美容，美容院的女老板小红。”

妖艳女人向云霞点头：“这个妹妹啊，我早就认识，经常在我们美容院里做美容。至于这位大学生吗，我倒是第一次看见，不过，这个大学生给我的印象非常好，他可真朴素啊，现在这样朴素的大学生已经不多了。”

小二谦逊地说：“我家境贫寒，上大学四年，已经欠债累累了，不朴素，又能怎么样，借贷打扮自己吗？”

这些话，博得了在场的酒店女老板的赞赏：“好啊，小伙子就应该这样啊，现在这样的小伙子不多了。刚刚走上社会，就喜欢打扮，喜欢时髦，看人家这个大学生，多朴素，多真诚啊！穷，怕的是不敢说穷，我们过去都是穷人。”

小红赞赏着小二：“就是啊，我也赞成他的话啊，别装富人，那样，太无赖太无聊了，哈哈……有些人，就是借钱也要打扮得时髦些，有那个必要吗？”

小二洋洋得意地说：“我的优点就是朴素和实话实说。”

小红继续赞扬着小二：“这样的男人才可靠啊。”

小二越发地兴奋起来，嘴裂着，笑个不停。

云霞警告他说：“老实一点，要不，我就走了。”

小二急忙收敛起自己的无赖本领，装作一本正经的样子，正襟危坐，目不斜视。

小红看着小二，哈哈地笑了起来。

老板云雨不耐烦起来："小红，马上点菜。"

小红说："我可不想发胖，我要素食。"

小二急忙说："我想发胖，我要荤的。"

小红越发笑个不停。

云霞警告小二说："长点出息。"

小二低声抗议道："民以食为天吗，为什么不许解馋呢？"

云霞说："以后我可以请你喝酒吃肉，现在你要板着自己，克制自己。"

小二只好答应着："好吧，只好这样了。"

上了酒菜，女老板款款地走了。

老板云雨端起酒杯："来，我先敬小红一杯。"

小红和老板云雨共同喝了那一杯酒。

接下来，老板就不再说敬酒的话了。

小二低声对云霞说："你哥哥为什么不敬我酒？"

云霞说："哪有老板敬雇员的，真不懂规矩。"

小二无奈，只好端起酒杯："我敬老板和小红姐姐一杯。"

老板的表情严肃，像是家里死了人似的。

小红却是眉开眼笑地说："哎呀，不能叫做我姐姐啊，我刚 22 岁。"

云霞低声说："笑话，她女儿 22 岁还差不多。"

小二笑得差点把酒杯扔出去。

老板拍了一下桌子："不许笑。"

云霞也笑了起来，笑得上气不接下气。

那个小红莫名其妙地看着他们："怎么了，发生什么事了，我说错什么了吗？"

老板云雨急忙安慰小红："没有，他们是互相开玩笑呢。"

小二急忙说："是啊，刚才云霞骂我，说我喝酒没出息。"

小红这次高兴起来："啊，原来是说这个。男人吗，就要有男人的气派了,男人不应该像女人一样,要不,为什么男人成功的多呢? 喝酒也是体现男人气魄的一种方式了。”

老板截断小红的话,说:“好吧,既然小红这么说,我就只好表现一番了,免得小红认为我不是好男人了。”

老板说着,就端起酒杯,对小二说:“我喝一杯,你呢,喝10杯。”

小二惊愕地看着老板。

老板的神情严肃,不像是开玩笑的样子。

云霞急忙说:“哥哥,小二不能喝酒的,还不如我呢。”

老板训斥道:“刚才,你还说他喝酒没有出息呢。”

云霞说:“我开玩笑的。”

老板说:“我也开玩笑啊。”

云霞无奈地看着小二:“小二,尽力而为,不能喝就算了,别因为这个,把身体搞坏了啊。”

老板不高兴地沉下脸说:“老板的话,在员工的耳朵里是什么? 就是圣旨啊,不听话的员工,还想在公司混下去吗?”

小二说:“好吧,我喝。”

小二连续喝了8杯。

小二要吃一口菜,筷子刚伸到碗边,老板就把小二的筷子挡了回去:“咱们的规矩是只喝酒,不吃菜的。”

小二的脸色苍白,看着云霞,求救地说:“云霞,你知道,我早晨没有吃饭呢,这肚子里先装满了酒,恐怕……不舒服的。”

云霞可怜小二:“小二,千万别喝了,脸色特别不好。”

老板狠狠地说:“老板的话不听吗?”

小二只好说:“当然要听老板的话了。”

老板轻蔑看着小二说:“那就是死,也要把酒喝光啊。”

小二只好喝下第9杯和第10杯。

小红拍掌,说:“好,像个男人,我就佩服这样的男人。无论自己受多少苦,多少委屈,也要顾全大局,好,应该这样。小伙子,大学生,前途无量啊。”

小红夸奖了小二，老板越发不高兴了。

老板狠狠地斜睨着小二："既然小红这样的美女都赞美小二，小二只好继续陪我喝酒了。"

老板再次喝了一杯。

小二无可奈何地看着云霞："云霞，我实在不能再喝了，我的胃好疼。"

老板训斥道："这里，我当家，云霞是我妹妹。"

云霞安慰小二说："小二，那就别喝酒了，干什么这么糟蹋自己呢？上次我喝醉了，几天都没有吃饭，可难受了。"

老板敲着桌子："小二，喝酒。快，10 杯白酒，必须喝下，否则我的公司就没有刁小二这个员工了。"

小二无可奈何地继续喝酒。

11 杯，12 杯，13 杯，14 杯……

小二就像喝水一样喝酒。

小二把酒全部喝光了，然后，把酒瓶子放在了老板的身边："老板，完成任务了，下边该讨论一下我的销售计划了吧？"

老板摇头，脸色格外不快："不，现在就讨论喝酒的问题，你小子耍我，能喝酒却要装出不行的样子，这是对老板不忠诚。本来，我就对你们这些大学生知识分子不相信，你们太狡猾，喜欢动心眼，我斗不过你们，我不想要你们。但是，我妹妹却极力推荐你，这个公司有她的股份，所以我才要了你。今天我才看出你小子是个狡猾的知识分子。"

小二委屈地看着老板："老板，我做错什么了？您要我喝酒，我本不能喝，却舍命喝了这么多，我错了吗？难道我不该听老板的话吗？"

云霞也替小二鸣不平说："是啊，哥哥，我对小二最了解了，他本来是不行的，还不如我能喝酒呢，可为了听老板的话，还是把酒全都喝光了。"

老板斜睨着小二："好啊，小二，我要再赏赐给你一瓶白酒，你必须马上喝光。"

小二把自己的无赖本领表现出来，故意大声呕吐着："哎……啊……"

老板开心地笑了起来："知识分子，哪里斗得过我们啊，我才是好男人啊。"

小红捂住鼻子，跑出饭店。

老板追着小红：“小红，坐我的汽车……”

小红和老板坐汽车走了，消失在茫茫人海中。

小二看他们走远，才走进酒店，坐下来，风卷残云地把桌上的饭菜全都吃光。

云霞不高兴地凝眉思索着。

小二拉着云霞：“走，回去吧，全都赖我，没有出息，是饥饿落下的毛病。”

在街头，小二和云霞慢慢地走着。

小二问道：“云霞，我不明白，你哥哥为什么这样憎恨我呢，我没有招惹过他啊。”

云霞苦涩地笑着：“就因为女人。他这个人啊，就喜欢漂亮女人，可还小心眼，唯恐漂亮女人喜欢别的男人。刚刚见面的时候，那个小红不是夸奖了你几句吗，我哥哥就不高兴了，他一定要你在小红面前出丑，让你丢脸，让小红看你是个没有出息的男人，明白吗？”

小二恍然大悟：“原来是这样啊。我这样的不可能是你哥哥的情敌啊，人家小红怎么会看上我呢，我丑陋，黑，没有钱，没有势利，没有名气，甚至连吃饭的本领都没有，老板为什么这样呢？”

小二伤心至极地看着远处的汽车，行人，眼里闪动着泪花。

云霞叹息道：“其实，我哥哥早就结婚了。那个小红呢，也不是一个男人，我哥哥跟他就是情人关系，没必要这样，真可笑。”

小二骂着：“这个王八蛋……真不是好人。”

云霞不满地说：“骂我哥哥是王八蛋，我是女王八蛋，是吗？”

小二急忙道歉：“对不起，我是脱口而出的。我奇怪，像你哥哥这样的素质，怎么就能发财，我这样的受过大学本科教育的人，为什么就这么穷呢，就一无所有呢？”

云霞解释着：“你啊，总是问这样的问题。我不是说过了吗，开始的时候，人们还没有清醒呢，没人敢冒险做生意。我们呢，因为穷，没有职业，也就豁出去了，开头的生意好做，明白吗？现在呢，所有的领域都有人做，再想发财，就没那么容易了。”

小二摇头：“就为了一个开美容院的女人，就这么糟蹋自己的员工，悲哀啊！我们的老板素质太差了，就像当年那昏庸的纣王似的，为了让自己的宠妃高兴，就撕扯丝绸，糟蹋东西，就杀人，就千里燃放焰火，耽误了大事，真昏庸，混账。妈的，气死我了，简直不知道尊重人，我这样的大学生，还不如一个野鸡值钱呢，他竟然为了让那个女人高兴，为了让那个女人瞧不起我，竟然这样糟蹋我，让我喝那么多酒，妈的。”

小二愤然地喊叫着，好多过路的人都扭头看小二，云霞捂住了小二的嘴。

小二拉着云霞的手：“云霞，天下就你对我最好，我就是变成牛马，也要报答你，真的。你说要我怎么办，我一定报答你的。”

云霞看着小二，没有把自己的手抽出来：“我想让你帮助我啊。”

小二惊愕地问道：“我一个无能的穷人，会帮助你什么呢？我现在吃的住的全都是你给我的，全都是你帮助我啊，我哪里有能力帮助你呢？”

云霞笑道：“你啊，真笨。我留下你，不就是看重你的才能了吗？我给你的是什么，不过是一点不值钱的东西，一点吃的，还有什么？你的知识本领比这些都值钱，所以我让你用你的知识帮助我啊。”

小二无奈地说：“可是，那个老板，也就是你哥哥，根本就不想用我的知识。我已经起草了那么多销售计划了，他就是不听，每天想什么？干什么？一点正经事也不干，净是吃喝嫖赌。”

云霞皱眉说：“算让你说对了。现在像我哥哥那样的老板，就是开始富起来的老板，真的什么都不想干了，也不是不想干，就是每天沉醉于女色，情场，沉醉于赌场，意志已经消磨没了，想干，也没心思干了。对你的计划，他也曾夸奖过，可就是不想出钱干，总是说钱紧。”

小二骂着：“其实，是把钱花在了女人和赌博上了。”

小二和云霞走进属于他们的那间小房子。

房子里还是那样的寒冷，玻璃上的冰花更多了，更厚实了。

小二趴在玻璃前，欣赏着那奇形怪状的冰花。

云霞注视着他：“你啊，真像个孩子。”

小二说:“我觉得保持一颗童心,让人纯净,还富有想像力,不市侩,不让这繁杂的世俗湮没,好!”

云霞也和他一样,伏在那玻璃前欣赏着冰花。

小二指着一块玻璃问道:“云霞,你说,这个像什么?”

云霞想象着:“像……骑马的士兵。”

小二赞赏道:“好啊,你想象的好啊,再想象一个。”

云霞想象着:“像……渔民打鱼呢,把渔网撒下去,捞鱼。”

小二哈哈地笑着:“我想象的正好相反,像我们山里的山谷,山沟,两面是山,中间是山谷,山谷里流淌着小河,小河是那么美丽,那么清凉。”

云霞羡慕地说:“你们这些有文化的人啊,跟你们在一起,我感到有意思,比跟那些就知道赚钱的小商贩在一起有意思多了。”

小二痴情地望着云霞:“那就永远和我在一起吧,我保证永远让你有意思,生活不枯燥。”

云霞摇头:“我不是说过了,不许再说这件事了,以后水到渠成了,我自然会答应你。”

小二说:“水到渠成了,你就属于别人了。”

云霞问道:“属于谁?”

小二说:“属于那些商贩。”

云霞发誓地说:“我不会嫁给他们的,如果我想嫁给他们,早就嫁了,何必等到今天呢?”

小二问道:“有商贩追求过你吗?”

云霞嬉戏地说:“我这么漂亮,当然有了。”

小二忌妒地说:“为什么不嫁给那些有钱的商贩呢?”

云霞说:“也许我看金钱看多了,我觉得,金钱并没有人的知识更有吸引力。”

小二叹息着:“可惜啊,我这知识竟然没有任何用处,依靠一个女孩的同情可怜活着。”

云霞打了小二一下:“别悲伤了,咱们讨论一下咱们的计划吧。”

小二看着云霞:“这么说,咱们不经过你哥哥的同意,就开始行动是吗?”

云霞下定决心似的说:“是啊,我已经想了很长时间了,我不能看着我哥哥就这样把钱都花在女人的身上,我打算跟我哥哥平分财产,自己成立一个公司。”

小二惊愕地问道:“分财产,你有多少?”

云霞说:“至少有一半啊。”

小二不可思议地说:“一个女孩,为什么会有那么多?”

云霞叹息道:“你啊,不知道我们的发财经过,我们啊,什么都干过,到蒙古草原买牛羊回来卖;到新疆买过葡萄干;到俄罗斯卖过清凉油,还有防寒服装……都是我们一起干的,我哥哥干什么都带着我。”

小二担心地问道:“你哥哥不会答应吧?”

云霞说:“他不答应也得答应。我觉得还是应该自己干,我现在还不想享受那些金钱,我还想利用那些金钱投资,继续发财呢。”

小二说:“你哥哥可别怀疑是我挑拨你们之间的关系啊。”

云霞说:“在认识你以前,我就有了这样的想法了,就是因为没有助手,所以不敢自己干。”

小二问道:“这么说,你想聘请我当助手?”

云霞羞涩地说:“我已经把自己和你绑在一起了,你还看不出来吗?”

小二激动地说:“这么说,我捡了一个大便宜?”

云霞点头说:“是啊,捡了一个大便宜。”

小二过来要搂抱云霞。

云霞推开了他:“不许放肆,我是你的老板,别忘记了。”

小二激动地说:“我这一辈子的衣食有着落了。”

云霞哼了一下:“别想得那么美,想依靠我的财产享福,我不会给你一分钱的。”

小二嘿嘿地笑着:“你啊,总是一会儿苛刻,一会儿大方。”

云霞说:“我是要你自己努力,别先想着占女人的便宜,那是没出息的男人的想法。”

小二发誓说:“我发誓,我绝不占云霞的便宜。”

云霞嘻嘻地笑起来。

乌云低垂着,笼罩了整个天空。

过了一段时间,天空就飘起雪花。雪花飘到地上,被凛冽的西北风冻结在那里,城市变得洁白一片。

天亮了,雪也停了。

树上,建筑物上,地上,全是雪花冻结的冰。

在街头,身穿增白化妆品广告服装的小二,站在街头的十字路口,维持着秩序。他拿着一个小红旗,对超越白线的骑车人喊着:“哎……往后退……”

警察看着小二说:“好,我就原谅你穿广告服装站在这里了,要不,我们交通大队要收取广告费的。”

小二摇头说:“怎么,这大街归你们?”

交警笑着说:“当然了,在街道两旁的建筑上做广告归规划局,在路灯的灯竿上做广告归城市建设局的路灯所,在树木上做广告归属园林管理局,在这街头的大道上做广告,就归我们交通大队了。”

小二无奈地点头,讨好着警察:“大哥,吸烟吧。”

警察说:“我们不许在执行任务的时候吸烟。以后你们公司赚钱了,给我们买一瓶饮料,我们就知足了。”

小二继续执行任务似的,维持着秩序。

一个姑娘骑着自行车过来了。

小二追上前:“小姐,购买我们的增白化妆品吧,我们保证优惠,而且保证增白。”

那个姑娘不理睬他。他追着那个姑娘。

警察警告他说:“走……别给我们丢脸了,人家会以为是我们警察在这里推销呢,走……别来了,小心我送你去拘留所。”

小二不服地问道:“同志,我犯法了吗,为什么到拘留所呢?”

警察说:“这是阻碍交通,明白吗?”

小二只好闷闷不乐地离开了那个路口。

小二在街道上慢慢地走着。无数的行人在观察着他。

他索性喊叫着："唉……到我们云霞公司买化妆品啊……保证质量第一啊……我是本市大学管理专业的大学生,请大家相信我吧……"

小二拿着自己的文凭和化妆品喊叫着。

又是几个姑娘路过,开心地观察着小二。

小二走近她们:"小姐,希望自己变得更白一些吗?"

那个女孩嘿嘿地笑着:"希望更黑一些。"

小二自讨没趣地说:"何必呢,白一些多好啊。"

女孩说:"我真的要更黑一些,你们有那样的化妆品吗?"

小二摇头:"没有。"

女孩们开心地大声笑着。

小二说:"不过,我有个建议,您可以到海南岛暴晒一天。"

女孩说:"这就不要你操心了,那是旅行社的事了。"

小二说:"我也许还有旅行社的执照呢。"

女孩说:"那你就穿上旅行社的服装吧。"

小二跟着那几个女孩:"我明天也许就穿上旅行社的服装。"

女孩问道:"大学生,真的是? 不是假文凭吧?"

小二给她们看文凭:"我绝对不会撒谎的。要是假文凭,敢在街头招摇撞骗吗,不可能的。"

女孩们看着那文凭:"这大学生太不值钱了,竟然沦落到在街头穿广告衣服,推销商品。"

小二激动地和她们辩论着:"小妹妹,你这观念太保守了,我为自己工作,为我自己的公司工作,为我女朋友的公司工作,我什么都舍得,包括脸面、自尊,包括时间、精力、知识,一切的一切。"

女孩们问道:"你女朋友的公司?"

小二说:"也是我的,我也有股份。她说了,给我百分……这个保密,这是商业秘密。"

女孩们笑着跑走了。

小二继续在街头走着,喊叫着:"到我们云霞公司购买化妆品啊……我们公司的质量第一,服务质量、产品质量全都第一啊……”

街道上渐渐地黑了。

小二依然顽强地在街头走着,喊叫着。

忽然,云霞送给小二的便宜手机响了。

小二看着那价值 200 元的手机,上面的中文是:“马上回来吃饭,我等着你。”

小二惊喜地跑着。

那小房子里,多了一个电炉子,还有一个电视机。

小二跑进屋的时候,云霞正在电炉子上做着面条。

小二气喘吁吁地问道:“云霞,这么关心我啊,怎么这么早就让我收工了?”

云霞笑着说:“你明天再说吧,时间长着呢,何必累坏了呢?”

小二说:“我的身体好着呢,这算什么,就是在路上走,顺便还看了街上的景色。”

云霞嬉戏着说:“还有美丽的姑娘。”

小二说:“我必须跟踪那些美丽姑娘,我就是向她们推销咱们的化妆品的,所以你就不要忌妒了。”

云霞骂着:“呸,我才不会忌妒你这个无赖呢。”

云霞端上面,递给小二。

小二动情地说:“这世上,就是我妈妈给我煮过面,然后,就是你了。”

云霞说:“你啊,不能待你好一点,要不就胡思乱想,至于吗?就一碗面,值多少钱啊?什么事情到了知识分子的眼里就复杂了,就有意义了。”

小二呼噜呼噜地吃着面,笑着,脸上荡漾着幸福的笑容。

忽然,电视机的屏幕上出现了小二的画面。

云霞惊叫起来:“哎呀,小二,你怎么上电视了?”

小二也惊诧地放下碗,看着电视。

屏幕上的小二,在街头维持着秩序。

屏幕上出现了几个字:“一举两得,既宣传了产品,又做了好事。”

小二和云霞都兴奋地笑了起来。

小二笑得更欢,手舞足蹈的,像孩子似的。

云霞敬佩地说:“小二,你虽然是大学生,可是比我们还能吃苦呢,就凭你这种吃苦精神,保证能做成大事。我们个体户有什么,不就是有吃苦的劲头吗?”

小二继续吃着面,呼噜呼噜的,一会儿,就吃光了。

云霞继续给小二盛着面,递给小二。

小二不好意思地说:“我吃得太多了,真不好意思。”

云霞笑着说:“又不是吃了我一天,现在才知道说不好意思。”

小二继续呼噜呼噜地吃,然后心满意足地把碗放下,说:“云霞,你真好。我就是变成牛马,也要报答你的恩情。”

云霞撇了一下嘴:“你小子,就是嘴甜,像抹了冰糖一样。”

小子嘻嘻地笑着:“我这个山村里的穷小子,除了有一张嘴,还有什么呢?嘴再不甜,我就什么都没有了,也太不讨人喜欢了。”

云霞数着那些化妆品瓶子,说:“今天这化妆品还真卖了几瓶呢,明天也许会更好。”

小二提醒说:“明天,咱们可就要执行下步计划了,就是咱们轮流到大商场打听咱们的化妆品去。”

云霞点头:“好吧,也许你的谋略真的会起作用。”

第二天,在大商场的化妆品柜台前,小二打扮成女人的模样,向里面挤着。

售货员客气地走近他:“小姐,买什么化妆品呢?”

小二躲闪着售货员的目光,问道:“有云霞公司销售的化妆品吗?”

售货员莫名其妙地摇头:“怎么没有听说过呢?”

小二清楚地大声地说:“就是云霞公司的化妆品,增白的。”

售货员摇头:“没有听说过。”

小二遗憾地摇头:“我皮肤太黑了,我的男人嫌我黑,他要抛弃我,呜呜……”小二表演着,呜呜地捂住脸哭泣着。

好多人围拢过来,看着热闹。

小二说:“人家向我推荐云霞公司的增白化妆品,说只擦一个月,也就四瓶,那脸色就像牛奶一样呢。”

女人们惊愕地看着小二。

小二忸怩地故意做出女人的样子,遗憾地摇头叹息着:“为什么不进一些呢?”

售货员解释着:“怎么没有听说过呢?”

小二尖声喊叫着:“嘿,真是小地方的人,人家大城市比如上海、广州,女人都擦云霞公司的化妆品呢。”

好多女人打听着:“什么牌子的?”

小二大声喊叫着:“云霞,不是云霞牌子的,是云霞公司销售的,增白的化妆品,明白吗?”

女人点头:“真的有那么大的作用,一个月皮肤就像牛奶那么白嫩?”

小二叹息着:“可惜啊,我找不到那增白化妆品啊,要不,我的男人怎么会嫌弃我黑呢,骂我是黑枣,是黑巧克力,是咖啡,是……”

一个也是很黑的女人问道:“你的男人特别漂亮吧?”

小二说:“也不怎么漂亮,就像周润发似的。”

女人们都说:“啊……怪不得人家会嫌弃你呢,千万不能找漂亮的英俊的男人啊。”

小二呜呜地哭着走了。

小二刚刚离开,云霞就进来了。

云霞问道:“有云霞公司代销的增白化妆品吗?”

售货员惊愕万分:“什么,你也要云霞公司代销的化妆品?刚才有一个特别黑的女人来过,也说要这样的化妆品。”

云霞叹息着:“我过去特别黑,我的男友嫌弃我黑,不敢带我出去玩,更不敢带我见他的同学,我特别痛苦啊。后来有人向我推荐了云霞公司代销的增白化妆品,我搽了,也就两个礼拜,你们看看,就这么白了。可是现在我怎么就找不到那样的增白化妆品了呢?真急死我了。”

售货员和旁边围观的女人全都惊讶地注视着云霞:“啊,真那么起作用啊?”

云霞说:“我要是撒谎你们就扒了我的衣服。”

云霞焦急地说："也不知道别的大商场有没有这样的增白化妆品。"

售货员也焦急起来："小姐，你可千万别到别的商场去，我马上就向我们经理汇报，我们马上就进云霞化妆品去。"

云霞高兴地笑了起来："真的，那我就等着。"

售货员拿起一个本，说："小姐，给我一个电话号码，我来了货，就给你打电话。"

云霞犹豫了一会儿说："还是这样吧，我明天还来，我要10瓶，给我留下，我保证来取啊。"

云霞说着，掏出钱来，放在柜台上："麻烦，给我开一个票，是个凭证啊。"

售货员乐不可支地急忙收起钱："当然，当然，这紧俏的商品啊，是要先收费的，要不我们可没法保证货源啊。"

售货员给云霞开了一张票，然后向围观的女人们喊叫着："快来登记啊……我马上就去进货去，晚了可没有货了啊……"

女人们唯恐自己买不到那样紧俏的增白化妆品，掏出钱来，登记着："我买……多少钱一瓶?"

售货员看着云霞："妹妹，快说，多少钱一瓶?"

云霞得意地说："100元两瓶。"

售货员点头："不贵。"

女人们说："够贵的。"

售货员不满地说："200元就可以让脸变得像牛奶一样白嫩，值啊。"

云霞鼓励着："是值啊，真的值啊!"

云霞急匆匆地走出商场。

街道上，熙熙攘攘的人群中，小二散发着广告："买啊……云霞公司经销的增白化妆品啊……买啊……"

云霞走过来，兴奋地说："小二，咱们成功了，走，到别的商场去。"

小二对云霞说："你现在马上回去，免得有女人看见广告到咱们那里买商品去，快，回去。"

云霞高兴地答应着，骑着自己的摩托飞速地走远了。

小二继续在街头散发着广告:“来买啊……”

他向人们推销着广告。

行人不愿要广告,他就塞到行人的手里。

在那个小房子门前,云霞急速地把摩托放在外面,打开锁,走了进来。

已经有女人在这里等候了,她们跟着云霞走了进来。

顾客们问道:“这广告上的话是真的,不是骗人的吧?”

云霞说:“我发誓,我这脸真的就是擦这个增白的化妆品擦的,你们看,多白啊!要是不像我说的那样,你们就给我退回来好吗?”

女人们犹豫着:“怎么没听说过这个牌子呢?”

云霞解释着:“不是名牌,刚刚发明出来的,以后变成了名牌,这价钱就该涨上来了,保证不是这个价格了。”

女人们掏出钱来,放在桌上。

云霞拿着化妆品说:“我保证我的话是真的,广告说的也是真的,我们还保证,不增白可以退回来。”

云霞说着,打开了一瓶,往自己的脸上抹着:“你们看看,效果怎么样?”

女人们观察着:“好,真是白了。”

云霞说:“保证有好处,对皮肤没有坏处。”

女人们拿着化妆品心满意足地走了。

小二回来了,兴高采烈地说:“云霞,我又走了几个大商场,她们全都说要进货呢。”

云霞焦虑地说:“这不算诈骗吧?”

小二把假头发、高跟鞋还有女人的裙子全都扔在床上说:“哪的话啊,咱们这化妆品是正经工厂出产的,咱们就是在销售上做了一些文章,好多大公司也做过这样的文章,这叫销售策略,到大商场公关,叫做擒贼先擒王,大商场进货了,咱们城市的小商店保证全都跟随着进货,我保证。”

云霞兴奋地收拾着那些假头发,还有自己的裙子。

这时,那个售货员走了进来,手里拿着广告:“哎呀,就在这么一个小屋子啊,就凭这个屋子,也是假冒伪劣的商品。”

小二警告她说："说话小心点，小心我起诉你。"

小二说着，把工厂产品的复印件全都拿了出来，放在桌上："看看吧，是不是真的？"

那个售货员打量着小二："怎么这么面熟啊？"

小二躲闪着。

售货员又观察云霞："啊……我想起来了，你们是骗子，我们要起诉你们。"

她刚要走，小二喊着："慢着，听我说。"

那个女人站住了，惊恐地说："你要干什么？"

小二给了她几瓶化妆品："你先试试，看看我们说的是不是真的。我们不过是采用了一些外国的销售策略而已，我们的产品效果是真实的，批号是真的，怎么是骗子呢？"

那个女人看着手里的化妆品，犹豫着。

云霞给了她一张钱："这样吧，大姐，只要你在我们公司进 100 瓶化妆品，我们就给你 100 元钱，外加 5 瓶化妆品，等于 250 元，一共是 350 元，咱们签订一个协议好吗？"

那个女人害怕地说："我可不敢这么干啊。"

小二说："我们这个产品如果是坑害百姓的，你就会受到处罚，我们这个产品这么好，就是缺乏你们这些大商场的认可，如果你们认可了，我保证你就发财了。"

那个女人问道："如果我们公司领导知道了这件事怎么办？"

小二说："他怎么会知道呢？"

那个女人把钱装进了自己的口袋。

小二找出一个塑料袋，把那 5 瓶化妆品也放到塑料袋里，然后递给了她。

云霞鼓动着那个女人："大姐，我们保证这产品好用。再说了您已经和消费者签订协议了，明天人家到您的柜台前要增白化妆品，如果没有，您可要赔偿人家啊。经理也不会饶恕您了，因为您败坏了商场的信誉啊。"

那个售货员不再犹豫了，拿出支票说："我们先进 1000 瓶，看看效果怎么样。50 元一瓶,就是 5 万元啊,你们应该给我……"

小二回答说:"100 瓶是 100 元,1000 瓶,当然就是 1000 元了。"

那个女人斤斤计较着:"还有 50 瓶化妆品呢,那也值 2500 元呢。"

云霞毫不犹豫地兑现着自己的承诺,给那个女人数了钱,拿起化妆品,放在了女人的袋子里。

那个女人走了出去。

小二向外面搬着箱子。

云霞打电话,叫来出租汽车:"哎……出租汽车公司,我们要双排座,就是云霞公司,对,就是那个地方,你们来过。"

一会儿,出租汽车就来了,女人高兴地坐汽车走了。

小二兴奋地抱起云霞:"啊……咱们成功了……发财了……"

云霞任凭他搂抱着:"这有什么,这就叫发财吗,你的发财梦也太小了啊。"

小二想亲吻云霞。

云霞推开了小二,把钱数出一沓来,递给小二。

小二兴奋异常地说:"是给我的吗?"

云霞点头:"10000 元,是给你的奖励。"

小二激动地流出眼泪:"10000 元啊,要我们山民劳动几年啊,我几天就赚了这么多,这太不可思议了,太不公平了啊。"

云霞问道:"你要把这一笔钱怎么处理?"

小二想着,说:"第一,还清你的债务,我这些天,净是吃你的花你的了,我不应该当无赖;第二,我要回一趟家,自从我走出大山,已经四年没回家了,我想念我的爸爸妈妈,不知道他们现在怎么样了。"小二说着,流出了眼泪。

云霞埋怨着:"你也太不孝顺了,四年多竟然没回过家。"

小二无奈地说:"我没有钱啊。"

云霞问道:"不就是在山里吗?"

小二叹息着:"可是那一点路费我都没有,我上学是走路来的,几百里的山路,我走了好几天啊。"

云霞像是感动了似的，说："你啊，欠我的债务一笔勾销，就不要还我了。把这钱全部给你爸爸妈妈吧，也算是你对父母的回报吧。"

小二说："你为什么对我这么好？"

云霞不好意思地说："为什么总是问这样的话，傻瓜。"

小二说："好了，我以后不再问了，就让你永远对我好下去吧。"

街头上银装素裹，树上的树挂更加光滑，晶莹，在冬季阳光的照射下，格外耀眼夺目。

小红的美容院里，冷冷清清门可罗雀。冬天美容的人特别少。

几个打工的小妞自己照着镜子，给自己化妆。

云霞骑着摩托，在美容院门前停下了。她的摩托上，还坐着小二。小二从摩托上下来，走进美容院。

云霞在外面等着，不时向里面张望着。

打工的小妞们围拢着小二，争抢着。"是我先看到的，这个客人是我的，是我的……"她们争吵着。

小二说："哎呀，我不是来美容的，我是来找你们女老板的。"

小妞们无奈地喊叫着："老板……"

小红从里面走了出来："哎呀，大学生，怎么也来美容了？"

小二说："不是美容，我这样子黑不溜秋的，美容也是煤球，嘿嘿……"

在座的小妞们都笑了起来。

小红也哈哈地笑着："男孩没有自己糟蹋自己的，你是第一个，就凭这个你也有气度。"

小二嘿嘿着："别奉承我了，我该不知自己多少分量了。我来这里是来商量我们公司业务的，我们公司现在进行的是第三个销售步骤，就是向消费者让利，凡是购买我们公司增白化妆品的，我们免费让她们化妆一次、美容一次，是一个礼拜一次，不能一年一次，那样太损了。"

小红点头："好啊，这肯定跟我们美容院有关系了，不然，你不会到我们这里来是不是？"

小二说："是啊。"

云霞在外面等得不耐烦了，喊叫着："小二，我先回去了，免得有人到咱们那里进货。”

小二答应着:“唉……回去吧。”

云霞警告着:“你自己可谨慎些啊。”

小二会意地答应着:“知道了。”

云霞骑着摩托离开了美容院。

小红把小二拉进到里面,客气地给小二倒了饮料,说:“我这里也缺乏你这样的人才,全都是档次低得可怜的小姑娘,所以我的业务总是开展不起来,总是越来越萎缩。”

小二对小红说:“我们把我们的利润分给你们一块,你们给我们的顾客美容化妆一次,就收取她们一张优待卡,然后到我们那里结算,每一张卡我们分给你5元钱。”

小红哈哈地笑了起来:“真是笑话,你知道我这里美容一次收费多少,是100元,你们只给我5元,真是笑话。”

小二解释着:“美容也分档次,是吧?”

小红说:“是啊,可最低档次也要50元,我们这里没有5元的美容。”

小二无奈地说:“那我们只好再去别的美容院了。”

这时,云霞的哥哥走了进来。

小二正要离开这里,不料和云霞的哥哥撞在了一起。

老板骂着:“刁小二,你抢走了我的妹妹,我的生意,我的公司,我的财产,还要抢我的情人,真是太可恶了。怪不得没有人敢用你们这些知识分子。”

小二分辩着:“我没有抢走你妹妹,你这情人,我也没有抢走,你妹妹还是你的妹妹。”

老板狠狠地打着小二,小二被打得跌倒了。

老板又狠狠地踢着小二,小二疼得翻滚着,然后夺门而出,仓皇逃走了。

在那个小房子里,在温馨的灯光下,云霞给躺在床上的小二擦着伤。

小二轻轻地呻吟着。

云霞安慰着小二说:“别起诉他了,我一定要他给你赔偿,向你道歉,我保证。”

小二说：“我不明白，他为什么这样待我？”

云霞笑着说：“那还不明白，那个小红就是他的命，他这个人就是喜欢女人，小红做他的姘头，他喜欢小红，以为别人也喜欢小红，所以就要打你。”

小二问道：“就这么简单？”

云霞说：“就这么简单。”

小二说：“我看不是。”

云霞问道：“你说，还有什么原因？”

小二说：“还有，你跟他分家，分财产，他恼火了。”

云霞叹息着：“早晚也要分开，我不想让自己辛苦赚来的钱让他养姘头去。亲哥哥，我也不会支持他养姘头，我自己还要发展呢，我必须和他分开，他就是打我，我也要和他分开。”

小二忽然抓住了云霞的手，吻着：“云霞，你可真漂亮。”

云霞这次没有抽回自己的手。

小二激动地贴近了云霞的脸颊：“云霞，我配不上你，可是，我还是要向你求婚，我永远追随你，直到我死。无论你答应不答应，我都要追随到底，我已经下定决心了。”

云霞的满脸绯红，羞涩地说：“你啊，真无赖，像块橡胶糖，怎么也甩不掉。”

小二问道：“你真的想甩掉我？”

云霞羞赧地笑着：“没有啊，我就是想考验考验你，看看你的心是不是真的。”

小二激动无比，狠狠地把云霞搂抱在自己的怀里。

云霞道：“慢，你要先发誓，我才能要你吻我呢。”

小二说：“发誓，我发誓，我要是变心了，我就死……”

云霞捂住了小二的嘴：“别这样诅咒自己，这太难听了，不吉利。”

小二问道：“那，怎么发誓。”

云霞说：“就说你们大学生的话，我想听，你们大学生怎么追求女孩的。

我要高雅的，懂得我的意思了吗？”

小二说：“我朗诵一首宋词，高雅吧？”

云霞轻轻地点头：“我喜欢，我要和庸俗决裂。”

小二朗诵道：“冰肌玉骨，自清凉无汗。水殿风来暗香满。绣帘开，一点明月窥人……”小二摇头晃脑的。

云霞叹息着：“哎呀，什么乱七八糟的，我听不懂。”

小二解释着：“这是形容美人的。”

云霞说：“好了，我不要高雅的了，太麻烦了。”

云霞依偎在了小二的怀里。

第二十四章　我要做城里人

占山愤然说："我就是要做一个城里人，一个纯粹的城里人。现在，咱们的城市化水平刚刚达到30%，还差得远呢，拉美国家已经达到50%了。咱们这些乡下人，要想创业，不留在城市，不利用城市的信息资源、道路资源、人才资源、资金资源，咱们回到乡下能成功吗？！"

四月说："是啊，我同意这个观点，可是现在，咱们太艰难了。"

两个人在街头慢慢地走着。

占山安慰她说："别灰心丧气，开始创业，全都这样，比尔·盖茨开始创业的时候手里也只有几千元。"

四月说："可是，咱们连几千元都没有啊。"

西北风呼叫着，街道两旁的树木颤抖着。冰，依然没有化，地上，光滑得如镜面似的。

占山和四月在城市的街头焦虑地小心翼翼地走着，一副筋疲力尽的样子。

四月坐在了人行道上，叹息着："还找不到住处，我要累死了。"

占山也坐了下来，擦着额头。

西北风依然呼啸着，呜呜地刮着。

四月说："要不，我还回到石垒家吧。"

占山说："石垒的爸爸总惦记着你，住在那里我不放心。"

四月说："反正，我的行李和东西都在那里，我还是应该到他家去一次。"

占山不高兴地说："我不是说过了吗，找到地方住了，咱们再去取行李。

我去取,不要你亲自去了。”

四月答应着:“好吧。可是哪有地方住呢,全都那么贵,咱们又没有钱。”

占山信心十足地说:“早晚会有钱的,我相信自己的能力。”

四月点头说:“我也相信你的能力。”

占山说:“走,咱们继续找地方住去。”

四月顽强地站起来说:“最好找个工作,连住宿带工作,都解决了最好。”

占山说:“实在不行咱们就自己创业吧。”

四月吃惊地望着他:“自己创业,咱们哪有本钱啊?”

占山指着自己的脑袋说:“咱们的大脑就是本钱啊。”

四月摇头:“那也需要资本啊。”

占山说:“资本就是知识啊,现在和过去完全不同了,现在钱、机器设备不像过去那么重要了,知识在创业中会起到重大作用的。”

四月说:“你说的这些我都知道,我也是本科毕业,咱们是同学,别忘记了。同学,别把我当乡下人。”

占山笑了起来:“咱们就是乡下人啊。”

四月说:“可是,咱们是被知识武装了的乡下人。”

占山愤然说:“我就是要做一个城里人,一个纯粹的城里人。现在,咱们的城市化水平刚刚达到30%,还差得远呢,拉美国家已经达到50%了。咱们这些乡下人,要想创业,不留在城市,不利用城市的信息资源、道路资源、人才资源、资金资源,咱们回到乡下能成功吗?!”

四月说:“是啊,我同意这个观点,可是现在,咱们太艰难了。”

两个人在街头慢慢地走着。

占山安慰她说:“别灰心丧气,开始创业,全都这样,比尔·盖茨开始创业的时候手里也只有几千元。”

四月说:“可是,咱们连几千元都没有啊。”

他们就这样在街头慢慢地走着,仔细地看着每一个张贴在墙上的广告。

天,慢慢地黑了。

四月无力地坐了下来,垂头丧气地说:“累,冷,饥饿。”

占山说:“饥寒交迫,咱们什么没见识过?”

四月说:“可是已经黑了,咱们总得有个地方睡觉吧?”

占山无奈地四处张望着:“这城市这么大,竟然没有咱们的一张床。”

四月说:“咱们先到石垒家住一夜好吗?这么冷的天会冻死的。你放心,我不会爱上那个卖鱼的老家伙的,他都40多岁了,我刚25岁,我怎么会爱上他呢?别自寻烦恼了好吗?”

占山无奈地点头:“好吧,不过我可提醒你,千万别让他蒙了。”

四月说:“笑话,我一个本科生,会让一个文盲蒙了吗?这说明教育太失败了,一个大学生的智力竟然不如一个半文盲,这可能吗?”

占山嘿嘿地笑了起来。

他们到了石垒家门前。

四月犹豫了一会儿,还是按响了门铃。

石垒开门,惊喜地叫着:“四月老师?”

四月和占山进了门。

石垒关上门。

四月和占山走进去,疲惫地坐了下来。

石垒的父亲从厨房跑出来,惊喜地说:“哎呀,四月,我当你让那个傻瓜给绑上了呢,怎么又逃出来了?”

四月笑着说:“怎么是逃呢?我已经……已经……和那个人说好离婚了,他已经答应了。”

石垒的父亲兴奋异常地说:“这可好了,我天天为你担心啊,现在可好了,你打算怎么办?是来我们这里继续当你的家庭教师吗?”

四月说:“是啊,不然,我就不会来了。”

石垒的父亲看了占山一眼:“我可不想邀请两个人来做家庭教师。”

四月说:“不是两个,就是我自己。”

石垒的父亲斜睨着占山说:“那,这个人干什么来了?”

占山说:“我是陪四月来的,我……”

石垒的父亲说："好了，四月已经到我家了，平安无事了，你可以回去了，你马上走吧。"

说着，石垒的父亲竟然要拉占山。

占山愤怒地站起来说："四月，咱们走，就是冻死街头，也不在这里住。"

四月求着占山的父亲："大哥，大叔，您就让占山在这里住下吧，他现在没有地方住了。我们毕业了，学校早就不许我们住了，我在郊区租的那个房子，人家因为我们交不起房费，也把房子租给了别人，我们四处跑，就是找不到房子。"

石垒父亲转着眼睛说："我可以给他找房子，现在出租房子的太多了。"

四月解释着："是非常多，可是太昂贵了，我们租不起，动辄就几百元，上千元，我们哪有钱啊？我们毕业几个月了，还没有找到一个安定的工作，没有钱啊。"

石垒的父亲冷酷无情地说："这个我可不管，我的家是我花钱买的，如果住的话，除非是我的亲戚朋友，我可以留下你，因为我已经聘请你当我儿子的家庭教师了。可我不能留下他，这小子住在我这里，一个陌生的男人我不放心。"

四月苦苦地哀求着："大叔，就看在我的面子上留他住一夜吧，到了外面，他会冻死的。"

石垒的父亲冷笑着："这天下的流浪汉多了，我全都留吗？我可没那么好心，我要是那么好心，我这房子还不挤满流浪汉了，是吧?! 没有房子，可以到收容所去啊，然后遣送回老家。没有工作，没有本领自己赚钱养活自己，何必总赖在城市呢？大学毕业，在城市找不到工作，在农村会有用处啊，到乡村小学当个老师总可以吧，何必这样流浪呢?"

占山实在无法忍受石垒父亲的侮辱了，喊叫着说："城市就是你们的吗？我们就不许在城里工作生活吗?"

石垒父亲说："你们乡下孩子要想留在城市可以，你们可以花钱买房子买工作啊？没有钱你赖谁啊？赖你的父母没有钱，别赖在我这儿不走啊，我可没义务养活你们。"

占山忍无可忍了，他头也不回地走出了石垒家。

四月追了出去:“占山,你上哪儿?我跟你一起走。”

占山劝说着四月:“四月,外面冷,会冻坏你的,就留下来吧,我找到工作,找到一个好地方就来接你。”

石垒也追出来说:“大哥,我当家了,就跟我住一夜吧,别在外面冻死。”

占山流着眼泪说:“我有的是办法,上火车站。”

四月说:“不行,我跟你一起去。”

占山把四月推进屋子,自己走了。

在火车站的候车室里,占山找到了一张椅子,躺在了椅子上,蜷缩着身体,睡着了。

半夜,一个警察用电棍敲着椅子:“哎,小伙子,火车票呢?”

占山起来,在自己的衣袋里假装摸着,寻找着:“哎呀,火车票丢了。”

占山装作大惊失色地看着警察。

警察早就熟悉了这些流浪汉的把戏,不屑一顾地说:“马上补票去。”

占山再次摸着衣袋:“我的钱包也丢失了,我的钱包啊……”

占山故作痛苦地喊叫着。

警察问道:“你说,什么时候丢的?”

占山说:“我要是知道什么时候丢的,我还不逮着小偷啊?”

警察不耐烦地说:“走,到派出所备案去。”

占山打着哈欠,跟着警察走出了候车室。

一会儿,占山再次溜进候车室,还是那没人占据的椅子,躺下来,继续打着呼噜。

那个警察又来了,看着占山。

占山继续打着呼噜。

警察继续用电棍敲打椅子:“小伙子,怎么又来了?”

占山惊醒,没好气地看着警察:“你怎么总是打搅我睡觉啊?”

警察笑了起来:“嘿,我倒没理了,我们这个候车室有规定,没有火车票就不许呆,明白吗?”

占山揉着眼睛说:“我不是说过了吗,我的钱票全都丢了。”

警察说:“是啊,你已经备案了,可以走了。”

占山说："这么黑的天，你让我到哪去啊，不是存心让我冻死吗？"

警察说："我看你小子根本就不像旅行的，是个流浪汉。走。"

警察恼怒了，抓起占山的衣服，就把占山拖出了门。

这天深夜，在石垒的家里，四月专心地给石垒辅导着功课。

石垒却是心不在焉地想着什么。

四月拿着书本，问道："石垒，说，我刚才讲过的，力是什么？"

石垒不知如何回答："什么力是什么？"

四月说："告诉你啊，力，是物体对物体的作用，力源于物体，又施于物体。力不能离开物体而存在，明白吗？"

石垒说："不明白。"

四月不耐烦地说："你啊，就是不注意听讲，我敢说，你在上课的时候，肯定也不听讲，是不是？"

石垒嘿嘿地笑着："我听不明白，所以就不想听。"

四月说："其实开始的时候听不明白，慢慢的，只要你认真听，就明白了，就怕你不认真听。"

这时，石垒的父亲站在门口，偷偷地观察着四月。

四月急忙扭过脸，让后背对着他。

四月接着讲："你现在认真听讲，我再讲一遍，其实物理好学。"

这时，门响了。门外传来一个老太太的声音："石垒，我这个东西又坏了，帮奶奶修一下。"

石垒对四月说："我们隔壁的路奶奶，已经八十多了，我帮她一下。"

四月说："我跟你一起去。我过去经常做好事的，在班里还当过雷锋式的团员呢。"

石垒叹息着："我到现在还没入团呢。"石垒说着，走出了门。四月紧紧地跟着他。

石垒的父亲不满地斜睨着门外。

路奶奶家，比石垒家还宽敞，有200平方米，显得空旷，宽敞。

路奶奶焦急地对石垒说："我这煤气罐还是打不开，真没办法。我经常一天不吃饭，因为我打不开煤气，我没有那么大的力气。"

四月问道:"奶奶,你的家人呢?"

路奶奶叹息道:"我的家人啊,三个儿子,全都在外国,我的老头子啊,在前年去世了,现在就我一个人。我的儿子让我到外国去,我才不想让自己这老骨头埋在外国呢,所以我宁可一个人过,也不去受那个洋罪。"

老太太兀自笑了起来:"哈哈……洋罪,受洋罪这个词汇啊,最准确了,在外国,真是受洋罪啊,哈哈……"

石垒一个人到厨房给老太修煤气罐。

路奶奶问道:"姑娘,你是……我怎么没见过你啊?"

四月回答说:"我是石垒的家庭教师,叫四月,是刚刚从本市大学毕业的。"

路奶奶惊奇地问道:"怎么,大学毕业竟然来当家庭教师?"

四月叹息着:"可不是吗,根本就找不到工作。"

路奶奶摇头说:"可惜可惜,我的几个孩子,全都是大学毕业,现在都在外国。有在加拿大的,有在澳大利亚的,那些地方就是缺人,像你这样的姑娘到了那边,肯定会有工作的。"

四月怦然心动:"真的,奶奶,我到了那里就一定有工作吗?"

路奶奶笑着说:"也要几年奋斗啊。"

四月无奈地说:"也和咱们这里一样,在这里奋斗几年是同样的啊。"

路奶奶好像不相信四月的话似的,问道:"你真的是大学本科毕业?"

四月说:"真的啊,我有文凭在啊。"

四月拿出文凭,让路奶奶看。

路奶奶戴着花镜仔细看着:"像真的,像真的。"

四月笑了起来:"就是真的啊。"

路奶奶抬起头来,说:"我非常孤独,找了一个保姆,偷我的东西,又找了一个保姆,档次太低了,不能和我聊天,我想找一个档次高的姑娘跟我聊天,你愿意吗?"

四月兴奋地喊叫着:"愿意,愿意啊。"

路奶奶微笑着:"我就喜欢你这样的受过高等教育的姑娘,我也是老大学毕业的,女子教会学校的,我学的是医学,我过去是大夫。现在我活了八十多,生命好像还不愿结束似的。”

这时,石垒站在四月的后面,不高兴地说:“奶奶,我总是给你帮忙,您可不能拆我家的台啊,我好不容易找了一个家庭教师,我不想把这个老师让给你。”

路奶奶急忙说:“哎呀,对啊,我这个老太太不懂事了,竟然跟我的石垒孙子抢起老师来了,奶奶错了,好了,就算我没说。”

石垒不高兴地拉着四月说:“老师,咱们走。”

四月说:“如果我辞职呢?”

奶奶急忙说:“你啊,就是辞职我也不雇你了。第二代,不是,是第三代更重要,我这个老太太有今天没明天的,不重要了。现在找个人品好、老实厚道、有本科文凭的好的家庭老师也不容易。”

四月无奈在跟着石垒回到了他家。

四月躺在床上,默默地想着心事。已经后半夜了,钟表敲打了二下,四月辗转反侧,难以成眠。

忽然,那门锁响了起来。四月惊讶地看着那锁。锁旋转了几圈,突然,门开了。石垒的父亲裸体走了进来。

四月慌忙打开灯,惊恐地问道:“你……干什么?”

他难以压制自己的欲望说:“四月,我没有老婆好多天了,我想你啊,你就答应我吧……我保证给你钱……”

四月严厉地斥责道:“呸,当我是什么人了?我当家教,但我不出卖肉体,明白吗?马上回去,我们明天就像没有发生过这件事,要不我就喊人了,让你进派出所。”

他嘿嘿地笑着:“你啊,别装算了,过去,我还以为你是大姑娘呢,现在我才知道,你是人家的媳妇,已经跟别的男人睡过四年了,已经好多次了,还在乎这一次吗?”

四月骂着:“呸,这是人话吗?我那是跟自己的丈夫睡觉,跟别的男人,我不会做这种事的。”

他依然赖皮地说:“现在你不是已经离开他了吗?不是还没有嫁人吗?你就嫁给我吧,行不?”

四月斜睨着他说:“就是天下就剩下你一个男人,我也不会嫁给你。你的档次太低了,简直就不是人,是畜生。”

他恼火了,骂着:“你这娘们,不知好歹,我给你工作,给你工资,给你住处,给你吃喝,你就是条狗,也要报答我啊,怎么就这么没有人情味呢?”

四月回答说:“我出卖劳动,不是你随便恩赐给我的,你恩赐的,我还不要呢。”

石垒的父亲眼睛里露出贪婪的欲望,突然,他跪倒在地上乞求着:“四月,你就可怜可怜我,嫁给我吧,我就需要你这样的媳妇。”

四月骂着:“呸,无耻之徒,竟敢打我的主意,你这是痴心妄想。”

石垒的父亲突然从地上跃起来,猛然扑向了四月,把四月压在了身下。

四月挣扎着,反抗着,喊叫着。

他把四月的嘴堵住,把四月的衣服全都扒了下来。

四月哭叫着,却无法发出声音,只是呜呜地哭泣着。

就在他要强奸四月的时候,门开了。

石垒喊着:“爸爸,你这是干什么?”

石垒的父亲惊慌失措地急忙从四月身上下来,灰溜溜地溜出了四月的房间。

四月慌忙穿好衣服,伏在床上痛哭起来。哭了一会儿,四月走出了石垒的家。

四月就站在石垒的家门外等着占山。

天,逐渐地亮了,楼道里出现了朦胧的光。

楼道尽头的窗口,可以看见有一丝橘红色的阳光射进来。

四月像是看见了希望,跑到窗口,往外张望着。

马路上,无数甲虫般的汽车,慢慢地爬行着。

还有一些行人,骑着自行车,在街上行走着。

突然,一个身影出现了。

四月激动地喊叫起来:“占山……占山……”

占山飞速跑上来,没有乘电梯,也许是为了驱赶严寒吧。

占山跑到四月身边的时候,已经是汗津津了。

四月激动得像是和占山已经分别几年似的,猛然扑到占山的怀里,热泪盈眶,她不断地亲吻着占山:“占山,我想你,占山,我想你啊。”

占山惊奇地看着四月:“四月,怎么这么早就出来了?”

四月已经是满脸的泪水:“没事,没事。”

占山猜测着:“他们赶你了?”

四月摇头。

占山问道:“那……为什么?”

四月还是摇头:“别问了,我不在他家干了。”

占山恍然大悟般地说:“啊,我明白了,他在夜里……”

四月慌忙堵住了占山的口:“别说了,别说了。”

占山看见已经有人从房子里走出来,就压低了声音,问道:“告诉我,那个文盲对你……”

四月说:“没事,我不会让他得逞的。”

占山愤然骂着:“我就知道这个畜生不会有好心的,我看得出来,他是个流氓,无赖,一个混账东西。”

四月擦着眼泪说:“没事的,我会保护自己的。”

占山说:“不要打官司吧?”

四月苦笑着说:“他又没有怎样我,打官司干什么?没有必要啊。”

占山无奈地说:“好吧,那最好了,咱们其实没有能力和时间打官司。”

四月点头,拉着占山敲开了路奶奶的家门。

路奶奶打开门,惊奇地问道:“怎么,姑娘,昨天是一个,今天怎么就是一双了?”

四月给占山和路奶奶互相作了介绍。

路奶奶把他们让进门,然后打开自己的牛奶箱子,拿出了牛奶。

四月急忙打开煤气罐,给路奶奶热牛奶。

占山打量着这个巨大的房子。

四月给路奶奶端来热牛奶,对路奶奶说:“奶奶,我已经辞去石垒家教的工作了,我打算给你工作,可以吗?”

路奶奶摇头说:“石垒不愿意,我不好夺人所爱啊。”

四月低声说:“我说什么也不在那家干了,那个石垒的爸爸,我害怕。”

路奶奶盯着四月:“啊,是害怕啊,他的档次太低了,又没有了老婆,你这样的姑娘,不适合在那个光棍家工作的。我就奇怪,我怎么会和这样的卖鱼的小商贩住邻居,像他这样的人,怎么比我们知识分子还有钱呢?太不公平了。”

占山也愤然说:“我们大学本科毕业,竟然还要求助一个卖鱼的商贩,让他恩赐给我们一碗饭吃,这更不公平啊。”

路奶奶打量着占山,问道:“难道,你一个小伙子也没工作?”

占山摇头:“没有。”

路奶奶遗憾地说:“姑娘可以跟着我,陪伴我,给我做饭,陪我说话,就像我的孙女,可是,你呢,我就不好收留了。”

占山说:“我也不会做这样的工作的。”

路奶奶不满地说:“做这个工作怎么样了,我看不错啊,这也是巨大的商机对不对?现在老年人的产业没有人来做,其实这真的是商机啊。我们老年人在一起,经常议论这个问题,可没有人愿意干这个。”

占山的眼睛一亮说:“奶奶,您启发了我,我真的想干这个产业。”

路奶奶拿起电话说:“我可以给你联系,让街道支持你,不过,我有个条件,到什么时候,这小姑娘都不能走。”

四月和占山都笑了起来。

占山问道:“如果她结婚了呢?”

路奶奶支吾着:“结婚……结婚……那就结婚吧,哈哈……”

占山说:“我们开办一个老人院,您到我们的老人院去吧。”

路奶奶说:“我才不会去呢,我的房子这么大,可是到了老人院,就变成了一个人15平方米的小房子了。”

占山问道:“您需要这么大的居住面积吗?”

路奶奶说:“这是习惯,在我小的时候,我们家还有别墅呢,比这个房子还大好几倍呢。

就这样,四月在老奶奶家住下了,做了老奶奶的保姆。

又是一个早晨来到了。

四月爬起来，把路奶奶扶到轮椅上，推着路奶奶上了电梯，然后来到了居民小区的花园。

四月忽然蹲下，恶心地呕吐起来。

路奶奶观察着她：“姑娘，过来。”

四月走到路奶奶的身边。

路奶奶抚摸着四月的肚子。

四月羞涩地躲闪着。

路奶奶又拉过四月的胳膊，给四月切脉。

路奶奶说：“我虽然不是中医，可是我对中医也是略知一二，我敢说，你怀孕了。”

四月惊愕地捂住嘴，脸色大变。

路奶奶笑着说：“别害怕，别害怕，说实话，我可以救你。”

四月无奈地摇头，叹息着。

路奶奶问道：“是那个占山的？”

四月摇头。

路奶奶惊愕地问道：“还有别人呢？”

四月叹息着，说：“我是个已婚的人。现在我想跟那个人离婚，我要嫁给占山。”

路奶奶若有所思地说：“女人啊，上学，结婚，离婚，全都不容易，全都比男人费力。咱女人啊，就是和男人不一样，要想和男人一样，就要付出比男人多得多的精力、时间，还有名誉。”

四月哭泣着，说：“我要马上把这个孩子做了去，奶奶，我请假一个小时，我把你送到占山他们的老人院吧。”

路奶奶说：“好啊，我就在那个老人院呆一会儿。”

街道的老人院里，四月把路奶奶推进去，然后喊着：“占山……占山……”

占山跑了出来：“四月。”

四月和占山走出了老人院，站在老人院的门口。

四月羞涩地说:“我怀孕了。”

占山惊骇不已:“怀孕了,谁的?”

四月低垂下头,好像是犯罪了似的,说:“还有谁的,那个畜生的?”

占山问道:“是石垒的父亲的?”

四月苦涩地说:“怎么会呢?”

占山恍然大悟似的:“啊,是那个傻瓜胡同的?”

四月捂住脸,痛苦地说:“那天,他把我强行按在床上,就……唉,过去我们总是用避孕工具的,他也听话,可是那次,他什么也不听了,他说就是要让我怀孕,我就……”

占山喊叫着:“别说了,我恶心……”

老人们都从窗口向外面望着。

四月委屈地哭了起来,蹲在地上再次呕吐着。

路奶奶打开门,喊叫着:“占山,你应该对四月好一些,女人,最需要柔情了,明白吗？不能这样对女人喊叫,这是不尊重我们女人,明白吗?”

占山气恼地捂住了自己的脑袋,说:“我真受不了了。”

四月没有好气地说:“又不怨我,为什么对我这么凶?”

占山喊着着:“我……我……我无法接受……”

四月小心翼翼地提醒着占山:“当初,你知道了我是结婚的女人了,就应该想到这一点的,可是,你并没有提出什么异议啊,为什么现在突然这样了呢?”

占山气恼地说:“为什么,为什么,我也不知道为什么?”

四月委屈地哭泣着,边哭边呕吐。

路奶奶在门里面继续喊着:“四月,别害怕,谁也不要怕。我没退休的时候,当过区里的政协委员,我给你撑腰,所以你谁也不要怕。”

众老人全都笑了起来。

当四月从医院回到路奶奶家的时候,路奶奶已经在家了。占山正在帮路奶奶做饭。

四月垂头丧气地坐下来,眼睛呆滞地看着窗户外面。

占山和路奶奶的目光全都看着她。

她什么也不说，眼泪只是止不住地往下流。

路奶奶问道："怎么了，四月，我说得对吧，是怀孕了吧？"

四月点头，依然没有说话。

占山问道："你打算怎么办？"

四月说："我打算……把孩子做掉，可是医生说我的血压低，不能……"

占山惊愕地看着她。

路奶奶大声问道："我听不清楚，医生说什么？"

四月回答："医生说我的血压低，不能把孩子拿掉，说危险。"

路奶奶笑着说："我就奇怪了，现在的医生比我们那个时候高明吗，现在危险，等生孩子的时候不是更危险吗？"

四月惊恐地看着路奶奶说："奶奶，你是说我生不生孩子都危险，是吗？"

路奶奶轻松地笑着："这有什么，生孩子没事，不生孩子也没事，我是妇科专家，我知道。千万别有压力啊，想怎样，就怎样，不就血压低一点吗，多少啊？"

四月说："医生说是100，60。"

路奶奶惊讶地问道："这么低啊，怎么搞的？"

四月说："我也不知道。"

路奶奶安慰着四月："别害怕，过几天，你再去一次，说我说的，可以把孩子拿掉，估计他们会听我的。"

四月摇头说："我提起过您，可是，他们说不认识。"

路奶奶气恼地说："简直是数典忘祖，竟然连前辈都不记得了，简直太不像话了，我给他们打电话。"

四月叹息着："别打了。"

路奶奶叨唠着："这些人啊，怎么会不记得我呢？我是妇科的专家啊，是这个城市妇科的开创人啊，怎么会忘记我呢？"

占山对四月说："咱们出去走走吧。"

四月点头，对路奶奶说："奶奶，我们一会儿就回来啊。"

路奶奶说："你们千万别往绝处想啊，山穷水尽疑无路，柳暗花明又一村。"

四月点头。

占山夸奖着:“奶奶,您脑子还那么好使!”

路奶奶自豪地说:“我这是年轻时候打下的基础。”

已经是春暖花开了,街头的柳树已经发芽了,长出嫩绿色的小叶。人们的穿戴,也明显地和冬天不同了,脱下了厚实的防寒服,穿上单薄、美丽的春装,街头显得花花绿绿的。

四月走着,和占山紧紧地挨在一起。

占山问道:“到底怎么办?”

四月坚定地回答:“只要我有这个可能,我绝对不会生下这个孩子。”

占山问道:“如果真的危险呢?”

四月无奈地说:“我有什么办法呢?生,危险;不生,也危险,我现在的心情很复杂、很害怕。”

占山气恼地说:“为什么会出这样的事情呢?我真没想到。”

四月说:“不要说你,我也没有想到啊。”

占山说:“你太缺乏自我保护意识了。”

四月申辩说:“我不是说过,我过去和他在一起的时候,每次都用避孕工具的,可是,那天……”

占山再次吼叫起来:“别说了,让我恶心。”

四月痛苦地看着他:“你总要我解释,我解释了,你又无法忍受,要我怎么办呢?”

占山气呼呼地喘息着:“我实在不想知道你和那个傻瓜在一起的细节,可是你却要告诉我,你们在一起的细节,甚至戴不戴……我怎么能受得了呢?我是有自尊的男人啊。”

四月说:“我也是有自尊的女人啊,为什么总是向我吼叫呢?为什么这么不尊重我呢?为什么?就因为我怀孕了,我就变得一文不值了吗?”

占山道歉说:“对不起,我想起你们在一起的时候就气恼,特别是想起你们在一起做爱,我更受不了了,真的。我的脑袋要爆炸了,我的心脏也要爆炸了,我实在不能忍受我心爱的人,竟然……怀了别人的孩子。”

四月哭了起来:“开始,你就应该想到。”

占山继续吼叫着:“开始,开始,你就不要说开始这个词了吧。开始是怎么样的?你还记得吗?开始是你根本就不想告诉我真实的情况,隐瞒了自己是一个结婚的女人。开始咱们在一起的时候,你知道我喜欢你,可你并没说你是一个结婚四年的女人,并且已经和那个傻瓜……”

四月也吼叫起来:“够了,我也受不了了……”

四月匆匆地向路奶奶家走去。

占山追上她:“别走,咱们应该冷静下来,好好谈谈。”

四月喘息着,望着远处。

占山忍耐住自己的愤怒,说:“四月,我恨那个傻瓜,也恨你……”

四月说:“既然恨我,咱们还可能在一起吗,还是分开吧。”

占山说:“不,我是说,我恨的是过去的你,不是现在的你。”

四月痛苦地坐了下来,说:“我太累了,我现在没有一点力气,没有一点精神,我想休息,我实在不想再奋斗了,我想到了死……一死了之。”四月的泪水流满了脸颊。

占山也坐了下来:“四月,对不起,都是我不好,我心胸狭窄,你就骂我吧。”

四月把自己的头倚靠在占山的肩膀上说:“占山,说句实话,你现在就是我生活的勇气和希望,如果你抛弃了我,我就真的不想活下去了,我已经活腻味了,活够了。我为什么没有一点幸福的感觉呢?总是感到痛苦呢?呜呜……”四月大声号啕起来。

占山也流出了眼泪:“是啊,咱们太不容易了,四月,你太不容易了。”

四月擦着自己的脸颊说:“看看人家许优、辛汉,人家才是幸福的,想吃就吃,想玩就玩,想干什么,就可以干什么。可咱们呢?特别是我,什么也不敢,什么也没有,没有住处,没有工作,没有属于自己的一切……”

占山安慰四月说:“四月,咱们还年轻,以后什么都会有的,我相信这一点。”

四月无力地说:“我在医院的高楼上,心情灰暗,真的想跳下楼去,一死了之。”

占山抱住了四月:“四月,千万别这样啊,别这样小心眼啊。你是受过高等教育的女性，应该看开一点。”

四月叹息着：“我想起了你，想到了咱们以后的幸福，我就……我就忍着，让那个大夫数落着，她说，你丈夫为什么不陪你来？告诉他，你这样非常危险，血压这么低，怎么办？”

占山说：“下次我一定陪伴你去，我保证。”

四月说：“你不恨我了？”

占山说：“不恨了。”

四月眯起眼睛，想等候占山的亲吻。

可是，占山却冷漠地注视着远处行走的女人们。

四月睁开眼睛，看着占山。

又有些日子过去了。

街头，各种树木花草均已经长出了绿色的枝叶，有的还长出鲜艳的花朵。

有爱美的姑娘已经穿上了超短裙，裸露出白嫩的大腿。

四月和占山在街头慢慢地踱步。

四月的肚子已经微微地隆起。

占山看着四月的肚子，脸上流露出愤怒：“这个孩子怎么还没有做掉啊？”

四月喃喃地像是求助占山似的：“别喊叫了，别喊叫了。”

占山恼怒地说：“看见这个……我就想起那个傻瓜来，这是那个傻瓜的孩子。”

四月叹息着：“我没有办法啊，人家医院不给做啊。”

占山问道：“还是血压低？”

四月痛苦地说：“是啊，还是血压低，人家说，血压太低危险。”

占山摇头说：“四月啊，你可真想不开啊，这样留下去，将来不是很麻烦吗？”

四月无奈地说：“怎么办，医院这样说了，要我怎么办呢？”

占山说：“要不，咱们就到别的医院去，那里的医生不一定那么死板。”

四月惊慌地说:“不行,小医院的质量肯定不如大医院好,那样会更危险的。”

占山说:“好吧,我没有办法,你自己看着办吧。”

四月问道:“我怎样办,你都接受吗?”

占山说:“是啊,只要是你作出的决定,我肯定服从。”

四月试探地问:“要是……留下这个孩子呢?”

占山惊愕地问道:“什么,你想……”

四月说:“我喜欢这个孩子,我想……”

占山喊叫起来:“四月,我就觉得稀奇,为什么医院不给你做掉这个孩子呢,原来是你自己玩花招啊?是你在欺骗我啊?”

四月解释说:“不是的,不是的,我说的绝对是实话,我……”

占山狠狠地看着四月的肚子:“我警告你,如果你再不把这个小傻瓜做掉,我就……我就……”

四月惊讶地看着占山:“占山……占山……你要怎么样?”

展示说:“我就跟你一刀两断。”

四月的眼泪马上流了出来:“占山,难道你就这么狠心吗?”

占山问道:“四月,你说,是你狠心还是我狠心?大学四年,你成功地隐瞒了自己是个结婚女人的身份;大学毕业以后,你明知道我喜欢你却还要隐瞒。如今我委曲求全忍受了你的一切,忍受你已经结婚四年多的事实,忍受你和一个傻瓜男人睡了上千次,可是……”

四月给了占山一个耳光。

占山捂住自己的脸,愤怒地看着四月。

四月已经是泪流满面了。

占山继续说着:“好吧,我不说这些了,我就一个请求,就是你马上把这个孩子拿掉,我不想养别人的孩子,明白吗?”

四月委屈地说:“可是,这也是我的孩子。”

占山几乎是吼叫着:“可是,这也是那个傻瓜的孩子,那个傻瓜的。”

四月痛哭着离开了占山。

占山在四月的后面跟着:“四月,四月,你听我说。”

四月哭着说："算了，我实在累了，我没有精力再为这个孩子争吵了，我要安静，我想安静，别打搅了我了，好吗？我求求你。"

回到路奶奶家，四月躺在床上，真想一死了之。就这样，四月睡着了。

又是浑浑噩噩地过了些日子。

春天的气息是温柔的温馨的，燕子在天空中呢喃着，传送着春天的气息和自己的喜悦，杨柳在春风中微微摇曳着。街头，嫩嫩的绿色代替了灰色，一切都是生命复苏的迹象，让人心情愉快。

在这样一个春天的早晨，四月和占山走进路奶奶的家。

四月打开门，占山也跟了进去。

路奶奶见到他们，立即惊慌失措地喊叫着："四月……快跑啊……"

四月惊骇地问："路奶奶，怎么了？"

这时从里面的房间走出了几个警察，还有石垒的父亲。

石垒的父亲喊着："就是他们两个……"

几个警察一起上来，把占山扑打在地上，给占山戴上了手铐。

四月惊慌地问道："怎么了，为什么这样？"

手铐，也给四月戴上了。

石垒的父亲说："四月，不是我出卖你们的，你们的通缉令还没有撤销呢。警察抓了我，我必须供出你们，要不我就没有清静的日子过。"

路奶奶用手摇动轮椅，拦住了警察："我原来是区政协委员，我要问问，你们为什么抓这个姑娘啊？"

警察说："我们是抓拐骗妇女的人。"

路奶奶问道："谁拐骗谁啊？"

警察回答说："我不知道。"

四月哭叫着："奶奶，救救我啊。"

路奶奶急切地问道："到底是谁拐骗谁啊？跟四月有关系吗？"

警察说："回我们县里再说吧。"

警察把占山和四月押出了路奶奶家。

路奶奶喊叫着："唉，四月，我给你工资，这个月的……700元……"

四月回头说："奶奶，千万给我找个好律师啊，我丈夫家是有钱人，在县里也是霸王一个,我要是没有律师,要是没有好律师,我一定回不来了,占山也会蹲监狱的。”

路奶奶抹着眼泪说:“放心……我的儿子闺女都在外国,我给你请外国律师,保证把官司打赢啊……”

四月说:“千万别请外国律师,我们县里不会听外国人的话。”

路奶奶哭着说:“姑娘,放心吧,我就是死,也要找个好律师,把你救出来。”

四月和占山被推着进了电梯。

电梯迅速地往下降落。

占山叹息着看着四月:“四月,你看,就这么一件事,你惹了多少麻烦啊,看来咱们这辈子也别想安静了。我也许会在监狱里度过的,咱们是秀才遇见兵,有理说不清啊。警察也不让咱们解释,怎么办呢?”

一个警察说:“到了县里,自然就有你们解释的地方了。”

农村的大地也是绿油油的一片。树上的鸟儿发出委婉的鸣叫,大地里,蛙声片片。

四月看着这春天的景象,心里一阵激动。她望了一阵,想起儿时的情景,叹息了一番,然后走进傻瓜胡同的家。

四月的出现,让傻瓜胡同立刻兴奋起来,他哈哈地笑了起来,喊叫着:“爸爸,你可真有本事,这四月,又给抓回来了,哈哈……”

四月愤怒地看着傻瓜胡同:“临走,我怎么跟你说的,你不是答应离婚了吗?”

傻瓜胡同立刻木讷起来,低垂下头。

傻瓜胡同的父亲走出院子:“他说同意不行,我要的不是你,我要的是我的钱,明白吗?我要钱,你要掏出钱来,我就同意你们离婚,要不,我就总起诉那个王八蛋,告他拐骗妇女,拐骗我儿媳妇。”

四月骂着:“你卑鄙,无耻。”

傻瓜胡同的父亲嘿嘿地笑着:“我卑鄙,无耻?是我养蝎子的钱供你上完大学,你毕业了,想不还我的钱,就要跑,是我卑鄙,还是你卑鄙?”

四月说:“我不是说过了,我一定还你的钱的,还要加倍偿还的。”

傻瓜胡同嘿嘿地笑着，拉着四月的手说："是啊，四月说过。"

傻瓜胡同的爸爸把儿子推到一旁，然后观察着四月的肚子，问道："这是谁的孩子？"

四月回答说："跟你家没有关系。"

傻瓜胡同的爸爸愤怒地说："好啊，你还没有跟胡同里办离婚手续，就敢在外面养汉子，我就知道你们在外面没有好事，就凭这个，我也不能放了那个叫占山的。"

四月的口气软下来："这孩子，是胡同里的，不是占山的，跟占山没有关系，我跟占山没有……没有……"

胡同里的爸爸哼了一声："我不相信，我不相信。"

四月看着胡同里："你问问他，上次我回来的时候……"

胡同里点头说："是，是。"

胡同里的爸爸气恼地走进了房间。

四月对胡同里说："我回我家去了，明天，咱们就到乡政府办理离婚手续吧。"

四月刚刚走出院子，胡同里的爸爸就走出房间，对着她的后背喊着："没门……没门……除非你拿钱来……"

当四月走投无路的时候，路奶奶亲自去找了市里的领导，四月就这样，被释放了。

四月迈着沉重的脚步，再次走进了路奶奶的家。

路奶奶打开门，兴奋地喊着："哎呀，四月，终于回来了啊，我向市政府反映，向政协反映，他们都同情你们的遭遇呢。"

四月和路奶奶拥抱着："奶奶，谢谢您了。"

四月把路奶奶扶到沙发上坐下。

路奶奶关切地问道："怎么就你一个人回来了，占山呢？"

四月说："不知道，听说，上边的电话到了乡里了，要派出所马上放人，可是我到乡派出所打听，没有打听到，他们说，他已经走了。"

路奶奶惊讶地问道："到哪里了？"

四月摇头："不知道啊。"

这时，占山敲门。

四月慌忙开门。

两个年轻人激动地拥抱在一起。

路奶奶喊着："哎呀，进来抱吧，别在门口这样。"

两个年轻人激动异常地拉着手，走进了屋子。

占山看着四月的肚子，问道："怎么样，离婚手续办了吗？"

四月痛苦地摇头："他们说，没有钱就别想办离婚手续。"

占山失望地叹息着："他们要多少？"

四月说："又涨价了，要3万元。"

路奶奶说："区区3万元啊，就把你们难成这样啊？"

四月说："可不是吗，我们刚毕业，实在拿不出这么多啊。"

路奶奶说："我借给你们，我的钱，根本就没地方花去。"

四月急忙谢绝："不，奶奶，我们不能要您的钱，我们年轻，我们自己赚钱去。"

路奶奶笑着说："我已经老了，八十多了，要钱有什么用处啊，我就是要借给你们的，我如果说赞助，你们肯定是不会要的，我是借给你们，好吧？10年以后还给我，好吧？如果我死了，你们就不要还了。"

四月激动地抱着路奶奶说："奶奶，您就像我的亲奶奶。"

路奶奶说："你啊，自从你来以后，给我带来了欢乐，我的生命也不再孤独了。我要是能活到90岁，100岁，全都是你的功劳啊！你这个孩子，懂得心疼人、理解人、关心人，我喜欢你啊姑娘，谁要是娶了你，一定会幸福的。如果你们结婚，就住在我这里吧。这200平方米，我一个人住太寂寞了，夜里我就害怕。哈哈……你们来了，我就不害怕了，我就变成大人了，要不，我就是个孩子啊。哈哈……"

四月和占山全都笑了。

四月抚摸着自己的肚子说："奶奶，您说，血压低，真的可以把孩子拿掉吗？"

路奶奶肯定地说："我看没有关系的，再说了，血压低，不是永远的低，血压也许会升上来呢。"

四月惊喜地问道："真的?"

路奶奶笑着说："相信我吧,我是妇科专家。"

四月把脸转向占山："占山,他们打你了吗?"

占山说："没有,不过,给我戴了手铐。"

路奶奶喊着："这个问题,我也向市政府反映了,还没有弄清是怎么回事,怎么就可以给人戴手铐呢? 这本身就是违法啊。"

四月说："奶奶,要是没有您,恐怕我们就会是另外的命运了。"

占山说："是啊,要是没有奶奶的帮助,我就要以拐骗妇女罪被判无期徒刑了。四月呢,就要被关在农家小院里生孩子、喂猪,大学也就白上了。"

路奶奶得意地说："我老太太不会对你们年轻人的痛苦无动于衷的,我也是受过高等教育的人啊,哈哈,咱们是同病相怜啊。"

房间里充满了幸福的欢笑声。

路奶奶打开窗户,望着外面的春天说："看,春天来了,严冬过去了,你们还发愁什么呢?!"

第二十五章 丧　钟

许优忧心如焚，慢慢地在街头走着。他走到一个街头公园的门前，拿出一支香烟来，狠狠地吸着。

其实，现在花园的景色非常美，花园里的花都开放了，富贵妖娆的牡丹，姿色艳丽的玫瑰，争奇斗艳。花园门口，一座音乐喷泉正在喷射着五光十色的泉水，伴随着的是动听的音乐。

然而这一切，对于许优来说，全都如丧钟一般令他沮丧，气恼。

许优办公桌的请柬码得非常高，许优半躺在办公桌后面的转椅上，双脚放在写字台上，懒懒地看着那些请柬。

有的请柬让他嗤之以鼻，他把那些请柬顺势扔到废纸篓里。有的让他狠狠地撕碎。

办公室的那个女孩再次把一些请柬放在了许优的办公桌上，并且小心翼翼地提醒他说："许总监，建筑公司的老板邀请您可是有几次了。"

许优骂着："他也配邀请我吗？真不知天高地厚，赚了几个小钱，就忘记了自己脑袋上还顶着玉米粒呢，可笑。"

这时，一阵急促的电话铃声响起，许优不愿接电话，依然看着那些请柬。

女孩拿起电话听着，放下电话后她惊愕对许优说："你爸爸……许副市长他……"

许优的眼睛依然没有离开请柬。

女孩吞吐着："你爸爸……"

许优这才抬起眼皮："怎么了，出国了？"

女孩摇头。

许优问道:“那是怎么了,心脏病犯了住院了?”

女孩的脸上露出尴尬的神情,喃喃地说:“他……不好说。”

许优吃惊地问道:“不好说,什么事情不好说啊?”

女孩要立即离开这里。

许优抓住她:“你这丫头,这是怎么了,啊?什么事这么吞吞吐吐的?”

女孩摇头,依然不说话。

许优气得喊叫着:“干什么,玩深沉啊,什么事这么不好说,我爸爸他又跟别的女人……”

女孩摇头:“不是,不是,你还是问文雅吧,她来的电话。”

许优问道:“文雅,她怎么不直接来找我?”

女孩说:“恐怕,事情不好说吧。”

许优说:“不好说?”

女孩急匆匆地离开了许优的办公室。

许优拿起电话,播了几个号码,然后问道:“文雅吗?”

文雅在电话里面说:“我马上到你房间去。”

许优放下电话,在房间里踱步,吸烟。

文雅走了进来,随手关上门:“许优,你知道了吗,上面的领导说要撤换你。说改革了,要你离开电视台,说你不符合总监制的条件,甚至连编导的条件也达不到。”

许优骂着:“他们敢说这样的话,自己的官还想干吗?”

文雅神秘兮兮地问道:“许优,说实话,许叔叔是不是出事了?”

许优惊愕地问道:“什么,我爸出事了?我怎么不知道呢?”

文雅叹息道:“你啊,太不敏感了,到处都传你爸爸被捕了。”

许优瘫在椅子上:“真的吗?”

文雅小心翼翼地说:“你也许不知道,你妈妈也不告诉你,你这几天看见你爸爸了吗?”

许优说:“我几天没有回家了。”

文雅说:“快回家看看吧,也许是真的。如果不是真的,他们不敢这样对你,肯定是……"

许优骂着:"妈的,这一群小人。"

文雅叹息着:"唉,什么小人君子的,人,就是几十年的活头,还不是见风使舵,唯利是图,给自己的事业生活铺路。"

许优急匆匆地打着电话。

家里没有人接。

许优放下电话说:"我先回家看看,晚上咱们再见吧。"

夜晚的街头,格外热闹。到处是霓虹灯,到处是五颜六色的广告牌,到处是商家琳琅满目的商品招牌。

许优忧心如焚,慢慢地在街头走着。他走到一个街头公园的门前,拿出一支香烟来,狠狠地吸着。

其实,现在花园的景色非常美,花园里的花都开放了,富贵妖娆的牡丹,姿色艳丽的玫瑰,争奇斗艳。花园门口,一座音乐喷泉正在喷射着五光十色的泉水,伴随着的是动听的音乐。

然而这一切,对于许优来说,全都如丧钟一般令他沮丧,气恼。

文雅开着自己的汽车来到这里。

文雅下了汽车,急匆匆地奔向了许优,他们一起走进了街头公园。

文雅问道:"许优,怎么样?许叔叔他……"

许优叹息着:"我爸爸真的进去了,是检察院逮捕他的。"

许优说着,就像泄了气的皮球似的,无力地瘫在地上。

文雅惊讶地问道:"到底是什么回事啊?"

许优狠狠地吸烟:"还有什么,还不是接受了人家的钱。"

文雅问道:"多少?"

许优摇头:"我怎么知道?"

文雅同情地问道:"那,你妈妈怎么样了?"

许优说:"我爸爸跟她已经分居了,所以她反应冷淡,好像早就预料到会有这样的结局似的。"

文雅拿出手绢,擦着汗说:"许优,你知道吗,上面领导决定要解聘你呢。"

许优狠狠地把香烟扔到地上，骂着：“这群小人，我就知道会有这样的结果。这就叫一人得道，鸡犬升天；一人伏法，九族株连。”

文雅安慰许优：“别着急，也许别人会同情你的，也许市里的领导会同情你的，也许……先别着急。”

许优摇头，好像看透了似的：“同情，谁不痛恨贪赃枉法的赃官，谁不憎恨腐败？那些小人，这回也要拿这样的话来搪塞我的。过去他们为了自己的私利拍我的马屁，现在我已经失去价值了，就像一个没有了四肢的马，没有用处了，他们还用我干什么？下一个用的人，应该是另外一个市长的儿子了。”许优说着，流出了眼泪。文雅叹息着，也擦着眼泪。

许优漠然地看着天空上冷漠的星和月说：“我早就知道了他们心里是怎么想的了，他们不过总是说得冠冕堂皇罢了。”

文雅劝说着许优：“许优，别总是想着自己，应该想想别人啊。过去他们重用你，也许是你爸爸关照的，他们没有办法，他们不敢惹恼你爸爸。如今你爸爸进了监狱，他们也许就敢惹你了，这个问题就是这样简单啊，你应该想通啊。”

许优看着文雅：“文雅，我知道，你跟我也不是真心的，我知道，你有几个男人。但是我还是要对得起你，我把我的钱取出来给你一部分，然后我今天夜里就远走高飞了，再也不回来了，这个城市让我屈辱。”

文雅小心地问道：“你到底有多少钱？”

许优摇头：“这个，我绝对不告诉任何人。”

文雅低下头说：“你啊，比我还神秘呢，多少女人，多少钱，多少住所，谁也不知道。”

许优再次点燃香烟，狠狠地吸烟，然后说：“文雅，陪我吃最后一顿饭吧，然后咱们就分手。”

文雅点了点头。

他们走进本市最豪华的一家饭店，服务小姐像是非常熟悉他们似的，向他们鞠躬：“文雅小姐，许优先生，欢迎光临我们酒店。”

许优说：“还是那个房间。”

服务小姐导引着他们走进了一个房间。

许优和文雅坐下,文雅掏出镜子打扮着自己。

许优注视着她。

文雅低声说:“应该马上去取钱,晚了银行就关门了。”

许优冷冷地说:“银行昼夜开门,何必着急呢?”

文雅小姐不自然地笑了一下:“好吧,我先陪你吃饭。”

这时,服务小姐端上一盘一盘的菜肴和酒。

许优端起酒杯来,对文雅说:“文雅,感谢你给我的欢乐。”

文雅笑着说:“你啊,尽说这些虚的。”

许优说:“真的,是真的,这是我的真实感受。”

文雅说:“其实,我也知道,我不过是你无数女人中的一个,我什么都知道,我不过是不想戳穿你罢了。”

许优问道:“为什么不戳穿我呢?”

文雅说:“我担心失去你啊,听说你的脾气就是这样的啊,不允许别人打听你有多少女人。”

许优哈哈地笑着:“好了,咱们对等了,方程两边是对等的,哈哈,哈哈……”

文雅也是尴尬地笑着。

许优再次把白酒喝干。

文雅看着他,担忧地说:“千万不要酗酒,会伤身体的。”

许优无所谓地说:“伤身体,我的生命就快结束了,我还担心伤身体吗?”

文雅惊讶地看着他:“许优,千万不要这样啊,你爸爸虽然进了监狱,可是你还年轻,我不能看着你这样啊。”

文雅抢过他的酒杯。

这时,文雅的手机响了,她接听着手机,然后走出了房间。

许优躲藏在门口,偷偷地听着外面的谈话。

文雅好像非常机密地说:“我要把他的钱全部拿过来,否则我就太吃亏了,我就白白牺牲自己了。好,马上就完了。”

许优恼火地骂着:“都是为了算计我,都是为了欺骗我。”

文雅走了进来,吃惊地看着许优:“怎么,你偷听我的谈话?”

许优承认道:“我想知道,最后同情我的人是谁?”

文雅笑起来:“你啊,活得太累了。何必呢,商品社会,生命都是商品,包括人的笑容,人的赞美,人的肉体,人的时间。我过去陪你,一是因为你追求我,我不想太冷淡你,不想伤害你;二是因为你爸爸,我想通过你爸爸干一些事情。现在你爸爸已经进了监狱,我也没干成什么事,所以你也就把我的时间、笑容、赞美、时间还给我。好吧,别耽误时间了,要不,我也会报复你的。”

许优愤怒地给了文雅一个耳光。

文雅捂住嘴,骂着:“你这混账东西,傻瓜,你凭什么得到这一切啊?我凭的是美丽,是姿色,你呢,你凭什么?你是才华出众吗?你是才华盖世吗?你是学富五车吗?说啊,你不是凭你爸爸那一点权力吗?!”

许优继续狠狠地打着文雅:“妈的,你这淫妇,你这依靠出卖色相出卖肉体换取金钱地位名利的虚伪的女人,不要脸的女人……”

文雅夺路而逃。

许优气喘吁吁地走出了酒店。

许优在街头慢慢地走着。他走进一个银行,拿出自己的卡,递给工作人员,把钱全部取出来。

工作人员把卡放进机器里。

一会儿,工作人员又把卡还给许优:“你是许优先生吗?”

许优点头:“是啊。”

工作人员笑了笑:“真遗憾,您的账号已经给封了。”

许优惊诧地问道:“谁封的?”

工作人员说:“除了司法部门,我们没有这样的权利。”

许优惊慌失措地走出了银行。

许优惊魂未定,又看见了文雅。

文雅坐在汽车里,指挥着几个魁梧的汉子:“马上把这个混账的钱抢过来,那是属于我的东西。”

几个大汉抢过许优的包,翻着。

大汉对文雅说:“小姐,什么也没有。”

文雅骂着:“这个混账,把钱藏在哪里了? 说?”

许优笑着:“没想到,文雅小姐,著名的演员,竟然跟黑社会有关系。”

文雅说:“什么黑社会,这些人是我的保镖。”

许优摇头说:“一个随便钻男人被窝的女人,需要保镖吗?”

文雅气恼地喊叫着:“给我打,打一个嘴巴,我赏 10 元钱,一拳,赏 20 元。”

保镖们一起打着许优,并且数着:“一下,10 元,一拳,20 元。”

许优被打得躺在地上,无法动了。

文雅走下汽车,在许优的身上翻着钱。

文雅失望地站起来说:“他什么也没有了,已经失去价值了,走吧,和一条丧家犬在一起,小心挨咬啊。这样的狗更狠毒啊。”

文雅上了汽车,她的保镖也上了汽车,汽车飞速地开走了。

许优挣扎着站起来,踉跄地走着,他在自己的家门口转悠着。

院子里的汽车,还有自己的家,全都贴上了封条。

许优失望地痛苦地坐了下来,望着天空的星星,眼睛里流出了泪水。

浩瀚的天空上,挂着一弯残月,残月惨白,无力地斜睨着,好像在看着许优。

许优吼叫着:“我的满月呢,在哪里? 你在哪里啊……”

许优慢慢地走向街头,在一个高楼前,许优站住了。

他仰望着高耸的楼顶,眯缝起眼睛,叹息着:“想不到我许优,人人羡慕的公子哥,竟然不想活了。哈哈哈哈……”

许优慢慢地走向高楼的电梯,一会儿他就到了楼顶。

许优向远处望着,忽然,许优喊叫着:“金钱,美女,奉承,豪华汽车,别墅,这一切过去全都是我的,全都是我的……可是,如今全都不再属于我了……全都是别人的了……我不能接受……”

喊完,许优向下跳了下去。他从百米高的楼顶落到了地上。

人们惊叫着:“啊……”

第二十六章　别失去平衡

陶兰叹息着："许优因为突然失去金钱和父亲的权力，心理失去了平衡，无法忍受眼前的一切了。为什么要死呢？我现在的生活充满阳光，过去我们家那么穷苦，我也没想到过死，我是顽强的，不像你们，是温室里的花朵。"

陶兰的家里，陶兰和辛汉正在看电视。

他们从电视里看到了许优的尸体。一个记者正指着尸体说着什么，旁边还有警察。

陶兰惊愕地问道："到底为什么啊？"

辛汉叹息着："唉，人啊，真是太脆弱了。"

陶兰的妈妈爸爸都从厨房跑出来，看着电视："哎呀，亏得陶兰没有跟这个许优啊，看，这个小子现眼了吧？"

陶兰说："爸爸妈妈，你们千万别这样说人家。"

辛汉也说："是啊，许优的确够可怜的。"

陶兰默默无语，走到了窗户边，看着外面。

辛汉紧紧跟着她："陶兰，你可别学许优，从楼房跳下去啊。"

陶兰叹息着："许优因为突然失去金钱和父亲的权力，心理失去了平衡，无法忍受眼前的一切了。我为什么要死呢？我现在的生活充满阳光，过去我们家那么穷苦，我也没想到过死，我是顽强的，不像你们，是温室里的花朵。"

辛汉小心翼翼地问道："那，你在想什么？"

陶兰擦着眼泪说："我在想许优。"

辛汉也流下了眼泪："我也想他。"

陶兰突然放声号啕起来。

爸爸妈妈走到她的身边："陶兰，至于吗，那小子那么坏，他爸爸也那么贪，何必想他同情他呢。"

陶兰擦着眼泪说："好歹，我们也是同学，大学四年，也……"

辛汉补充说："也有一些感情。"

这时，妹妹从外面走进来，风尘仆仆的样子："哎呀，要这录像带干什么，有什么用吗？"

妈妈训斥道："净是这样的话，怎么没有用处？人家把证据盗走了，还在到处假冒兰菊牌的服装，没有证据，就没有办法起诉他们。"

陶菊坐了下来："哎呀，开了几个小时的车，真累死我了。"

陶兰接过陶菊递给她的录像带说："这回，咱们就可以在法庭上获胜了。"

陶菊劝说着姐姐："姐姐，你们还是放弃传统产业吧，这传统产业太难赚钱了。瞧，我的网站又卖了，只要办得好，这网站就有人投资。我这一年啊，没干别的，光卖网站就赚……"

陶兰看着她："多少？"

陶菊嘻嘻地笑着："我怕吓坏了你们。"

陶兰说："我就那么胆小吗？"

陶菊说："唉，不像你们想象的那么容易，现在网站日子也不好过了。"

陶兰犹豫着。

陶菊嘿嘿地笑着："怎么样？"

妈妈说："陶兰不是陶菊那样的人，陶菊鬼点子多，陶兰啊，把这个服装厂干好了就不错了。"

爸爸也说："是啊，陶菊能干的事，陶兰不一定能干。"

陶兰不服气地说："那可不一定啊。"

陶菊说："这样吧，马上把服装厂退掉，跟我办网站吧。"

陶兰说："我啊，总想把一件事干好，至少要让这个服装厂赚钱，再退掉不迟啊。"

爸爸和妈妈也说:“怎么,陶兰,你真的不想干了?”

陶兰说:“陶菊的诱惑,实在让人难以抵挡啊。”

爸爸说:“至少要让工厂赚钱啊,要不咱们对不起工人师傅啊。”

妈妈说:“是啊,至少应该赚钱再走啊,要不咱们的名声可就完了。我们老实一辈子,不能让人家说咱们是骗子啊。”

陶兰说:“这样吧,辛汉,咱们还是先办一个网站吧,就利用网络卖服装。”

妹妹说:“原来不是在网站上卖过吗?”

陶兰说:“嗨,原来啊,只是在网上做了一个网页,现在,我们应该下工夫了,开办一个网站怎么样?辛汉,你就干这个吧,反正你这人也不愿意跟人打交道,以后就直接跟网络上的人打交道吧,反正那是个虚拟世界,不会有人争吵。”

妹妹说:“怎么不会争吵?在网络上争论的辩论的非常多呢。别把网络当成桃花源,不是的。”

陶兰说:“反正,你不会尴尬的。”

妹妹笑着说:“就是尴尬,对方也看不见啊,顶多就是骂他几句,就完了。”

大家全都笑了起来。

又是一年过去了,这天陶兰、辛汉、刁拥有、占山、四月同时收到母校发来的邀请函,邀请他们去学校给毕业生讲如何创业的经历。陶兰和几个同学通了电话,大家都说想念母校那几颗大槐树了,也想念母校食堂的包子了。于是大家约定第二天早晨8点在学校大门口集合。

陶兰放下电话,有些激动,走到窗前向外望着。

窗外,已是万家灯火。一栋栋鳞次栉比的高耸的大楼上,好像镶嵌了无数的星星,那些如星星般的窗口里,是否也有许多如他们这些同学一样的故事呢?唉,人活着,每天都会发生变化,每天都会发生让人意料不到的事情。许优,本市著名的花花公子,眨眼间就命丧九泉;而像刁拥有这样的山村小伙子,虽然来到城市时一无所有,可是,依靠自己的顽强和勤奋,竟然也成为中产阶层中的一员；还有四月，那个因为贫困出卖自己的女大学生，现在也赢得了独立的人格和尊严；还有那个占山，从慨叹在城市没有立锥之地，到经营和管理几百个职工的家政公司的老板；还有被女生们称为小男生的辛汉，也学会了疼爱别人，从只会索取到自愿为别人付出。这些大学生终于在社会的生活中找到了属于他们的位置。

第二天早晨，陶兰早早就起来了，坐在镜子前认真地打扮着自己。辛汉打着哈欠看着陶兰说："这怎么打扮得像个学生啊？"

陶兰对着镜子说："我怀念我的大学生活。"

辛汉边穿衣边说："那也回不去了。"

当陶兰他们出现在母校门口时，他们的老师都亲自来迎接他们了。陶兰自己也不知道为什么会这样，刁拥有走过来低声告诉陶兰，原来，陶菊在她的网站上把陶兰创业的故事已经连载了，大学生们几乎都上陶菊的网站，所以陶兰现在成了大学生们崇拜的偶像了。

陶兰看见学校竟然搬出鼓乐队来欢迎自己，心里一阵激动。虽然自己见过世面，可是也没见过这么大的场面啊。忽然，她一抬头，看见了自己曾经住过的宿舍楼，那里曾经流传过一首打油诗：一等学生上美英，二等学生上广东，三等学生上北京，四等学生留省城，五等学生叫天天不应。

陶兰情不自禁地笑了起来，她给即将毕业的师弟师妹们把这首打油诗修改了一下：一等学生去创业，二等学生去上学，三等学生吃老爹，四等学生骂大街。

师弟师妹们听完她修改的流传在校园很久的打油诗，不禁都哑然失笑。是啊，与其面对现实骂大街，还不如自己去创业呢。不过，师弟师妹们并不愿意听陶兰讲她的创业故事，而是希望她多讲讲她的妹妹，IT 精英陶菊。说起陶菊，陶兰其实还不如大学生们更了解她，大家都像传马云、张朝阳和李彦宏的故事一样传着陶菊的故事，这很让陶兰始料不及。

陶兰草草讲完自己的创业故事，底下竟然没有掌声，一直到自己开始讲妹妹陶菊，师弟师妹们才都有了些兴趣。

几个被学校邀请讲述自己创业故事的毕业生都讲完了，大家相约去自己当年的宿舍看看。她们来到自己的宿舍，四月指着墙壁说："陶兰，看看，你床铺旁边刻的字还有呢!”陶兰走过去,仔细看着,还依稀看得见自己当年的座右铭:昨夜西风凋碧树,独上高楼,望尽天涯路。衣带渐宽终不悔,为伊消得人憔悴。众里寻她千百度,蓦然回首,那人却在,灯火阑珊处。

四月问:“陶兰,你说咱们现在是第几境界呢?”

陶兰说:“还是第二个吧。”

刁拥有搂着云霞走了进来,笑着说:“我可是人生第三个境界了。哈哈……看看,我寻找的佳人,哎呀,踏破铁鞋无觅处,得来全不费工夫,哈哈……蓦然回首,她就在灯火阑珊处啊。”

师弟师妹们都回宿舍了,陶兰和四月、辛汉、占山、刁拥有挽着胳膊来到操场边上的大槐树下,大槐树上洁白一片,槐树花都开了,一团一团的,互相簇拥着,发出沁人心脾的芬芳……